可见人都是靠不住的。

だから人間はあてにならない。

[日]

# 芥川龙之介

著

魏大海 主编

# 地狱变

GUANGXI NORMAL UNIVERSITY PRESS
广西师范大学出版社
·桂林·

**图书在版编目（CIP）数据**

地狱变 / （日）芥川龙之介著；魏大海主编. ——桂
林：广西师范大学出版社，2022.5（2025.9重印）
ISBN 978-7-5598-4717-1

Ⅰ.①地⋯　Ⅱ.①芥⋯　②魏⋯　Ⅲ.①短篇小说－
小说集－日本－现代　Ⅳ.①I313.45

中国版本图书馆CIP数据核字（2022）第018309号

---

DIYUBIAN
地狱变

作　　者：（日）芥川龙之介
主　　编：魏大海
责任编辑：黄安然
特约编辑：徐　露
装帧设计：汐　和　at compus studio
内文制作：陆　靓

---

广西师范大学出版社出版发行

　　广西桂林市五里店路9号　邮政编码：541004
　　网址：www.bbtpress.com
出版人：黄轩庄
全国新华书店经销
发行热线：010-64284815
河北鑫玉鸿程印刷有限公司印刷
开本：889mm×1260mm　1/64
印张：6.625　　　　字数：170千字
2022年5月第1版　　2025年9月第10次印刷
ISBN 978-7-5598-4717-1
定价：42.00元

# 目录

# 大石内藏助的一天

晴日的阳光照耀在关闭的障子门上。那棵嵯峨老梅，树影里领受了几间屋室的光亮，从右到左，鲜明似画地映射在障子门上。原浅野内匠的家臣——寄居于细川家中的大石内藏助良雄，端然盘坐于障子门之后，正在专心地阅读。所读之书，许是细川的一个家臣借予他的《三国志》中的一册。

前厅原有九人：片冈源五右卫门外出入溷，早水藤左卫门在下房议事，还没回来，余下的六人是吉田忠左卫门、原惣右卫门、间濑久太夫、小野寺十内、堀部弥兵卫和间喜兵卫。他们仿佛忘记了照耀在障子门上的日影，有的在专心读书，有的在整理讯息。六人皆寂然无声。都是五十开外的老人了，坐在这初春的客房里仍觉寒冷。时而有人轻轻咳嗽，但那声响却不足以摇动屋里飘逸的淡淡墨香。

内藏助的目光时而离开《三国志》呆望着远方。他将双手静静地罩在火盆上。火盆上面是一层铁网，看得见盆底美丽的炭火，将炭灰照耀得微微泛红。内藏助感受着火盆的温暖，心中充满了无虑之情，好像去年腊月十五的那般满足。内藏助为亡故的主君复仇之后，退隐泉岳寺。当时他曾自吟一诗："往事犹新历在目，无云月夜浮世清。"

退出赤穗古城以来，近乎两年的时光里，他一直在焦虑的筹划之中度过。他的余党们总想轻举妄动，内藏助却要稳定局势，慢慢等待时机的成熟。这样做对他并非难事。然而仇家派出的奸细时刻窥测于身旁。表面上，他装作玩世不恭，企图蒙蔽奸细的目光。同时他又必须消解同志者的疑惑，以免他们为自己的假象所蒙蔽。他回想起当初的山科与圆山谋反，当时的痛苦仍历历在目。不过现在，一切都有了着落。

如果说还缺少点儿什么，那便是幕府对这一党四十七人的处置。不过，想必那处置也是早晚的事，这是毫无疑问的。一切都会有所着落。然而此举并非单纯的复仇之举。这一切以与他的道德要求近乎一致的形式完成了。他体味了事业成功的满足，也同时体味了道德实现的满足。无论从复仇的目的，还是复仇的手段上看，那般满足都没有丝毫良心的愧疚或阴翳。对他而言，显然没有比这更大的满足了……

想到这里，内藏助的眉头舒展开来。抬眼望时，吉田忠左卫门好似读书倦怠了，书卷铺在膝盖上，在用手指习字。内藏助隔着火盆搭话道：

"今天的天气很暖和呀。"

"是呀。这么耗着，暖洋洋的，快要睡着了呢。"

内藏助微微一笑。他的心中，浮现出年初正月的元旦景象。当时，富森助右卫门三杯屠苏酒醉，吟诗一句——"早春在今日，酒醉不耻睡武士。"这句小诗，确切地体现了良雄此刻的满足心境。

"说来还是有所疏忽，未能实现初衷呀。"

"是啊，所言极是。"

忠左卫门拿起手边的烟袋，谦恭地吸了一口。烟雾在早春的午后滞留片刻，又在那明媚、静寂的空中化作淡淡的蓝色散去。

"一起过着这样悠闲的日子，真是做梦也未曾想到呀。"

"是啊，我也是做梦都没有想到。无法想象还能够再度幸逢春天。"

"看来，我等真是幸运之人哪。"

两人心满意足，眼睛里充满了笑意。此时，良雄身后的障子门上映出一个人影，那人影在手触门拉手的瞬间消失了。而后，早水藤左卫门强健的身躯出现在客厅中。倘非如此，良雄还会久久地陶醉在惬意、温暖的春日之中，回味那扬扬自得的满足之情。然而现实是，藤左卫门健康红润的两颊上，浮起复杂的微笑，他边笑边朝两人中间走去。当然他微笑中的含义，二人尚未察觉。

"下房里好像很热闹呀。"

忠左卫门说道。他又抽了一袋烟。

"今日的当班是传右卫门。他嘴里俏皮的闲话不断。片冈他们也来了，正坐在一起闲聊呢。"

"怪不得呢。来得晚了些吧？"

忠左卫门被烟呛了一口，苦笑着。小野寺十内正在写字。他抬起头来，仿佛想到了什么，又将目光留在纸上，一个劲儿地书写。或许是在给京都的妻女写信？

内藏助眯起眼睛笑道：

"有什么逸闻趣事呀？"

"哪里，净是些不着边际的废话。不过，近松方才讲到有关甚三的故事，逗得传右卫门都笑出了眼泪。还有——啊，对了，要说还有一个有趣的话题。据说，我们杀死了吉良将军之后，江户城里时有仇杀的事件发生呢。"

"哦，那倒是没有想到啊。"

忠左卫门面带诧异的表情，望着藤左卫门。

藤左卫门看到自己的话题引起了兴趣，露出十分得意的神态。

"还有三两个类似的话题。比较可笑的当属南八丁堀凑町附近的斗殴事件。事件的起因，是米店的掌柜和临街的染匠伙计在澡堂里打架，就为着一点儿鸡毛蒜皮的小事，好像是谁把热水溅到了谁的身上。结果，米店的掌柜就被染匠的伙计用澡堂的木桶，没头没脸地打了一顿。这样一来，米店的一个学徒记下了仇。当晚染匠的伙计外出时，他便躲在暗处往伙计肩上抡了一铁钩。说是有个说法，叫什么'主子结仇徒儿报'……"

藤左卫门手舞足蹈地大笑道：

"这真是无法无天哪。"

"那伙计好像伤得不轻。奇怪的是，附近的人们都说米店的徒儿仗义。余下的趣事发生在通町三巷和新麴町二街。还有一个什么地方来着？反正，据说这样的事情随处可见。可笑的是，人们都说这些寻仇事件是在仿效咱们。"

藤左卫门和忠左卫门笑着互望一眼。显然，

听闻复仇之举在江户的人心之中产生了影响，哪怕是细微之处的些许影响，也是令人愉快的。唯有内藏助一人沉默不语。他用手臂挡住额头，露出尴尬的神情——藤左卫门的话题虽然让他也感到了些许满足，但亦产生了一缕奇妙的抑郁。当然他并不想为自己所有行为的结果负责。他们复仇之后，江户城中的寻仇事件频发。这与他们的良心，当然风马牛不相及。但即便如此，内藏助方才心中的春日温馨，亦已冷却了几分。

事实上，当时他仅对己方行为的影响造成的那般意外波动，感觉到些许惊诧。放在平常，他可能和藤左卫门、忠左卫门一同一笑了之。然而此时的这件事，却在他原本得到极大满足的心中播下了恼人的种子。也许，他的满足是悖理的。对于那种行为与结果的肯定，或许带有自私。在他当时的心中，当然还完全没有想到这一层。他在春风之中感受到一丝冰冷，感受到莫名的抑郁之情。

不过内藏助的心中抑郁，并没有引起身旁两

人的特别注意。藤左卫门是个善人，他确信不疑的是，自己这般有趣的话题，内藏助一定也会感觉有趣。否则，他便不会特意跑到下房，将当班的细川家家丁堀内传右卫门带到这里来。厚道的藤左卫门回头望望忠左卫门说："我去叫传右卫门过来吧。"说罢，他急乎乎拉开隔扇，满面春风地去了下房。须臾，他便满脸漾着往日的微笑，得意扬扬地将传右卫门带了过来。一眼望去便可知晓，这是一个粗鲁的人。"哎呀，诚惶诚恐。怎敢劳您大驾？"

忠左卫门一见传右卫门，立刻替代良雄笑脸相迎。传右卫门性格直率，忠左卫门一行寄宿于此之后，早就与之打成一片，建立了故友一般的交情。

"早水氏非得要我过来。可我觉得，过来会添麻烦的呀。"

传右卫门一落座，便挑动着粗壮的眉毛，环视着屋里的诸位说道。太阳晒得黝黑的面颊肌肉，总是似笑非笑地抽动着。他向屋里的所有人打招呼，不论是看书的还是习字的。内藏助也礼貌地点头示意。让人感觉有些滑稽的是堀部弥兵卫。他正手捧着《太平记》苦读：他戴着眼镜，一副瞌睡相。此时，他睁开眼睛看了一眼，旋即又慌乱地正了正眼镜，恭敬地鞠躬行礼。就连间喜兵卫好像也感觉十分可笑，他朝向一旁的屏风，表情痛苦地抑制住笑意。

"传右卫门先生也讨厌老人是吗？怎么从来不到我们这边来呢？"

内藏助的语调不同往常，言语流畅地说道。此时，虽然他心中的情感被搅乱，但先前的满足之情又暖融融地流入他的心田。

"不，不能那么说。我是因为拗不过他们，才不自量力地乱说了一气。"

"听说您的故事很有趣呀。"

忠左卫门也在一旁插言道。

"有趣……什么故事？"

"就是江户城中效仿仇杀的故事呀。"

藤左卫门提醒道。传右卫门和内藏助面带微

笑地对视片刻。

"哦，你说的是那个故事吗？人情这个东西，有时真的非常奇妙。町人百姓，也会感受忠义之情，并仿而效之。无论怎样堕落的风俗，都将发生改变。正好，眼下的流行净是些没人爱看的东西，什么净琉璃呀，歌舞伎啦，诸如此类。"

下面的对话，内藏助已完全没有兴趣。他特意用一种沉闷而谦卑的语调，巧妙地将话题转换了方向。

"感谢夸奖吾等之忠义。但依个人所见，吾等首先感觉的乃是耻辱。"

说完这句话，他抬眼望望在座各位。

"为何这么讲呢？赤穗一藩，人数众多。可是如您所见，余下者皆为无名之辈。尤其是那位名叫奥野将监的藩头，曾经参与了我们的策反。可他中途又改变了主意，退出了我们的同盟。这的确非常遗憾。此外，新藤源四郎、河村传兵卫、小山源五左卫门等人，地位都在原惣右卫门之上。佐佐小左卫门等人的身份也在吉田忠左卫门之上。

然而所有这些人物，都在临近举事的当口变了卦。其中，竟然还有在下的亲属。你说，我们是不是首先要感觉到耻辱？"

在场的空气随着内藏助的这番话，顿时变得凝重起来，失去了先前的明朗。从这个意义上来说，他确实如愿以偿地转换了话题。不过，对于这样的转换，内藏助是否感觉愉快，则另当别论。

听了他的一番话，早水藤左卫门攥紧了拳头，在膝上蹭了两三下，说：

"他们都是一帮畜生，臭名远扬，没有做人的资格。"

"正是如此。说到高田群兵卫之流，那更比畜生还不如。"

忠左卫门扬眉看看堀部弥兵卫，似乎在谋求赞同。弥兵卫乃一血性男子，当然不会沉默不语。

"回来的那天早晨我遇见了他，我朝着他啐了一口唾沫，但是不解恨。必须让那恬不知耻的家伙颜面丢尽，方能解我心头之恨。"

"高田自不必说，其实小山田庄左卫门那小

子，也是一个十足的混蛋。"

间濑久太夫这样自言自语道。原惣右卫门和小野寺十内也都随声附和着，唾骂那些背盟之徒。就连平日里沉默寡言的间喜兵卫，也频频颔首。间喜兵卫口拙，只好用满是白发的脑瓜，表达出对于同伴意见的赞同。

"真是不可思议呀。同处御藩，怎会有诸位这般忠臣，又有那般负义之徒呢？那种无功受禄的败类，自然会遭到武士和町人百姓的唾骂。去年，冈林杢之助剖腹自杀了，据说原因就是亲朋好友群起攻之，不得已而为之的。到了那步田地，亲朋好友也是没有办法，总不能为之承担污名吧。外姓人对之自然更加苛刻。在当今的江户人眼中，效法复仇，乃见义勇为之举。人们早已义愤填膺，就是将那些败类砍了头曝尸荒野，也毫不为过。"

传右卫门的样子不像在议论他人之事，气宇轩昂地说道。他的那副模样似乎表示，为众人复仇，乃是自己当仁不让的大事。在他的鼓动下，吉田、原惣、早水、堀部几人，均处在一种亢奋的状态之中，义愤填膺地痛斥乱臣贼子。唯有大石内藏助一人，双手放在膝盖上，一副无动于衷的神情。他的言语越来越少，呆呆地望着火盆里的炭火。

他发现了一个新的事实——自己转换的话题，变成了诛伐昔日负义朋辈的战场，己方的忠义受到世人盛赞。与此同时，他心中拂过的春风，再次降低了几分温度。他转换话题，乃是对于背盟之徒心存惋惜。实际上，他对朋辈的负心既感到遗憾，同时也感到不快。他对不忠的武士并无怨恨，唯有怜悯。他早已尝遍了人心向背与世故流转。在他看来，那些变节者的行为都是非常自然的。若说还能运用率真一词，那便是一种可悲的率真。因此，内藏助才对那些背盟者始终怀着宽容的态度。而在复仇之举实现之后的现在，能够给予他们的就只有怜悯的微笑了。世人觉得即便杀了他们，仍旧不解心头之恨。为什么？为什么将吾等尊为忠义之士，就必须让彼等沦为畜生呢？其实，吾等与彼等并无太大的差异——在内藏助心中，给江户町人带来的影响，并不令人感觉愉快。若在稍许不同的意义上考量背盟者所受的影响，传右卫门的观点显然代表了一种天下公论。内藏助绝非偶然地流露出那般痛苦的表情。

然而内藏助的那般不快却又是命运的一种体现——承受最终结局的命运。

在传右卫门眼中，内藏助的沉默或许显现了特有的谦虚。为此，他的人品才越发受到人们的敬佩。为了表达这种敬佩，质朴的肥后武士又生硬地突然转变了话题，开始盛赞内藏助的忠义之魂。

"日前一位智者说，唐土一勇士吞炭致哑，终为主公杀死仇人。可那勇士跟咱内藏助大人相比，真是算不了什么呀。因为内藏助大人要违心地装出放荡不羁的样子。"

传右卫门说出这样的开场白后，又絮絮叨叨地说了一年之前内藏助自我放纵的一件逸闻。当时，他正在高尾和爱宕观赏红叶。装疯卖傻，曾令他苦不堪言。在岛原和祇园赏樱的酒宴上，他愣是演出了一场苦肉计。想必当时的他，也一定痛苦万分……

"听说当时京都流行的那首歌谣——'大石做小材，碎粉铸壳型'，竟与大人的品行相关呀。显然，没有足够的隐忍之心，就不可能那样子瞒过天下所有人。方才，天野弥左卫门大人所言极是。沉着、勇敢的赞美之词，内藏助大人当之无愧。"

"哪里哪里，那不是什么了不起的事情。"内藏助勉为其难地应答着。

内藏助的谦逊神态使传右卫门感到自己说的仍略有不足。与此同时，内藏助在他心中又变得更加高尚。他充满热情地表露着自己的敬佩之心，甚至要到小野寺十内那里提出辞呈。他要辞去京都的长期外勤，而来侍奉内藏助。他的那副模样就像一个孩子。一党之中，素有万事通之誉的、名望颇高的十内感觉可笑，同时也感觉他很可爱。他一本正经地接过传右卫门的话头，一五一十地讲述了另外的一段趣事。当时，内藏助为了欺瞒仇家的奸细，曾裹着法衣出没于升屋的夜雾之中。

"那般不苟言笑的内藏助，竟也作过一首歌谣——'乡里风情'。那首歌谣大受好评，且在当时的烟花柳巷中颇为流行。当时，内藏助身着墨染法衣在祗园的樱花散落时节，他经常醉醺醺地在园中游荡。'乡里风情'大为流行，内藏助的放浪形骸也闻名遐迩。这种状况并没有丝毫的奇怪。无论是论及夕雾还是论及浮桥，即便是岛原或撞木町的著名太夫们，只要一提到内藏助，皆刮目相看。"

内藏助听着十内的这番话，毋宁说感觉十分痛苦。他觉得那几乎是一种侮辱。这些话自然而然地勾起了他放浪形骸的往昔回忆。对他而言，那些回忆有着异常鲜丽的色彩。在那些回忆之中，他看见了细长蜡烛的亮光，闻到了沉香香油的馨香，也听到了加贺节的三味线声。他联想到十内方才提及的"乡里风情"，也联想到诗句"泪滴濡湿袖，蒲叶浮露珠"。那般风情与诗句，伴随着太子宫中溜出的夕雾与浮桥，美妙的影像历历在目地浮现于心中。毫无疑问，在这段记忆中，他曾无怨无悔地放浪生活着，完全忘却了复仇义举，享用着短暂的惬意瞬间。他是一个极端诚实的人，却自我欺瞒地否定了这个事实。对于明了人性真谛的他，那当然是做梦都未敢想象的悖德之举。因此当人们盛赞自己，或将自己所有的放浪行骸说成是实现忠义的手段时，他便会感觉到不快和负疚。

怀有这种思想情愫的内藏助，自然对佯癫苦肉计之类的褒扬，感觉到十分痛苦。他意识到，自己在遭受第二次打击。仅存于胸间的那缕春风，眼见得拂面而过，而后则在那冷冷的寒影中，仅仅留存下对于所有误解的反感，以及未能预知误解的、自身愚钝的反感。他觉得这样下去，他的复仇，他的同志，还有他自身，或许都将在乱七八糟的赞赏声中留传后世——他将面对着这样一种令人不悦的事实。他的双手仍旧罩在火盆上，但盆里的火势却越来越弱。他避开传右卫门的眼光，漠然地叹了口气。

就这样过了几分钟。大石内藏助借口入溷，溜出前厅，独自倚在廊柱上，观赏着寒梅老树、古庭绿苔与山石间的美丽鲜花。日色渐淡，树丛中的竹叶阴影，宛若率先展开了黄昏的幕帐。障子门之中，人们仍在津津有味地说话。他听着听着，一种莫名的哀愁渐渐包围了他。他闻见了寒梅的馨香，同时感受到一种冷彻心底的孤寂。这种莫名的孤寂来自何处呢？——内藏助仰望着仿佛镶嵌于蓝天之上的冻僵的花朵，一动不动地久久伫立。

大正六年（1917）八月

（魏大海　译）

单

恋

（某个夏天午后，我在京浜线的电车里遇见了大学时代的一位好友，从他那里听说了这样一段故事。）

故事发生在赴 Y 方出差的途中。Y 方为我举办了招待宴会，我只有一切听从安排。高台间悬着一幅乃木大将的石版画，画前则是一株人造的牡丹插花。夕阳时分，外面下起了雨，参加宴会的人数不多，比预想的要好。恰巧，二楼也在举行一个宴会。所幸参加者相对安静，不似当地的风俗。你，就在那陪酒的侍女当中——

还记得吗？当初我们时常去饮酒的 U 店里，有位名叫阿德的侍女——那个塌鼻子、低额头、爱搞恶作剧的。瞧，她来了。身着宴会风格的裙衣，手执长把酒壶，竟对在座的朋辈露出一副奇怪的骄矜姿态。一开始，我还真的没认出她来。走近一瞧，果然是阿德。每说一句话，总要抬起下巴颏，跟过去一模一样。——实际上，此时的我产生了无常之感。我知晓，你原先可是志村的恋人。

当时，志村那小子装模作样地板着脸，走近青木堂，要来装有薄荷酒的小瓶，还说什么"甜的呀，喝喝看"。酒自然甜，可更甜的却是志村的嘴。

就是那个阿德，如今却在这种地方做生意？身在芝加哥的志村要是知道这消息，会是怎样的心情呢？想到这里，我想叫住阿德。想想又忍下了。——这就是阿德的情况。我不是说过嘛，之前她在日本桥附近生活过。

此时，对面传来阿德的应酬声。"啊呀！好久没有见面了呀。我在 U 店的时候就见过你呀。真是一点儿都没改变。"阿德来此之前已经喝得半醉。

不管她醉了没醉，毕竟多日没见，即便为着

志村的关系，也有很多话要说呀。而你露出一副就是想让众伙伴疑心的脸色，有意夸张地喧闹着。我却感觉为难。因为在主家的倡议下，每个来宾都要先做自我介绍，否则不得离开座位。我便十分愚蠢地说到了志村的薄荷酒话题。我说："这女人和我一个挚友相好。"这家的主人也已一把年纪，他一见面就把我带到了茶室。

说到隐私，大伙儿统统上前，连那些艺妓也凑了过来，对阿德冷嘲热讽。

然而，阿德（艺名"福龙"）却对此全然不知。为何是福龙呢？在《八犬传》有关龙的解说中这样写道："取名为优雅自在的福龙。"可笑的是，福龙却是那般优雅不自在。当然，这些统统都是题外话。——说到全然不知，也是完全符合逻辑的。"志村喜欢我，难道我就非要喜欢他吗？我没有这个义务呀。"

她又说道："要不是因为他，我早就过上好日子了。"

据说，这就是所谓单恋的悲哀。这里的结果

正是一个实例。阿德说出了一段奇妙的情恋故事。而我要说给你听的，也正是阿德讲述的那个故事。原先以为，那不过是她味同嚼蜡的个人私情。

令人感觉奇异的是，那恍若梦幻的爱情故事，竟也那般引人入胜。

（当时我曾说，那种事情除了当事人，谁会往心里去呢？可对方反问道，那么，在小说中描摹梦幻的爱情，也是很困难的不是吗？梦幻出现在小说中时，从来都缺乏真实感。可是为何还有那么多的小说呢？许多劣作根本无法传之于后世啊。）

听懂这些话，心里就踏实多了。反正这也是劣作之中的劣作。用阿德的话来说便是："嗨，那有什么？不就是我的单相思嘛。"你就怀着同样的心情，听我说下去吧。

阿德恋慕的男人是个戏子。据说在浅草田原町父母家中留住时，她在公园里对他一见钟情。

这样说，你肯定以为他是宫户座或常盘座剧团里的龙套演员，然而并非如此。甚至都不是日本人，是个洋鬼子。阿德什么都会聊到半道[1]，十分可笑。

她连男人的姓名都不知道，更不知他的住所，甚至连他的国籍都不知道。阿德只问那人，有老婆没，是独身吗？多可笑呀。虽说是单恋吧，但也不至于那般愚蠢呀。我们去若竹那会儿，即便听不懂曲艺说唱，总还知道唱者乃日本人，艺名叫升菊——我这么取笑道。我站在阿德面前，她说："我也希望听懂呀。可是听不懂又有什么办法呢？说到底，不过是幕上相会。"

真是莫名其妙。幕上？若说是幕中，倒还可以理解。而细细问来，她的那个恋人竟是西洋电影中放映的曾我之家[2]。这令我大为惊诧。没错，那是幕上的相会。

---

1　歌舞伎中的角色。用滑稽的动作和台词让观众发笑，是一种兼有敌役和小丑角色两种要素的角色名称。

2　曾我之家，日本大正时期，约 1915 年前后流行的喜剧剧团。

　　许多同伴会觉得，那是一个糟糕的结局。有人甚至说："哼！讨厌。这不是作弄人吗？"有船到港，人心躁动。表面上，阿德不像是在说谎。当然她的眼睛里，流露出混沌不清的感觉。

　　"我没有钱，不能每天去那里，只能勉强地一周看上一次罢了。"随后的话特别有趣："我总是缠着妈妈让我去看一次，总算征得了妈妈的同意，却常常是人山人海。我只好坐在犄角旮旯里。好不容易出现了他的面容，却被拉得又扁又长。我好伤心，好伤心呀。"她掀起围裙捂在脸上，伤心地哭了起来。是啊，好不容易看到了银幕上的恋人面容，却因为银幕角度被弄成了倭瓜子，怎能不伤心呢？对此，我也感到同情。

　　"在我看过的片子里，他演的角色有十二三个。有时是长脸，有时是瘦子，有时还蓄着胡须。他总是好穿黑色的衣服，就像你身上穿着的那种。"我当时穿的是晨装礼服。我整理了一下衣襟问道："你看我像他吗？"她看了却说："比你帅多啦！"好挑剔的目光！还"帅多啦"！

"说来说去，你只是在银幕上与他相会，对不？假如他活生生地站在你面前，跟你说话，就可以眉目传情了呀。哪像现在？那不过是写真呀。"而且还是电影画面，可望而不可即。"人们常说的是相思，对不？即便对自己无所牵挂，也要去牵挂他。志村常送来清酒，可我并不能感受到那样的牵挂。这就是因果的关系呀。"所有的事物都不出其右。显然，阿德是落入难解的怪圈之中了。

"日后做了艺妓之后，我也时常拉着客人去看电影。可不知为何，有他的画面却再也没有出现过。无论何时，都是《名金》和《齐哥马》[1]之流的片子，我根本就看不下去。最后我也死心了，感到真的是无缘。可是你……"

其他的伙伴都不理她，阿德只有拉住我，跟我诉说她的不幸。她一边说，一边哭泣着。

"还记得初次踏上这块土地的那个夜晚吗？

---

1 《名金》，美国早期系列闹剧电影；《齐哥马》（*Zigomar*），法国早期犯罪电影。

多少年之后，这个人又出现在电影中。画面当中，显然是一处西洋街市，地上也是这样的铺路石，中间栽着梧桐树。两侧则是西洋式小楼。只是那画面时间太久了，像黄昏似的蒙蒙泛黄。画面中的树木，仿佛亦在玄妙地颤动，构成一幅寂寥的景象。此时，有人牵着一条小狗，抽着香烟，出现在画面当中。他仍旧穿着黑色的衣服，支着手杖，和我儿时见到的一模一样……"

转眼十年逝去，又与恋人邂逅。对方仍在画面中，不会有变化，而这边阿德却已变成了福龙。想到这里，我的心中顿生怜悯。

"他走到那棵树下，停留了片刻，看着我，摘下帽子笑笑。他是在向我致意呢。如果知道他的姓名，真想唤住他……"

唤吧。外人看来或许精神失常。可在 Y 地，谁会相信有一个恋慕着电影的艺妓呢。

"这时，对面走来一个女洋人，对他纠缠不已。那是他的情妇。那情妇人老珠黄，帽子上插着膨大的鸟羽，庸俗不堪。"

阿德又在嫉妒。可那也是电影中的故事呀。

（说到这里，电车到了品川。我得在新桥下车。朋友知道车快到站了，担心故事说个一半，他便不时地朝窗外张望，加快了故事的节奏。）

后来，电影中又发生了种种变故。结局是男人被警察抓走了。为何被警察抓走呢？阿德是对我说起过的，不巧我却忘记了。

"人山人海。他被绑了起来。不，此时的背景已不是刚才的街道。好像是一处西洋的酒馆，酒瓶子排成一列，顶端处挂着一个鹦鹉笼。仿佛是夜间，周围一派昏暗。我在昏暗之中，看见了一张哭泣的面容。你要是看见那面容，肯定也会为之忧伤。那哭泣的脸庞泪水涟涟，嘴唇半开……"

此时警笛响起，电影消失了，剩下的唯有白色的银幕。阿德的结语说得好："一切皆已烟消云散。消失正是无常。反正世间万物，莫过于此。"

听到这里，真是茅塞顿开。阿德哭哭笑笑，带着某种令人厌弃的语调，对我说起了这些。说她不好？那你便是歇斯底里。

然而即便真的歇斯底里的人，也有极端认真的时候。也许，说到恋慕电影乃是杜撰。现实之中，或许是在单恋着我等之中的某一位呢？

（两人乘坐的电车，这个时候，恰巧驶抵了薄暮之中的新桥停车场。）

大正六年（1917）九月十七日

（魏大海　译）

黄粱梦

卢生自忖已经死去。眼前一片漆黑，子孙的
啜泣声也渐远渐逝。脚上仿佛拴着无形的秤砣，
身子越发觉得下沉。蓦地，睁眼矍然。

道士吕翁依然坐于枕畔，店家煮的黄米饭尚
未熟。卢生揉揉眼睛，打了个大大的哈欠，离开
青瓷枕。太阳照在木叶尽脱的秃枝上，邯郸的秋
日傍晚，毕竟有些凉意。

"醒啦？"吕翁咬着胡须，忍住笑问。

"嗯。"

"可得好梦？"

"得了一梦。"

"梦见了什么？"

"很多，梦甚长。先娶清河崔氏女。似乎是个

姿容端丽的小姐。翌年，中进士，任渭南尉。而后，历经监察御史，起居舍人知制诰，步步高升，直至中书门下平章事。因遭谗言，险些被杀，仅留得一命，放逐至骦州。在那里踤踤五六年。不久洗冤昭雪，应召还京，官拜中书令，封为燕国公。不过，那时年已老迈，子孙满堂。"

"后来如何？"

"下世了。仿佛已八十有余。"

吕翁得意地将了将胡须。

"夫宠辱之道，穷达之运，个中滋味，可说尽已尝之。妙哉。人生与子之所梦并无二致。据此，子对人生之执着与热情，该可减却几分吧？既知得失之理，死生之情，人生诚无意义耳。然否？"听吕翁话，令卢生颇不耐，在其谆谆叮嘱之际，卢生扬起年轻的面庞，目光炯炯，朗朗答道：

"唯因是梦，尤需真活。彼梦会醒，此梦亦终有醒来之时。人生在世，要活得无愧于说：此生确曾活过。先生不以为然乎？"

吕翁一脸无奈，却也道不出一个"不"字来。

大正六年（1917）十月

（艾莲　译）

英雄之器

"项羽其人，终究非英雄之器。"

汉大将军吕马童将一张马脸拉得越发长了，捋着几茎稀稀拉拉的胡须说道。他身旁有十余人，中间一盏灯火，将一张张面孔映得通红，衬托在夜晚的营帐上。每张脸上，都浮现出难得一见的笑容。想必是今日一仗，取下西楚霸王的首级，得胜的喜悦还没消失的缘故吧。

"是吗？"

其中一张面孔，鼻梁笔挺，目光锐利，嘴唇上浮出不屑的笑容，盯着吕马童的眉心应了一声。不知为什么，吕马童似乎有些狼狈。

"当然，项羽力大盖世，听说连涂山禹王庙的石鼎都能折断。今日一仗也是如此。一时之间，在下以为要性命不保。李佐被杀，王恒被杀。那气势，真个无敌，确实力大盖世。"

"呵呵。"

对方脸上依然不屑地笑着，鹰扬威武地点了点头。营帐外，阒然无声。远处，响起两三声号角，此外就连马的鼻息都听不到一丝。这时，不知从何处飘来枯叶的气味。

"然而——"吕马童环伺所有的面孔，煞有介事地眨了一下眼睛，"然而，确非英雄之器。证据，便是今日之战。楚军败退至乌江畔，仅剩二十八骑。面对敌军如林，虽战，亦无济于事。据闻乌江亭长曾驾舟前去接应，本可退至江东。倘项羽确为英雄之器，当忍辱渡江，待他日卷土重来。岂可因小失大，为区区面子而耿耿于怀！"

"照此说来，英雄之器者，乃工于算计之谓乎？"

众人随即异口同声笑将起来。然而，吕马童毫不气馁，他手松开胡须，略挺一挺胸脯，不时睃一眼那张鼻高眼利的面孔，比手画脚，振振有词道：

"非也。非此意也。曾闻项羽其人，于今日开战之前，对二十八名部将说过：'此天之亡我，非人力之不足也？以现有之兵力，必三胜汉军，当令诸君知之。'诚然，岂止三胜，实为九战九胜。但依在下之见，此乃懦怯之言。将自家之失败，归咎于天——老天岂不困惑至极！项羽此话，倘系渡过乌江，纠集江东健儿，再度逐鹿中原之后所说，则又当别论。然而，事情恰恰相反。本可活得轰轰烈烈，却自蹈死路。在下谓项羽非英雄之器者，并非仅因其不工于算计。将成败委诸天命，以为搪塞，则万万不可。萧丞相这等饱学之士如何说，在下虽然不知，但窃以为，英雄者，绝非此等人物。"

吕马童面带得色，环顾左右，一时缄口。众人也许认为言之有理，彼此轻轻点了点头，沉默不语。不料，唯有其中那张高鼻子面孔，眼中突然现出感动的神情，黑眸子热辣辣地闪闪发亮。

"当真？项羽说过此话？"

"据闻说过。"

吕马童将一张马脸上上下下大大点了两下。

"岂非怯懦？至少，非大丈夫之所为。窃以为，英雄者，乃敢与天斗之人也。"

"不错。"

"知天命，犹与天斗，方为英雄。"

"不错。"

"如此说来，项羽……"

刘邦抬起一双目光锐利的眼睛，凝神望着秋风中闪烁不定的灯火。隔了一会儿，自言自语似的徐徐说道：

"真一世之英雄也！"

大正七年（1918）一月

（艾莲　译）

# 戏作[1] 三昧

[1] 戏作，系日本江户中期流行的一种俗文学，特指小说一类作品，分读本、黄表纸、洒落本、滑稽本、人情本等类。多反映市井小民的喜怒哀乐，世态人情。曲亭马琴（1767—1848）本名泷泽兴邦，系戏作代表作家，主要作品有《椿说弓张月》《八犬传》等。

一

　　天保二年（1831）九月的一天上午。神田同
朋町的松汤澡堂，照例从一清早，浴客便熙熙攘
攘。式亭三马[1]几年前出版的滑稽本里曾写道："那
浮世澡堂，简直便是神、释、色与无常的大杂烩。"
如今这澡堂中的光景，实与那时毫无二致。但见
澡堂里热气蒸腾，透过窗户射进来的日光，影影
绰绰能瞧见一个个湿淋淋、光溜溜的身子，挤在
狭窄的冲澡处，晃来晃去：一个梳老婆髻[2]的，泡

---

1　式亭三马（1776—1822），亦为戏作家之一，其代表作《浮世澡
　　堂》，有周作人译本。
2　明治维新前，日本男子梳发髻。下文提到的本多髻、大银杏髻、
　　由兵卫髻等，均为不同的发型。

在池子里哼俗曲；有个梳本多髻的，站在穿衣处拧手巾；还有个锛儿头上挽个大银杏髻的，正让人搓他那刺过青的后脊梁；另一个梳由兵卫髻的家伙，从方才就一个劲儿地洗脸；有个秃子坐在水槽前，不停地冲澡；再就是留着娃娃头的小小子，一心在玩小竹桶和瓷金鱼。狭窄的水槽里，形形色色的人湿漉漉的身体上都泛着滑溜溜的光，在雾气弥漫的热气和从窗户射进来的晨光中，模糊地动着，真个是热闹非凡。先是哗哗的浇水声和木桶的碰撞声，其次便是聊大天哼小调的，最后，从账房那边还不时传来木铎声。总之，池汤的入口处，人称石榴口，里里外外一片嘈杂，就跟打仗一样。且不说商贩乞丐之流会掀开暖帘闯进来，洗澡客进进出出，更是不在话下。

就在这片闹嚷嚷之中，有个年过六旬的老人，斯斯文文挨在角落里，静静地搓着身上的污垢。两鬓的头发黄得挺寒碜，眼睛好像也有些毛病。人虽瘦，身子骨倒还蛮结实，可以说挺硬朗。手脚上的皮已经松了，不过，却透着股不服老的劲头。脸盘也如此，宽宽的腮帮子，略嫌大的嘴巴周围，显得精力旺盛，有股子野劲儿，几乎不减当年。

老人仔仔细细洗完上身，也不用存在澡堂里的自留桶冲一冲，便洗起下身来——不论用黑色的搓澡巾搓多少遍，他那又干又皱的皮肤上也没搓出什么污垢来。八成是勾起了迟暮之感，老人只洗了一条腿，忽然泄了气似的，拿搓澡巾的那只手竟停了下来。望着桶中混浊的水面，分明映出窗外的天空，红红的柿子稀稀拉拉挂在枝头，下面露出瓦屋顶的一角。

这时，老人的心头投下一道死亡的阴影。倒也不是要过他命、令人忌讳的那种死。说起来，不过像这桶中的天空一样宁静可人，是一种解脱烦恼、安然寂灭之感罢了。要是能摆脱一切尘劳，长眠不起——像个无知无识的孩童，梦都不做一个，就那样睡过去，该是何等快意！想我非但为谋生疲于奔命，几十年来还苦于不停地写作，弄得身心疲惫不堪……

老人不禁怃然，抬起眼睛。周遭的谈笑依旧好不热闹，与此同时，一个个浴客赤条条的，在水蒸气里动来动去，令人眼花缭乱。石榴口那儿的俗曲声中，这会儿又夹着别的小调。此刻落在他心头的阴影，永恒之类的问题，在这里当然丝毫也看不到。

"哎哟，先生！想不到会在这种地方遇上您老。曲亭先生一清早就来洗澡，在下真是做梦也想不到。"

老人冷不防给人一招呼，这才回过神来。一看，身旁有个人红光满面，中等个儿，梳着细银杏髻，面前摆着自留桶，肩上搭块湿手巾，笑得甚开心。看样子是刚从池子出来，正要用干净水冲身。

"你照旧好兴致，好得很嘛。"

马琴泷泽琐吉微笑着，略带挖苦地答道。

# 二

"哪儿的话，一点儿也不好。要说好，先生的《八犬传》，才越写越出彩，越发有奇趣，写得棒极了！"

细银杏髻说着，把肩上的手巾放到桶里，抬高嗓门，高谈阔论起来。

"想那船虫[1]装成盲女，要杀小文吾。小文吾给抓起来，遭到严刑拷打，被庄介救了出来。这一安排，实在妙不可言。于是乎庄介与小文吾才有重逢的机缘。不才我，近江屋平吉，虽说只是一个小杂货店主，但对小说，自信颇懂行。而先生的《八犬传》，就连在下，也无可挑剔，令人佩服之至。"

马琴一声不响，又洗起脚来。当然，对爱看他小说的读者，他一向颇有好感。不过，他倒不会因为有好感就改变对那人的看法。像他这种聪

---

1　船虫及下面出现的小文吾、庄介等，均是《八犬传》中的人物。

明人，这么做，本是顺理成章的事。反过来说，即使对某人有看法，也从不会影响他对其人的好感，这确也有点儿怪。所以，有的场合，他对同一个人既瞧不起，又抱有好感。像这位近江屋平吉，便是这样一位读者。

"能写出那样的杰作，花费的心血想必也非同寻常。在当今，先生可谓日本的罗贯中哩——哎呀，这话说得冒失啦，得罪得罪。"

平吉放开嗓门大笑起来。八成让他的声音吓了一跳，旁边有个矮个子正在冲澡，皮肤黑黝黝的，挽个小银杏髻，长着对眼，回头瞅瞅马琴和平吉，做了个怪相，朝地上唾了一口痰。

"你还热衷于写俳句吗？"马琴巧妙地换了个话题。倒不是在乎斜眼的表情。以他衰退的视力哪儿还能看清这些个，这倒是他不幸中的万幸。

"承先生垂询，惶恐之至。在下虽好此道，却作不好。尽管觍着脸到处现眼，今儿参加个诗会，明儿又去赴个诗社，却不知为什么，总不见长进。先生如何？对和歌、俳句之类，是不是也饶有兴趣？”

"不，不大擅长此道。原先倒也写过。”

"您这是说笑话。”

"哪里，看来是与性情不合，至今都没入门呢。”

马琴说到"与性情不合"，格外加重了语气。他并不认为自己作不来和歌、俳句。当然，在这些事上，也自认并不缺少才气。只不过他一向瞧不起这类艺术。因为，和歌也罢，俳句也罢，形制实在过于微小，容纳不下他的全部构思。一首和歌，一句俳句，无论叙景抒情有多精彩，所表现的内容，较之他的作品，充其量只抵得数行而已。在马琴眼里，那是第二流的艺术。

## 三

马琴加重语气，说"与性情不合"就包含了这层轻蔑。不幸的是，这位近江屋平吉，压根儿没听出其中的弦外之音。

"噢，竟是这么回事啊。在下还以为，像先生这样的大作家，写什么都能得心应手。咳，俗话常说，人无全才。"

平吉拿拧干的手巾吭哧吭哧把皮都搓红了，带点儿客套地这样说道。马琴原是谦虚之辞，平吉竟照字面去领会。自尊心甚强的马琴大为不满，尤其平吉客套的口吻，更叫他不痛快。他便把手巾和搓澡巾往地上一扔，坐直了身子，板起脸，盛气凌人地说道：

"话又说回来，像时下的和歌诗人，或是俳句宗匠，他们那点能耐，我自信还及得上。"

话一出口，顿时难为情起来，觉得自己的自尊心，简直像个小孩子家。方才平吉对《八犬传》大加赞赏，自己也没觉得有多高兴，这会儿，给人家看成不会写和歌、俳句，倒又不满意起来，这不明摆着自相矛盾吗？他猛醒过来，慌忙拿起桶，从肩膀一直浇了下去，像是要把心里的羞愧给冲掉似的。

"就是嘛。要不然，您老也写不出那样的杰作呀。这么说来，在下能看出先生会作和歌、俳句，实在是好眼力呀。咳哟，怎么自吹自擂起来啦？"

平吉又放开嗓门，大笑起来。方才那个斜眼已经不在跟前了。吐的那口痰，也让马琴的冲澡水冲掉了。可是，马琴倒比刚才越发感到不安。

"哎呀，尽顾了说话，我也该到池里泡泡了。"

马琴有说不出的狼狈，一面打着招呼，慢腾腾地站起身来，一面又生自己的气，感到该离开这位好心眼的忠实读者。见马琴那么神气十足，平吉好像觉得，连他这个读者都脸上增光似的，便朝马琴的身后说道："那么，请先生改天作首和歌或俳句，好吗？您老答应啦？可千万别忘喽。那在下也就此别过了。知道您老忙，不过，路过我家的时候，请进来坐坐吧。在下也要去府上叨扰。"

说完，又涮起手巾来，眼睛望着马琴走向石榴口的背影，心里琢磨着，遇见曲亭先生这件事，回家后，该怎么讲给老婆听才好呢？

# 四

石榴口里暗得像傍晚一样，热气蒸腾，比雾还浓。马琴眼睛不好，跌跌撞撞地扒拉开浴客，好歹摸索到池汤的一角，总算把满是皱纹的身子泡了进去。

水有点儿热。他感到热水连指甲都浸透了，不禁长长吁了口气，慢悠悠地四下里打量着。昏暗中，好像露出七八个脑袋。有说话的，有唱小曲的。热水融化了人身上的油腻，滑不唧溜。水面上反射着从石榴口照进来的昏暗光线，悠悠地晃荡着。令人恶心的澡堂子味儿直冲鼻子。

马琴的想象，向来带点儿浪漫色彩。就在这澡堂的热气里，无意中，眼前浮现出一个场景，是他正打算写的小说里的。一艘沉甸甸的乌篷船。船外，海面上似乎正日暮风起。浪打船舷，听来沉重滞浊，像油在晃动。与此同时，乌篷船也呼啦呼啦作响，八成是蝙蝠在拍打翅膀。有个船夫放心不下这声音，悄悄从船舷探出头去察看。海面上雾蒙蒙的，只有红红的月牙儿，阴沉沉地挂在天上。于是……

正想到这儿，一下子给打断了。因为他忽然听见石榴口那边，有人对他的小说在说长论短。声调也好，语气也好，分明是故意说给他听的。马琴本想从水池里出来，却又打消了念头，一动不动听他数落。

"什么曲亭先生、著作堂主人的，净说大话，马琴写的那玩意儿，全是炒人家的冷饭。说白了吧，他那本《八犬传》，还不是现成抄的《水浒传》！话又说回来，咳，要是不挑剔，有些故事还算有点儿意思。好歹有人家中国小说打底儿不是？所以呀，他那本书，光是看一遍，就乖乖不得了。可是，这回干脆又抄起京传[1]的来了。我简直傻了眼，气都生不出来了。"

马琴老眼昏花，眯缝着眼去看那个嚼舌头的人。因为热气挡着，看不大清，像是方才身边那

---

1　即山东京传（1761—1861），江户后期的戏作家，所著读本、洒落本自成一家。

个挽小银杏髻的斜眼儿。要真是他，没准是平吉刚才夸《八犬传》，惹他憋了一肚子火，才故意拿马琴出气。

"头一点，马琴写的玩意儿，全靠耍笔头子，肚里没一点儿货色。就算有，也像个教私塾的冬烘先生，不过讲一通四书五经罢了。因为他对当今世事，一窍不通。证据就是，除了陈年旧事，他压根儿没写过别的。把阿染和久松[1]写得活灵活现，他没那本事。所以，才写什么《松染情史秋七草》[2]。照马琴大人的口气学舌的话，这种例子多得数不胜数。"

要是有一方自认高出对方，你就是想恨他也恨不起来。对方这么损自己，马琴尽管恼火，却也怪，竟恨他不起来。相反，倒是极想表示一下自己的轻蔑。之所以没这么做，恐怕是因为上了年纪，火气压得住的缘故。

---

1 阿染与久松实有其人，因双双情死，成为江户时代歌舞伎、木偶净琉璃脚本的题材。

2 《松染情史秋七草》（1809），系马琴根据阿染和久松情死事件改编的小说。

"要讲写小说，一九[1]和三马才了不起呢。人家写的人物，浑然天成，都写活了。绝不靠耍小聪明，卖弄半吊子学问，胡编乱造。这一点上，跟蓑笠轩隐者[2]之流，不可同日而语。"

凭马琴的经验，一旦听到别人说自己作品的坏话，不但会不高兴，而且还感到害处不小。要说呢，倒不是因为承认人家说得对，就会沮丧，没了勇气。其实，他的本意是，如果硬要否定人家说得不对，往后创作起来，动机反会变得不纯。动机一不纯，其结果，创造出来的艺术，往往就不成样子，他怕的是这个。那些专门媚俗的作者又当别论，但凡有点儿骨气的作家，格外容易陷入这种险境。所以，别人对自己小说的恶评，直到如今，马琴尽量不去看。不过，想归想，却又禁不住想看看究竟是怎样的恶评。此刻，他之所以在澡堂里听小银杏瞽信口雌黄，一半原因也是

---

1　十返舍一九（1765—1831），江户后期的戏作家，以《东海道徒步旅行记》等滑稽小说而知名。

2　马琴的别号。

受了这念头的蛊惑。

他觉察到这一点，立马责备自己，竟然还泡在池汤里虚度光阴，真是愚不可及。于是，不再理会小银杏髻的尖嗓门，一脚跨出石榴口。隔着汽，看得见窗外的蓝天，还看见蓝天下，暖洋洋地沐浴着阳光的柿子。马琴走到水槽前面，平心静气地用清水冲身。

"反正马琴欺世盗名，亏他号称日本的罗贯中呢。"

澡堂里，那人大概以为马琴还在场，照旧痛斥腓力[1]，骂不绝口。偏巧是个斜眼儿，兴许没看见马琴早已跨出了石榴口。

# 五

然而，马琴出了澡堂，心里沉甸甸的。斜眼

---

1　此处芥川用的是英文 "Philippics" 一词的日文外来语，借雅典德摩斯梯尼抨击腓力王演说一事，转指小银杏髻之批评马琴。

儿倒是得计了，那番刻薄话，起码在这点上还真奏了效。马琴走在秋高气爽的江户街头，对方才在澡堂听到的恶言恶语，以自己的眼光，一一审视，严加品评。他当即就弄清一件事：不论从哪一点上来看，都是不值一顾的谬论。话虽如此，一度给扰乱的心情，却轻易平静不下来。

他抬起闷闷不乐的眼睛，望着两旁的店家。店里的人，与他的心境了不相涉，一个个都为当日的营生忙活。土黄布上印着"各地名烟"的暖帘，梳子形的"正宗黄杨木"的黄招牌，写有"轿灯"字样的挂灯，还有上书"卜筮"二字的算卦招子——这些东西杂乱无章地排了一溜，乱糟糟地从他眼前掠过。

"这些恶言恶语，我压根儿不放在眼里，可为什么心里这样烦躁呢？"

马琴接着又想：

"让自己不高兴的，首先是那个斜眼儿对自己心怀恶意。不拘什么理由，只要别人对自己怀有恶意，心里就会别扭。这有什么法子！"

　　想到此处，对自己的怯懦，不免有些羞愧。其实，像他那样旁若无人的人固然不多，但像他那样对别人的恶意敏感到这地步的人，也着实少有。从行为上说，虽说是完全相反的两种结果，原因实乃相同，即同一神经作用之故也。这事他当然老早就有所察觉。

　　"不过，让我不快活的，还另有缘故。那就是，自己被迫落在这样一个处境，成了斜眼儿的对头。我一向不喜欢跟人交恶，所以从来不去争强斗胜。"

　　推究至此，还想再深究一步时，不料心情起了变化。他嘴巴本来抿得紧紧的，这时忽然咧了开来，从这一点上也看得出来。

　　"最后，把自己弄到这地步的，居然是那个斜眼儿。这事儿真让人不痛快。要是对手多少高明些，自己准不甘示弱，将这不痛快回敬过去。可是，要跟那么个斜眼儿叫阵，再怎么着，也不屑于此啊。"

　　马琴一面苦笑，一面仰望高空。老鹰欢快的

叫声，同阳光一起雨点般地落了下来。一直郁闷不舒的心情，渐渐轻快起来。

"总之，不管斜眼儿如何恶意中伤，顶多让我不自在罢了。老鹰叫得再响，太阳也不会停止旋转。我的《八犬传》，必能完成。到那时，日本就有了从古到今无与伦比的一大传奇！"

他恢复了自信，安抚自己道。在窄巷中拐了个弯，静静地朝家走去。


# 六


到家一看，暗乎乎的门厅里，脱鞋石上摆了一双麻花绊的雪屐，挺眼熟。一见之下，来客那张平板单调的脸，立刻浮在眼前。一想到又要耽误工夫，心里不免生厌。

"今儿上午算又白糟蹋了，唉！"一边想，一边上了木板地。女佣人阿杉慌忙出来迎接，手拄地上，跪在那儿，仰头看着他脸说道：

"和泉屋老板正在屋里等您回来呢。"

马琴点了点头，把湿手巾交给阿杉。可他不想马上进书房。"太太呢？"

"朝香去了。"

"少奶奶也去了？"

"是。带了小少爷一起去的。"

"少爷呢？"

"去了山本老爷家。"

家里人全出门了。他有点儿扫兴。不得已，只好拉开挨着门厅的书房门。

一看，客人端坐在屋子中间，正在抽一管细细的银烟袋，白脸膛上油光光的，拿捏着一股子劲儿。马琴书房里，除了裱着拓本的屏风，壁龛里挂着一对"红枫黄菊"条幅外，再没一件像样的装饰品。挨着墙，清一色摆了一排五十几只桐木书箱，倒也古色古香。窗户纸恐怕过了年还没换过。东一块西一块补窟窿的白纸，在秋阳的辉映下，斜映出硕大的芭蕉残叶在婆娑弄影。正因此，客人的华丽服饰，同书房的氛围就越发显得不相称。

"哟，先生，您回来啦。"

隔扇一拉开，客人就圆滑地打招呼，还毕恭
毕敬低头行了个礼。他就是书铺老板和泉屋市兵
卫。当时《新编金瓶梅》声誉甚高，仅次于《八
犬传》，便是由他承印的。

"等了不少工夫吧？偏巧今儿一早去洗了
个澡。"

马琴不经意地皱了下眉头，依旧彬彬有礼地
坐下来。

"哎呀，一清早去洗澡？真是不错呢。"

市兵卫一声感叹，好似大为钦佩的样子。不
论多点小事，他都能信口恭维，钦佩一番，这种
人很少见。何况那钦佩又是装出来的，就更加少
见。马琴慢条斯理地抽着烟，照例赶紧把话转
到正事上。他尤其不喜欢和泉屋老板钦佩人的
劲儿。

"不知今儿有何贵干？"

"嗳，那个，又来请您赐稿哟。"

市兵卫指尖捏着烟袋转了一下，说话一副娘娘腔。这家伙性格有些怪。多数场合，表里不一。而且，何止是不一，经常是完全相反。一旦执意要做一件事时，说起话来，准是拿出一副娘娘腔来。

马琴一听这声音，不由得又皱起眉头。

"要稿子？那可不成。"

"哦，有什么为难吗？"

"何止为难！今年我接了几部小说，压根儿腾不出手弄长篇。"

"难怪。真是大忙人呀。"

说完，用烟灰筒磕了磕烟袋上的灰，刚才的话仿佛忘得一干二净，脸上像没事人似的，冷不丁提起鼠小僧次郎太夫的事来。

# 七

鼠小僧次郎太夫原是有名的大盗，今年五月

上旬被捕，八月中给枭首示众的。他专偷大名府，偷来的钱财全施舍给穷人，所以得了个侠盗的怪名，到处备受称赞。

"先生，听说被盗的大名府有七十六家，盗走的钱共有三千一百八十三两二分之多，真令人吃惊。虽说是个强盗，却非一般人所能做到。"

马琴不禁动了好奇心。市兵卫说这话，心里得意得很，因他总能给作者提供些素材。这一得意，不用说，常惹得马琴恼火。恼火归恼火，好奇心照旧给吊起来。马琴有相当的艺术天赋，这方面格外容易上钩。

"嗯，是了不起。我也听到种种传说，没想到真如此厉害。"

"反正该算是盗中豪杰吧。听说从前当过荒尾但马守的随从，所以对大名府内的情形，才轻车熟路的。行刑前游街示众，据看光景的人说，人长得胖墩墩的，还挺招人喜欢，身穿一件越后产的蓝绉绸褂子，里面衬的是白绸子单和服。这人物，不恰好该在先生的小说里出场嘛！"

马琴含糊其词地应了一声，又点上一袋烟。而市兵卫可不是含糊其词就能打发掉的。

"您看怎么样？能不能把这个次郎太夫写进《新编金瓶梅》里？您忙，我再清楚不过了。就请勉为其难，答应下来吧。"

说到这里，从鼠小僧一下又回到催稿的事上。他这套把戏马琴早已见惯，仍是不肯应承。非但如此，比方才越发不痛快。虽说是一时中计，上了市兵卫的当，自己居然动了几分好奇，真是愚蠢透顶。烟抽得寡淡无味，一面说出这样一番道理来：

"首先，勉强去写，总归也写不出好东西来。不用说，那会影响销路。你们也会觉得没意思不是？所以呀，照我的意思去办，对双方都好。"

"话虽如此，可还是想请您勉力而为，您看行不行？"

市兵卫一边说，一边用视线"抚摸"马琴的脸（这是马琴形容和泉屋老板某种眼神的话），鼻孔里不时喷出烟来。

"无论如何也写不出来。就是想写，也没工夫。没法子。"

"那可难倒我了。"

说着，这回突然把话锋转到作家同行之间的事上来。两片薄薄的嘴唇，依旧叼着细细的银烟袋。

# 八

"听说种彦[1]又有新书要出版了。无非是丽辞华藻、哀戚悲切的故事罢了。种彦写的东西，自有他种彦才有的独特之处，别人是写不来的。"

不知市兵卫是什么心思，凡提到作家名儿，不管对谁，从不加尊称。马琴每回听他这么直呼姓名，心里就想，他背后对自己恐怕也是直呼"马琴"的吧。这种浅薄小人，把作家当成雇来的伙计，

---

1　柳亭种彦（1783—1842），江户后期的戏作家。《伪紫田舍源氏》为其代表作。

称名道姓的，自己凭什么要给他写稿子？——逢到肝火旺的时候，就越想越来气，这是常有的事。本来就没好脸色，这会儿一听种彦的名儿，就越发难看起来。市兵卫却好像满不在乎。

"然后我们还琢磨着，要不要出春水[1]的小说。先生讨厌他，可他倒挺投合那班俗人的趣味呢。"

"唔，是吗？"

记得几时曾见过春水来着，眼前浮现出他那张脸，显得格外的猥琐。春水直言不讳，说："我才不是作家呢。不过是为赚钱，投读者之所好，写些艳情小说供他们消遣罢了。"这话马琴早就有所耳闻。不用说，他从心里瞧不起这号不像作家的作家。尽管如此，此刻听见市兵卫不加尊称，直呼其名，仍情不自禁感到愤愤然。

"总之，要说写那类情色故事，他最拿手啦。而且，笔头是出名得快。"

说着，市兵卫睃了马琴一眼，然后赶紧又盯

---

1 为永春水（1790—1843），江户后期的戏作小说家，以人情本小说《春色梅儿誉美》著称。

住衔在口中的银烟袋杆。刹那间，他的表情显得非常下流。至少马琴这么觉得。

"他写得那么快，据说是走笔如神，不写上三两章，就不能罢手。先生有时是不是下笔也很快呀？"

马琴心里不仅不痛快，还觉得受了胁迫。他自尊心甚强，不愿意别人拿自己和春水、种彦之流相提并论，看究竟谁的笔头快。马琴其实是属于写得慢的。他认为那是自己没能耐，也常有泄气的时候。可是话又说回来，他又时时把笔头的快慢，当作衡量自己艺术良心的尺度，而且深以为贵。可是，自己心里怎么想又当别论，听任那班俗物来妄加訾议，则断断不容许。于是，他朝壁龛的"红枫黄菊"望过去，一吐心中块垒道：

"那得看时间和场合。有时快，有时慢。"

"哦哦，得看时间和场合。原来如此。"

市兵卫第三次叹服。不过，他决不会这么叹服一下就罢休的。紧接着，劈面就问：

"那么，一再提到的稿子的事，您是不是已答应下来了？像春水他……"

"我跟春水先生不一样。"

马琴有个毛病，生起气来，下嘴唇爱朝左撇。这工夫，猛一下朝左撇了过去。

"恕不从命。——阿杉，阿杉！和泉屋老板的鞋子摆好了吗？"


# 九


马琴把和泉屋市兵卫撵走后，一个人靠着廊柱，望着小院里的景致，肚里的火还没消，他极力想法儿压下去。

阳光洒满一院子，叶子残破的芭蕉，快秃光的梧桐，青青的罗汉松和绿绿的竹子，暖洋洋的，一起领受这只有几坪¹大的秋色。这边，净手钵旁的芙蓉花，七零八落，只剩下了几朵。对面，种

---

1 坪为日本土地面积单位，一坪约合 3.3 平方米。

在袖篱外的桂花，却依旧香气袭人。老鹰的叫声，似笛子般清脆，时不时自蓝天远远飘落下来。

面对自然，他不由得想起人世间的卑劣来。人之所以不幸，就缘于住在这卑劣的人世间，为这卑劣所烦恼，连自己的言行也不得不卑劣起来。就在方才，自己把和泉屋给撵走了。撵人走这种事，当然不是什么高尚之举。可是，对方实在卑劣，自己是给逼到那一步上的，非那么做不可。结果，就那么做了。那么做，只能说明自己也变得卑劣起来，跟市兵卫是半斤八两。换句话说，自己身不由己，已然堕落到这个份儿上了。

想到这里，他记起前不久发生的同样一件事。去年春天，有个叫长岛政兵卫的人，住在相州朽木上新田一带，写信给马琴，要拜他为师。信上称，我自二十一岁耳聋，便决心要以文章扬名天下，直到二十四岁的今天，始终潜心于写小说。不用说，我是《八犬传》和《巡岛记》的忠实读者。不过，待在这种乡野，对修业习艺，总归多有不便。因此，能否到府上来，收留我权当门客？另外，我还有够出六册书的小说原稿，想请您斧正，并代觅合适的书局出版。——信的大意如此。在马琴看来，对方这些要求，全是一厢情愿的如意算盘。马琴苦于视力不好，知道对方耳聋，便生出几分同情。于是，回信说，所求之事，碍难接受。马琴这么写，可以说是够郑重其事的了。岂料对方回信，从头到尾，除了谩骂，就没别的。

信的开头是这么写的：你的《八犬传》也罢，《巡岛记》也罢，写得又长又臭，我是耐着性儿才看完的，而你，对我的小说，仅有六册，却连看都不肯看一眼。你的人格有多低下，这不是明摆着的事吗？结尾则大肆攻击：身为前辈，竟不肯收留个晚辈当门客，真是吝啬鬼。马琴一怒之下，当即回信。信中还写了这样一句话：我的小说，竟为足下这种浅薄之徒所读，实为我终生之耻。从那以后，就杳无音信。如今那个政兵卫是不是还在写小说？是不是还在梦想着，有朝一日，他的小说在日本广为传诵呢？……

想起这件事，不禁觉得政兵卫很可怜，自己

也很可怜。这样一来，又引发马琴一种说不出的寂寥之情。太阳无忧无虑地照着桂花，香气四溢。芭蕉和梧桐悄然无声，叶子连动都不动一下。老鹰和原先一样，叫得还是那么欢快。这大自然，还有这人世间……马琴像做梦似的，靠在廊柱上发呆，直到十分钟后，女佣人阿杉来禀报，午饭已经做好了。

# 十

马琴一个人无情无绪地吃完午饭，这才回到书房。心里有说不出的烦乱，很不痛快。为让自己平静下来，便翻开很久都未翻过的《水浒传》。一翻就翻到风雪夜，豹子头林冲在山神庙看到火烧草料场那段。戏剧性的场面，照例引起他的兴致来。可是看了一段，反倒有些不安起来。

家人朝香去，还没回来。屋里鸦雀无声。他打起精神，对着《水浒传》，百无聊赖地抽起烟来。

烟雾中，脑子里又冒出向来就有的一个疑问。

身为道德家和艺术家，那个疑问，一直缠绕不去。以前，对"先王之道"他从来没疑心过。就像他自己公开说过的那样，他的小说就是"先王之道"在艺术上的表现。这倒没什么矛盾。可是，"先王之道"赋予艺术的价值，同他在感情上想赋予艺术的价值，想不到相差甚远。他心中道德家的一面，肯定前者，而艺术家那面，当然是认可后者。讨个巧，用妥协的办法来摆脱这矛盾，他也不是不想。其实，他就公开说过些模棱两可的话，想拿调和的腔调，掩饰他对艺术的含糊态度。

然而，他骗得了人，却骗不了自己。他否定戏作的价值，称之为"劝善惩恶的工具"，可一旦碰上汹涌而来的艺术灵感，心里立即会感到不安。《水浒传》中的一段，之所以出其不意，给他的心情以这种影响，就是这个因由。

在这点上，马琴心里是胆小的，他一声不响地抽着烟，硬把心思转到还没回家的亲人身上。

然而，《水浒传》就摆在眼前。不安的念头始终围着《水浒传》兜圈子，怎么也赶不走。正在这工夫，好久没上门的华山渡边登[1]来了，来得恰是时候。穿着和服外褂和裙裤，腋下夹了个紫包袱，大概是来还书的。

马琴好高兴，特意走到门厅去迎接这位好友。

"今儿个来，一是还书，二来有件东西想请您看看。"

华山一进书房，果然就这样说道。再一看，除了包袱，还拿着一卷像是绢画的东西，外面用纸裹着。

"要是有空，就请过过目。"

"噢，那就让我先睹为快吧。"

华山似乎有些兴奋，故意微微一笑，来掩饰自己的心情，一边打开卷在纸里的绢画。画上画着几株萧森、光秃的树，远远近近，稀稀落落，

---

1 华山渡边登（1793—1841），即渡边华山，江户后期画家，精通汉学、兰学。因著书谴责幕府闭关自守政策，被迫自杀。

林间站着两个拊掌谈笑的男人。无论是散落在地上的黄叶，还是麇集在树梢上的乱鸦，画面上无处不流露着微寒的秋意。

马琴凝视着这幅淡彩的寒山拾得像，眼里渐渐闪动着柔和温润的光辉。

"你总是画得这么出色，让我想起了王摩诘。是意在'食随鸣磬巢乌下，行踏空林落叶声'吧？"

# 十一

"这是昨天刚画完的，还算满意。要是您老人家喜欢，打算送给您，所以就带来了。"

华山摸着刚刮过胡子、还青乎乎的下巴，踌躇满志地说。

"当然，说是满意，不过是在至今所画的画里差强人意的而已。总是画得不能得心应手呀。"

"那太谢谢了。一向承你厚赠，实在过意

不去。"

马琴眼里看着画，嘴上喃喃道着谢。不知怎的，心里蓦地闪过，还有工作撂在那里没做完呢。而华山，好像也在琢磨自己的画儿。

"每次看古人的画，总要想，怎么画得这么精妙！树是树，山石是山石，人物是人物，真是绘影绘神，把古人的心情画得悠悠然，简直呼之欲出。能画到这一步上，实在了不起。而我，说起来，水平还及不上个孩子。"

"不过，古人也说过，后生可畏呀。"

马琴瞅着华山，见他只顾想自己的画，心里似乎有点儿妒忌，例外开了句玩笑。

"后生的确可畏。所以，我们给夹在古人和后生之间，身不由己，只有任人推着赶着往前走的份儿。恐怕不光我们是这样，古人大概也同样，后生想必也会如此。"

"不错，要不往前走，立即就会给推倒了。这样看来，最要紧的是，得先想法子，如何往前走，哪怕走一步也好。"

"正是。这比什么都要紧。"

宾主为各自的话所感动，两人一时都不作声，侧耳聆听秋日里那些轻微的动静。

"《八犬传》写得还顺手吧？"

隔了一会儿，华山转过话题问道。

"哪里，毫无进展，真没法子。这方面似乎也不及古人呢。"

"您老人家要这么说，我们就更惭愧了。"

"要说惭愧，我比谁都惭愧。不过，无论如何也得尽力而为，除此别无他法。最近，我准备豁出去，跟《八犬传》拼老命了。"

说着，马琴难为情似的苦笑了一下。

"虽然也想过，大不了是个戏作罢了，可是，做起来却没那么简单。"

"我画画儿也一样。既然画了，我就想尽我所能，一直画到底。"

"彼此都在拼命哪。"

两人放声大笑起来。然而，那笑声里，充溢着只有他俩才知道的寂寞。与此同时，这寂寞，同样又使宾主二人感到一阵强烈的兴奋。

"不过，画画儿很叫人羡慕呀。至少不会受到公家指责，这比什么都强。"

这回，马琴把话锋一转。


# 十二


"那倒没有。但您老人家写的东西，无须担这个心吧？"

"哪儿呀，多着呢。"

于是，马琴举了一件实事为例，说明书籍审查大人专横到了极点。他小说里有一段写到当官的受贿，为此便下令要他改写。对这件事，马琴批评道：

"审查大人那班家伙，越是找碴，越露马脚，有趣得很。他自己受了贿，就嫌人家写受贿的事，非逼你改掉不可。因为他们自己下流，爱动邪念，只要涉及男女之情的，不管什么书，立马就说是淫书。而且，还自以为道德上比作者高多少似的，真让人哭笑不得。俗话说，猴子照镜子——龇牙咧嘴。因为自知低人一等，有气。"

马琴一个劲儿地打着比方，华山不禁笑了起来。

"这类事大概挺多。不过，即使被迫改写，也不会有损您老人家的颜面。管他审查大人说什么，好作品总归是好作品。"

"话是这么说，蛮横无理的事，实在太多了。对了，还有一次，写到探监人去送吃的和穿的，也给删掉了五六行。"

马琴说着说着，竟和华山一起呵呵地笑了起来。

"可是，过了五十年一百年，那些审查大人已成粪土，而《八犬传》则与世长存。"

"《八犬传》留下来也罢，留不下来也罢，反正我觉得，不管什么时候都会有审查大人。"

"是吗？我倒不那么认为。"

"就算审查大人没有了，审查大人那一号人，不管什么世道都不曾断过。要是以为焚书坑儒只有古时候才有，那就大错特错了。"

"近来，您老人家净说些灰心的话。"

"倒不是我灰心。是审查大人横行的世道让我灰心。"

"那就努力创作，岂不更好？"

"看来只好这样了。"

"那咱们就一道拼命吧。"

这回，两人谁都没笑。非但没笑，马琴还神情庄重地瞅着华山。华山这句像是玩笑的话，竟令他出奇地觉着刺耳。

"年轻人首先得明白，活下去才是正经。想拼命，什么时候都能拼。"

过了一会儿，马琴这么说道。他知道华山的政治见解，这时，忽然感到一丝不安，故而才这么说。华山只是笑了笑，不想回答。

# 十三

华山走后，马琴趁这股兴奋劲儿还没退，觉着该接着写《八犬传》，便照常对着桌子坐了下来。他一向有个习惯，总是先把头天写好的通读一遍，然后再接着往下写。所以，今天也是先拿起行距又窄又密、朱笔改得满篇皆红的几页稿子，慢慢用心重读一遍。

不知何故，写的东西与自己的心意，一点儿都不贴切。字里行间，处处透着一种不纯的杂音，破坏通篇的和谐。起初，还以为是肝火太旺的缘故。

"得怪这会儿心情不好。这可是自己尽心尽力才写出来的。"想到这儿，又重读一遍。可是，同方才没什么两样，还是很糟糕。心里一下慌了起来，都不像个老人样了。

"先头写的怎么样呢？"

他又看先前写的那段。照样是信手涂鸦，行文散乱，粗制滥造的词句比比皆是。接着又往前看，再接着往前看。

　　一直看了下去，展现在眼里的，竟是篇结构拙劣、章法混乱的作品。写景，不能给人留下一点儿印象；抒情，引不起别人的共鸣；而议论，又没丝毫道理可循。花了好几天的心血，写出来的几章稿子，今儿让他一瞧，净是些没用的饶舌。他顿时痛苦得像心上挨了一刀。

　　"只好从头再写了。"

　　马琴心里这样叫着，把稿子恨恨地一推，支起一只胳膊，侧身躺了下去。兴许还在惦记稿子的事，眼睛一直没离开书桌。就在这张书桌上，他写下了《弓张月》《南柯梦》，如今又在写《八犬传》。桌上的端砚，蹲螭形的镇纸，蛤蟆形的铜笔洗，雕有狮子、牡丹的青瓷砚屏，以及刻着兰花的孟宗竹根笔筒——所有这些文具，对他创作的艰辛，早已司空见惯了。看着这些文具，他觉得这回的失败，给他毕生的劳作投上了一道阴影——他禁不住怀疑起自己的真正实力来，不免忧心忡忡，有种不祥之感。

"直到方才，还寻思着，要写一部在当今之世无与伦比的巨著来着。没准也跟别人一样，不过是种自负而已。"

这种忧心，益增他孤独落寞之感，最是叫人不堪忍受。他并没忘记，凡是他尊敬的日本和中国文豪，在他们面前，自己从来都是谦恭的。但在同时代作家里，他对那些庸庸碌碌之辈，则极是傲慢不逊。结果，自己的能力竟同他们半斤八两，而且还是个讨厌的辽东豕[1]，他马琴，怎能甘心承认这个事实呢？然而，他的我执太强，没法用彻悟和断念来解脱自己。

他躺在书桌前，瞧着这部失败的稿子，那眼神，就像遇难的船长，眼睁睁瞅着船往下沉。他闷声不响，一直在跟极度的绝望搏斗。要不是这当口，他身后的隔扇稀里哗啦给拉了开来，传来一声"爷爷，我回来啦"，接着，一双柔嫩的小手搂住他的脖子，他还不知要郁闷到什么时候呢。

---

1 辽东豕，典出《后汉书·朱浮传》，系少见多怪、自鸣得意、自负之喻。

小孙子太郎一拉开隔扇，一下子就跳到马琴的腿上。只有小孩子才会这么大胆，没有顾忌。

"爷爷，我回来啦！"

"噢，回来得好快呀。"

说着，《八犬传》作者那布满皱纹的脸上，顿时笑逐颜开，就像换了个人似的。

# 十四

起坐间里很热闹，听得见老伴儿阿百的尖嗓子，还有儿媳妇阿路羞怯的声音。不时还夹带着男人的粗嗓门儿，好像儿子宗伯这时也赶巧回来了。太郎骑在爷爷腿上，故意装出一本正经的神气，望着天花板，像是侧耳聆听大人说话。小脸蛋给外面的凉气吹得红扑扑的，小小的鼻翼，随着呼吸一掀一掀的。"我说呀，爷爷。"

穿着土红色出门衣裳的太郎，忽然开口道。孩子在极力想什么，又要拼命忍住笑，小酒窝儿一会儿露出来，一会儿又没了。那神情引得马琴直要发笑。

"每天要好好儿的。"

"嗯，每天要好好儿的？"

"用功啊！"

马琴扑哧笑了出来，一边笑一边接过话头问道：

"还有呢？"

"还有……嗯……还说不要发脾气。"

"哦哦，就这些吗？"

"还有哪。"

太郎说完，仰起梳着一绺髻的小脑袋，自己也笑了起来。他一笑，眼睛就眯成一条缝，露出白白的小牙，还有一对小酒窝儿。看他这小模样，怎么也想象不出，将来长大会变得像世人一样可怜。马琴虽然沉浸在天伦之乐里，心里却又这么嘀咕着。不过，却更忍不住想要逗他。

"还有什么？"

"还有哇，还有好多好多呢。"

"好多什么？"

"嗯——爷爷呀，以后会变得更了不起，所以……"

"变得了不起，所以？"

"所以说呀，您要好好忍耐。"

"是在忍耐啊。"马琴不由得严肃起来，答道。

"说是还得好好、好好忍耐。"

"是谁这么说的？"

"是……"太郎调皮地瞅了爷爷一眼，笑了起来，"谁呀？"

"对了，你今儿个朝香去了，是听庙里老和尚说的吧？"

"不对。"

太郎马上摇摇头，从马琴腿上欠起半个身子，略微扬起下巴说：

"是……"

"谁？"

"浅草寺的观音菩萨这么说的。"

说着就快活地笑了起来，声音大得全家都听

得见，大概怕给马琴逮住，赶紧跳到一旁。没费劲儿便让爷爷上了他的当，小家伙儿开心得直拍手，一溜烟地朝起坐间逃去。

可是也恰在这一刻，马琴心里闪过一个再严肃不过的念头。他嘴上微微笑着，好不幸福。不知不觉，眼里噙满了泪水。这玩笑，是太郎自己想出来的，还是他娘教的？他不该问。这节骨眼上，能从孙子口中听到这样的话，马琴觉得不可思议。

"是观音菩萨这么说的？用功吧！别发脾气！而且要好好忍耐！"

六十多岁的老艺术家含泪笑着，孩子气地点了点头。


# 十五


当天夜里。

座灯上罩着圆纸罩，光线不大亮，马琴在灯

下开始继续写《八犬传》。他写作时，家人谁都不得进书房。屋子里静悄悄的，只有灯芯儿的吸油声，和着蟋蟀的鸣声，枉然絮聒着漫漫长夜的寂寥。

刚下笔的时候，脑子里隐隐闪过一道光。等写十行二十行，这光竟一点一点亮了起来。凭经验，马琴知道那是什么，便小心翼翼提笔往下写。灵感和火，如出一辙。不懂得生火，即使着了一下，马上又会熄掉……

"别急！尽量考虑得深一点！"

马琴几次提醒自己，不能由着一管笔，像脱缰的野马似的。方才脑子里那点光亮，微末如星，现在竟势同潮水，奔流直下，迅过江河。而且势头越来越猛，不容分说地把他推向前去。

不知什么时候，听不见蟋蟀声了。这会儿，圆座灯的光线虽不大亮，眼睛倒也不觉得吃力。一管笔气势如虹，纵横纸上。他拼着命写，那态度像同神明较劲儿似的。

脑子里的洪流恰像横空的银河，不知从什么

地方滚滚而来。

来势之猛，让他害怕。怕自己的体力，万一经不住怎么办？他紧捏着笔杆，一再对自己说：

"只要有口气，就一直写下去。要写的东西，这会儿不写，怕就写不成了。"

那股洪流像道朦胧的光，速度丝毫没有减缓。奔腾飞跃，让他应接不暇，淹没一切，汹汹然直袭而来。他完全给击垮了，把一切都抛诸脑后，顺着那股洪流，纵笔挥洒，势同狂风暴雨。

这时，他那有如帝王般威严的眼睛里，既不是利害得失，也非爱恨情仇，更看不到一丝一毫为毁誉所苦的心怀，而是充满不可思议的喜悦。或者说，那是一种感激之情，悲壮得让人神往。不懂得这种感激之情，怎么能咂摸到戏作三昧的甘美呢？又怎么能理解戏作家庄严的灵魂呢？这不正是人生吗？残渣污秽荡尽之后，仿佛一块崭新的矿石，光辉夺目，呈现在作者面前……

这时，起坐间里，阿百和阿路婆媳俩正对着

灯，在做针线活儿。大概已经让太郎睡下了。身子瘦弱的宗伯坐在一边，一直忙着搓药丸。

"你爹还没睡吧？"

阿百把针在油乎乎的头发上蹭了蹭，不大满意地嘟哝着。

"准是只顾写书，什么都忘了。"

阿路眼睛仍盯着针，低头答道。

"真拿他没办法。又赚不了多少钱。"

阿百说着，看了看儿子和媳妇。宗伯装作没听见，不言语。阿路也一声不响，继续飞针走线。不论这儿还是书房里，倒都听得见蟋蟀的啾唧，叫得秋意越发浓了。

大正六年（1917）十一月

（艾莲　译）

# 西乡隆盛 1

1 西乡隆盛（1828—1877），号南洲，日本江户末期萨摩藩武士、军人、政治家。

这个故事，是本间先生告诉我的。本间比我早两三年从大学历史系毕业。他可是个名人，写过两三篇关于维新史的有趣论文。去年冬天，我迁居到镰仓。迁居的一周之前，我和本间在一起吃饭，偶然听他述及此事。

不知为何，他说的故事至今仍旧回旋在我脑海，所以，我要将之付诸笔端，也对新小说的编者们，聊尽一点寄稿之责。当然，之后我才听说，这个故事在文友之间乃一名段，被称作"本间先生的西乡隆盛"。这样说来，本故事在特定的社会层面中，或已人所共知。

本间先生叙述之时特别强调，"真伪的判断乃听者的自由"。本间先生所反对的，我自然也不会赞同。读者呢，只要像阅读过时的新闻报道那样，漫不经心地逐行阅读下去，我就心满意足了。

大约是七八年以前的事情。一个寒冷的夜晚——时值三月下旬，虽说即将迎来清水樱花初绽的季节，但夹杂着雪花的降雨，仍旧令人感觉寒冷。当时的本间还是大学学生，晚上九点一过，他便乘坐京都始发的上行[1]快车，在列车的食堂里，独自饮上几杯白葡萄酒，并昏昏然地抽着 M. C. C 牌香烟。列车经过了米原车站，很快便接近岐阜县境。隔着玻璃窗注视，窗外一片漆黑，不时看得见微小的火光流向车后。可那是远处的灯光，还是火车烟囱里迸出的火花？着实难以判别。耳边交织着寒雨敲击车窗的声音以及喧嚣的车轮下单调的吼当声。

约莫一周前，本间先生利用春假来此研究维新前后的史料，顺便也想独自逛逛京都。然而抵

---

1 日本铁路规定，列车运行原则上以地方开向首府方向、支线开往干线方向为上行方向。

达之后，才发觉需要探究的问题很多，希望观赏的名胜也是形形色色。他感觉那阵子太忙了，不知不觉间休假也所剩无几。甚至连新学期的备课，都没时间开始。这么一想，就算十分眷恋京都的舞蹈和保津川的乡间景色，也只好徒然地眺望东山。真觉得有点儿对不住自己。一个雨天，本间先生终于下了决心，他将物品收拾停当，走出草屋的大门。他身着制服、制帽，精力充沛地驱车到了七条的停车场。

然而赶上的却是一辆二等列车，车里挤得挪不开窝。列车员担心地望了望，总算为他找到了一块安身之地。可这点地方，根本无法睡觉。怎么办呢？卧铺自然早已售罄。本间先生暂时与一名陆军军官住在一起。那军官膀大腰圆，酒气熏天，睡觉时还磨牙。旁边挤着的，是他的夫人。被胖子那样挤着，本间先生尽量将身子缩小，然后沉醉在青年一般、漫无边际的空想之中。不一会儿，空想渐渐地枯萎了，身旁的压迫感却益发强烈。本间先生不得已，站起身将制帽扔在脚下，躲到隔着一节车厢的餐车中避难去了。

餐车里倒是空荡荡的，仅有一位旅客。本间先生坐到最顶头的餐桌前，要了一杯白葡萄酒。实际上他并不想喝酒，只是现在没了睡意，借此打发时间罢了。态度傲慢的男侍将琥珀色的酒杯放在他面前，他也只是嘴唇稍稍抿一下，随即点燃了 M.C.C 牌香烟。

他喷吐的一个个蓝色小圈，在明亮的灯光下袅袅升腾。本间先生将双腿长长地伸往桌下，顿时感到舒坦许多。

身体倒是轻松了，心情却奇异地仍旧郁闷。这样坐在这里，总觉得玻璃窗外的黑暗会突然间破窗而入。或者，那白色桌布上整齐码放的盘盘罐罐，将顺着列车行进的方向滑落在地。车窗外面骤雨哗哗。雨声之中，压抑的心情渐渐令他窒息，此时他感到一种莫名的痛苦。他抬起眼睛，失神地环顾餐车内景。只见那镶着镜框的碗橱、几只颤动着点点亮的电灯以及插着菜花的玻璃花瓶，一面发出无法耳闻的声响，一面急不可待地涌入眼帘。然而在所有的这些物象中，更加吸引本间注意的却是对面桌上的一位食客。那食客的胳膊肘支在餐桌上，捏着一只威士忌酒杯，慢慢地抿着。

食客是位须发斑白的老绅士。老绅士红光满面的双颊上，蓄着稀稀拉拉像西洋人的额须。尖鼻子上，则戴着一副金属框的夹鼻眼镜，更加强化了一种骄矜的感觉。他的身上穿着一件黑色的西服。可是即便远远望去，也绝非上等洋服。老绅士与本间几乎同时抬起了头，漫不经心地相互窥望。此时，本间心中不禁发出"哎呀"的轻微惊叫。

这是为何呢？本间只是感到，老绅士的这副面容仿佛在何处见过。当然他也说不清楚，究竟是在现实之中见过呢，还是在照片之中见到的，只是可以确认，自己一定在什么地方见过。于是，本间慌忙在自己的心中搜索着熟人的姓名。

本间尚在搜索，老绅士却突然间站起身来，在车身的摇动中平衡着身体，大步走向本间的身旁。他十分随意地坐在了桌子对面，用壮年人似的粗犷嗓音，对本间说道："噢，失敬。"

本间有点儿摸不着头脑。他在年长者的面前露出暧昧的笑容，并从容地微微颔首。

"你认识我吗？什么？不认识也无妨。你是大学的学生吧？而且是文科大学。我做的营生跟你差不多呀。我可算作同业公会的一员。你的专业是什么？"

"历史学。"

"哈哈，历史学。你也是约翰逊博士所蔑视者。约翰逊曰：历史学家不过是 almanac-maker（年鉴编纂者）。"

老绅士说完，仰面大笑。看来，这老头已酩酊大醉。本间并不答话，窃笑着打量长者的一举一动。他观察到，老绅士低矮的翻领下，系着一条黑色的领带。他的西装背心业已磨得破烂，胸前却煞有介事地挂了一块大大的银锁怀表。他穿着这样寒碜的服装，不像是因为贫穷。证据在于他的领口和衬衫袖口是新衣的那种白色，熨帖地靠在肌肤之上。也许他属于学者一类，不修边幅？
"年鉴编纂者，真是名实相符。哎呀！依照我的思维方式，那里却存在很大的疑问。然而，我们可以不去理会那些。你告诉我，你最希望从事的研究是什么？"

"是维新史。"

"那么，毕业论文的题目也在这个范围之内喽？"

本间感觉仿佛是在经历一场口试。对方那口吻，简直是穷追猛打。此时他已茫然地预感到，自己将陷入异常窘迫的境况之中。本间若有所思地拿起葡萄酒杯，有意简单地回答道："打算探究的问题是西南战争。"

老绅士闻言，突然间一言不发，身子往后一仰，带着训斥般的口吻吩咐道："哎！再来一杯威士忌！"说完他又若无其事地转向本间，夹鼻眼镜的后面流露出一缕淡淡的嘲笑，继而说道：

"西南战争吗？有意思。老朽的叔父也曾加入叛军，且战死在沙场。为此，我曾特意做过研究，探究了一些细节方面的事实真伪。我不知道，你是根据哪些史料进行研究的。关于那场战争，曾有许多惊人的讹传，而且误传竟可笑地源自真实的史料。所以，假如不能审慎地对史料加以取舍，就会犯下难以想象的谬误。你是要做研究的，恐怕首先要注意这个问题。"

本间揣测着对方的态度和语气，不知听了这样的忠告，是否该向长者表示感谢。他心中没底，便一口一口地抿着白葡萄酒，极度暧昧地应付。老绅士丝毫没有注意本间的那般反应。此时，男侍将威士忌端了进来，老绅士咕咚地饮上一口，由口袋里掏出一只濑户烟斗，填入烟丝。

"当然，小心翼翼或许也会有危险。这样讲，似乎有点儿失礼，可是关于那场战争的史料，的确有许多怪异之处。"

"是吗？"

老绅士默默地点点头，擦着洋火，点燃烟斗。老绅士的面相颇似西洋人。红色的火苗在额下一闪，浓烟便掠过斑驳的额须，整个儿是一埃及佬。

本间望着他，突然间感觉到，老绅士莫名其妙地让人感觉面目可憎。当然他是喝醉了酒。但是怎么可以不负责任地拉着人家听他吹牛，甚至让听者默默感受惶恐？本间感觉，就是冲着自己制服上的这些金扣，都是有失颜面的。

"可我觉得，自己没有必要那么惶恐。你那样想，理由是什么呢？"

"理由？没有理由。是事实。关于西南战争的史料，我都一一做了细致的查阅，其中发现了多处讹传。这就足够了。你说不是这样吗？"

"那当然，可以这样说。那么我想请教一下，您所发现的是怎样的事实？我想可以作为我重要的参考。"

老绅士叼着那只烟斗，沉默了片刻，而后眼睛望着玻璃窗外，双眉怪异地颦蹙着。眼前，横亘着一个停车场，那儿站着一些乘客。微微一闪亮，乘客们便在暗夜的细雨中被甩向车后。本间望着车外的景色，心中嘟囔了一句："活该！"

"倘若没有政治的顾虑，我也不会憋在肚子里不说。万一泄密的事让山县公知道，那可不是闹着玩儿的。那并非我个人的麻烦呀。"

老绅士思前想后，慢条斯理地说道。之后，他调整了一下夹鼻眼镜的位置，来去打量着本间的面孔。他那脸上浮现的轻蔑表情，早在其眼神之中显现出来。他将杯中剩下的威士忌酒一口饮下，骤然将他那胡子拉碴的面孔贴近前来，满口酒气地在本间的耳际，耳语一般地嘟哝道：

"只要你肯保证绝不外传，我就向你透露一点儿秘密。"

这回轮到本间皱眉了。本间此刻的心中似乎感觉到，这家伙别是个疯子吧？在这般追究的同时他又觉得，这么眼睁睁放过了一个事实，也着实有点儿可惜。此时的本间，有些孩子般的不服气——哪能遇上这么点儿叫板就退却了呢？本间将 M.C.C 牌香烟的烟头扔到烟灰缸中，脖子挺得直直的，一板一眼地说道：

"好吧，你说吧，我不会外传。"

"那好。"

老绅士的烟斗里冒着浓烟。他的眼睛很小，却目不转睛地盯着本间的脸。本间奇怪，刚才为何没有感觉到呢？对方的眼神是正常的。不过话说回来，那眼神与凡夫俗子的眼神又不相同。老绅士的眼神睿智而亲善。那眼神是明朗的，始终包含着一种坦荡的笑意。本间默默不语，对视中强烈地感觉到，在对方的眼睛和言行之间，存在着一种奇异的矛盾。当然，老绅士丝毫没有意识到这种矛盾。青色的烟雾绕过夹鼻眼镜，徐徐地散去。老绅士目送着烟雾去处，目光静静地游离开本间的脸庞，飘向更辽远处。他的头颅微微后仰，自言自语似的说了一些莫名其妙的话。他说：

"论及细小的事实出入，那可数不胜数。所以，我只说说那件最大的误传。那便是西乡隆盛并未战死在城山之役。"

听到这里，本间不由得笑了起来。这一笑打断了交谈。本间只好抽出一支 M. C. C 点燃，硬是装作一本正经地应付道："是吗？"他已经无心再听下文。西乡隆盛战死城山的事实，在所有的正史中皆有记载。而这个老人竟漫不经心地称之为误传——仅凭这一点，本间便大致明晓了老人所谓的事实。当然，不能说他是精神异常。他不过是个乡巴佬罢了，要么将义经、铁木真混为一人，要么将丰臣秀吉看作私生子。本间想到这里，心中同时感觉到滑稽、气愤和失望，他决心尽快结束和老人的这般问答。

"你信吗？西乡隆盛当时并未战死于城山，他如今还活在人世呢。"

老绅士说完，意气昂然地瞥了一眼本间。当然，本间仍旧漫不经心地应付着。对方露出一丝讥讽般的微笑，之后以平静的口吻问道：

"你不相信我的话吗？我知道无须分辩，你是不信的。然而，我说西乡隆盛仍然在世，你不信的理由是什么呢？"

"你不是说，你对西南战争也感兴趣吗？你对史实进行了研究。那么这个问题干吗还要我来回答？既然阁下问到这儿，我便就我所知陈述一二。"

　　本间感到，老人那可恶的倚老卖老实在可恨，他巴不得赶紧了结掉这场喜剧。虽然显得有点儿小气，本间还是说了以上那样的开场白，接着连珠炮似的为城山战死说正名。我在这里无须详尽描述。不过，本间的议论还像平素的研究一般，追求的是具有决定性意义的、引证的确切性和逻辑的彻底性。对于撰写论文，这当然具有充分的必要性。然而那叼着濑户烟斗、吞云吐雾的老绅士，听了之后却全然没有退缩之意。金属框夹鼻眼镜的后面，细小的眼睛仍然放射出温柔的光芒，脸上浮现出讥讽的微笑。老人的目光奇妙地挫败了本间的论锋。

　　"当然，在你的那种假论之上，你的论述是正确的。"

　　本间的论述告一段落，老人这样悠然地说道。

　　"在你所列举的记载中，有加治木常树的城山笼城调查笔记，还有所谓的市来四郎日记。这样的一些假定，当然都是确切无误的事实。可是对我来说，一开始就对这些史料持否定态度。所以你的那些枉费心机的名论，对我来讲只能说是彻头彻尾的空谈。啊，等一下。我想关于那些史料的正确性，你可以从诸多方面进行辩护。可是我呢，我却持有超越了一切辩护的确切实证。你知道那是什么吗？"

此时，本间仿佛坠入五里雾间，不知如何应答为好。

"因为，西乡隆盛和我就在同一列火车之上。"

老绅士用几近严肃的语调，不容置疑地断然说道。平素处事不惊的本间，此时不禁愕然。但是，尽管理性亦会受到威胁，却不应在这种问题上权威扫地。本间不由自主地从嘴边挪开了握着 M. C. C 香烟的手，慢悠悠将香烟吸入肺中，眼睛里流露出惊异的表情。他一言不发地凝视着老人高耸的鼻子。

"和我说的这种事实相比，你的那些破史料算是什么呀？不过是一张破纸罢了。西乡隆盛并未在城山战死。你要证据吗？他就在这趟上行快车的软卧车厢里。还有比这更加确切的事实吗？或者，你所信赖的不是活生生的人，而是写在纸上的文字？"

"好啊。你说他还活着，可我只有亲眼所见，才能相信呀。"

"亲眼所见？"

老绅士带着傲然的语调，重复着本间的猜忌。说完，动作缓慢地磕了磕烟袋里的烟灰。

"是的，必须亲眼所见。"

本间重新振作起精神，有意态度冷淡地强调了这个疑问。然而这对于老人似乎并没有特别重大的效果。老人听着本间的描述，依然露出十分傲慢的态度，夸张地耸耸肩头。

"他当然是在我们的火车上。你若想见，现在就可以见到他呀。当然，南洲先生或许已经睡下了。这样吧。反正隔着一列软卧，过去看看也无妨呀。"

老绅士说完，将那濑户产的烟斗装进口袋里，并以眼神向本间示意道："跟我来。"随即，老人吃力地站起身来。本间见状，也跟着老人站起身来。他嘴上叼着 M.C.C 烟，双手插在裤兜里，慢悠悠地离开了座位。本间跟在跟跟跄跄的老绅士身后，由两边并排的餐桌中间，大步走向餐车门口。餐车里剩下的，只是白色桌布上的两个酒杯，一只装过白葡萄酒，另一只装过威士忌。大雨倾盆，袭向行进中的列车。风雨声中，酒杯寂寞的身影瑟瑟颤抖。

大约过了十分钟光景，态度冷漠的男侍又将琥珀色的液体，注满在白葡萄酒和威士忌的酒杯之中。此外，戴着夹鼻眼镜的老绅士和身着大学制服的本间，也像先前一样落座于桌旁。隔着一个餐桌的桌子旁，坐着方才擦肩而过、身着便装的一个胖男人，还有一个艺妓一般的女人，他们好像在用筷子食用炸虾。两人流畅的上方方言缠绵悱恻，其间掺杂着嘎吱嘎吱的刀叉声。

幸好本间对此全不介意。此刻，本间头脑里

充斥了方才所见的、令人惊异的景象。软卧车厢茶绿色的凳子和相同色调的窗帘之间，卧着一位山样巨大的肥壮白头汉——本间简直不敢相信自己的眼睛。从那仪表堂堂的相貌上看，正是南洲先生特有的风骨啊。或是因为心情的缘故，他感觉那儿的电灯并不比餐车的灯光明亮，但南洲先生那别具特征的眼睛和脸庞，远远的亦明晰可辨。不论怎样讲，那正是自己从小到大始终确认不疑的西乡隆盛呀……

"怎么？你仍旧赞同'城山战死说'的主张吗？"

老绅士红润的脸上露出爽朗的微笑。他在等着本间的回答。

本间无言以对，他不知道自己该相信哪边。是相信万人确认的无数史料呢，还是相信眼前魁伟的老绅士？倘若怀疑了前者，则应怀疑自己的大脑；怀疑了后者呢，则当怀疑自己的眼力。本间的疑惑是完全正常的。

"你方才已亲眼看到了南洲先生，却仍旧相信那些史料吗？"

老绅士端起威士忌酒杯，像讲课一般继续说道。

"请你先思考一下，你所信赖的所谓史料究竟是什么？我们暂且不去考虑所谓的'城山战死说'。不妨说，世上并没有一种绝对正确的史料，可以给历史滥下断言。任何人在记录一种事实的时候，都会自然地对细节进行一些取舍选择。即便不是有意为之，这也是没有办法的事实。所以表面上看事情有了结果，实际上却完全不是那么回事。最近，一则消息时常成为话题中心——沃尔特·雷利[1]废弃了曾已定稿的世界史著述，想必你也有所耳闻。实际上，我们连眼前的事象都没搞清楚。"

实话实说，老绅士所说的这些，本间并不清楚。沉默之中，老绅士兀自认定本间是知晓的。

"我们再来看看'城山战死说'。那些记录本身，即有着许多疑点。当然，关于西乡隆盛明治

---

1　沃尔特·雷利（Walter Raleigh，1552—1618），英国文艺复兴时期的探险家，著有《世界史》。

十年（1877）九月二十四日战死城山的记录，所有史料都是一致的。然而，实际上死去的，只是一个貌似西乡隆盛的人。那个人究竟是不是西乡隆盛，自然是另外的一个问题。你方才提到的情况也是事实。有人说发现了他的首级或没有首级的尸体。如此这般的奇谈怪论亦有许多。持有怀疑也是自然而然的事情。话说回来，即便仍旧持有疑问，即便你不肯承认你在车上见到了西乡隆盛，至少你承认见到了一个酷似西乡的人。这种情况下，你还能说自己确信那些史料吗？"

"可是，史料上说的确发现了西乡隆盛的尸体呀。那么——"

"天下相貌酷似者数不胜数。右腕留有刀伤旧痕者，也不会绝无仅有。你听说过狄青为侬智高尸检的故事吗？"

这次，本间老实地承认"不知道"。其实他正苦恼于长者的种种奇谈怪论，老人居然知道那么多的怪事儿。同时，他也渐渐对那夹鼻眼镜的长者萌生了一种敬意。老绅士则由口袋里掏出他的濑户烟斗，慢悠悠地抽起了埃及香烟。

"狄青追了五十里，入大理境，发现一敌者尸骸，内着金龙衣衫。众人皆云，此乃智高。唯狄青不信。'焉知此非伪者？纵令坐失智高，亦不可欺瞒朝廷，枉自邀功。'这不仅是道德高尚的问题，也是对于真理应当持有的态度。然而遗憾的是，当时西南战争中指挥官军的诸将军，却缺乏此般周密的思虑。为此，历史上的许多误传可能被当作了事实。"

老绅士说得本间哑口无言。无奈之中，他只有像个孩子一样尝试做最后的反驳。

"可是，哪里会有那么相像的人呢？"

老绅士闻言，突然将嘴上的濑户烟斗摘了下来，香烟呛得他拼命咳嗽。他哈哈大笑起来。那笑声惊得邻座艺妓回转过头，诧异地望向这边。老绅士的笑声难以止住。他一只手扶着夹鼻眼镜，以免笑得掉落在地，另一只手握着点燃的烟斗，由喉咙深处发出笑声。本间感到莫名其妙。他的白葡萄酒杯放在面前，只顾茫然地望着长者的面孔。

"当然会有啦。"老人答道。好大一会儿，总算喘过一口气来，"你刚才不是亲眼所见的嘛。那个男人，是不是酷似西乡隆盛呢？"

"那么，那个人是谁？"

"那个人吗？那是我的一个朋友，本职是医生，也擅长南画[1]。"

"那他不是西乡隆盛喽？"

本间一本正经地这样问道，旋即感觉赧颜。在此之前，自己扮演了多么滑稽的一个角色，突然在此时被一束新的光照射着。

"倘若令你心中不快，还请多加包涵。我在和你谈话时，只觉得你的想法充满着青年的诚实，所以便想与你开个玩笑。可是尽管如此，我所说的却是真话。我就是这样的一个人。"

老绅士在口袋里摸索着，掏出了一张名片递给本间。名片上没有写明身份。可是本间看过名

---

1 日本绘画因受中国"南北宗论"影响而称文人画为"南画"。

片之后，总算想了起来，自己与老绅士似曾谋面。老绅士注视着本间的面容，露出了满足的微笑。

"见到先生，真是做梦未曾想到。我说了许多无礼的话，诚惶诚恐。"

"不。刚才你的'城山战死说'，相当精彩嘛。你的毕业论文若能写成这个样子，便会得出有趣的结论。我的那所大学里，今年也有一位专攻维新史的学生。啊呀不说啦，好好喝一杯。"

外面的雨雪似乎停息了，听不见窗子上雨击的声响。带着女伴的客人起身离去。唯有玻璃花瓶中插着的菜花，在冷澈的餐车中淡淡飘香。本间端起他的酒杯，将白葡萄酒一饮而尽。他用手撑着变红的脸庞，突然问道：

"先生是怀疑论者吧？"

老绅士夹鼻眼镜后的眼睛表示了肯定。那双眼睛是明朗的，始终在微笑。

"我是皮浪[1]的弟子，这已足矣。我们什么都

---

1 皮浪（Pyrrho），公元前三世纪的希腊哲学家，怀疑论的始祖。

不知道。对自己亦尚且不知，何况西乡隆盛的生死！所以，我要是撰写历史，才不写那种没有谎言的历史。只要能写出那种近似于史实的美丽的历史，我就会感觉满足。年轻的时候，我曾想要做小说家。如若当时的理想成真，或许会写那样的小说。当初若真的做了小说家，也许比现在的状况要好。总之我是一个地地道道的怀疑论者。你难道不这样认为吗？"

大正六年（1917）十二月十五日

（魏大海　译）

# 掉头的故事

# 上

何小二甩出了军刀，拼力抱住了马颈。自己的脖颈好像的确被刀砍到了，或许这是抱住了马颈后才意识到的。只觉得有什么东西噗的一声划入脖腔里，于是他便伏在了马上。战马好像也受了伤，何小二刚一在马鞍的前鞍上伏倒，战马便仰天长啸一声之后冲出混战的敌阵，在一望无际的高粱地里奔驰起来。似乎有两三声枪声从身后响起，在他听来却仿佛已在梦中。

已长得一人多高的高粱在狂奔的战马的踩踏下，如波浪般汹涌起伏，从左右两侧扫过他的发辫，也拍打着他的军服。间或擦抹着从他脖腔里流出的乌黑的鲜血。然而，他的意识无暇对此一一做出反应，唯有自己被刀砍到的单纯事实，异常痛苦地烙印在脑海中。被砍到了！被砍到了！——他在心底反复地确认着，靴后跟机械般地一下又一下蹬着早已汗流浃背的战马的腹部。

十分钟前，何小二和几名骑兵队的战友从清军阵地前往一河之隔的小村庄侦查的途中，在已泛黄的高粱地里，不期然遭遇到一队日本骑兵。由于过于突然，双方都已来不及开枪。伙伴们一见到镶着红边的军帽和两肋缝有红布条的军服，就立即拔出腰刀，转瞬间便调转了马头。在那一刻，对于自己可能被杀死的恐惧，没有闪现在任何人的脑海中，脑中有的只是眼前的敌人，和一定要杀死敌人的意念。因此，他们调转马头，凶犬般龇牙地向日本骑兵扑杀过来。而敌人也被同样的冲动所支配，转瞬间，有如将他们的表情反射在镜子里一般，完全相同的一副副张牙舞爪的凶相便出现在他们前后左右。与此同时，一把把军刀开始在身边虎虎生风地挥舞起来。

　　此后发生的事情，他就不再有明确的时间观念了。只清楚地记得，高高的高粱仿佛被暴风雨吹打一般疯狂地摇曳，在摇动的高粱穗的前方，高悬着红铜似的太阳。那场混战究竟持续了多久，其间又先后发生了怎样的事情，他却一点儿也不记得。当时，何小二只是疯狂地大声叫喊着自己也不明其意的话，拼命挥舞着手中的军刀。他的军刀似乎也一度被染得血红，但他的手上却没有任何感觉。渐渐地，手中军刀的刀柄变得汗湿起来，随之他便感到口中异常干渴。

　　正在此时，一个眼珠几乎瞪出眼眶的日本骑兵张着大口突然出现在马前。透过镶着红边的军帽裂口处，能够看到里面的寸头。何小二一见到对方，便使尽全身力气挥刀向那顶军帽砍去，但他的军刀既没碰到军帽，也没有砍到军帽下的头，而是砍到了对方从下方迎来的军刀钢刃上。在周围一片混乱的嘈杂声中，随着令人惊恐的咔的一声清响，一股钢铁里磨出来的冷彻的铁臭传到了鼻腔里。与此同时，另一柄宽宽的军刀反射着炫目的日光，从他的头顶划过一条弧线。异常冰凉的异物嚓的一声进入何小二的脖颈。

战马驮着因伤痛呻吟不止的何小二，在高粱地里不停奔驰，可是无论怎样飞奔，眼前都只是一望无际的高粱。人马的喊杀嘶鸣以及军刀的声声磕碰，不知何时已从耳边消失。辽东秋季的日光和日本没有丝毫不同。

何小二在摇晃的马背上因伤痛不时地呻吟。然而，从他紧咬的牙缝中透出的声息，却包含着远远超出呻吟的更为复杂的含义。其实，他并非仅仅因肉体上的疼痛而呻吟，而是在为经受精神上的苦痛——对死亡的恐惧，以及奔涌着的无数复杂情感而呜咽、哭泣。

他因自己将与这个世界诀别而无限悲伤，并憎恨令他与这个世界诀别的所有人和事。而且，他对不得不离开这个世界的自己也感到愤懑。种种复杂的情感纠缠着，无休无止地袭来，他也随着这些情感的起伏，忽而大叫着"我要死了"，忽而喊叫着父母，也间或大骂日本骑兵。不幸的是这些声音一从口中吐出，就变成了含义不明的嘶哑呻吟。他已经十分虚弱了。

"再没有人像我这样不幸的了。年纪轻轻就来到这里打仗，像狗一样被无端地杀死。首先，杀死我的日本人实在可憎，其次，派我们出来侦查的军队长官也可恨。最后，可憎的还有发动了这场战争的日本和大清国，可憎的还有很多很多，那些和我当上一名兵卒相关的所有人，都与敌人无异。因为这些人，我此刻才不得不离开还有很多事想做的这个世界。哎，任由那些人与事摆布的我，实在是一个白痴。"

何小二在呻吟中诉说着，头部紧贴着马颈的一侧，任战马在高粱地里飞奔。被马的来势所惊，时而有成群的鹌鹑一跃而起，但战马却毫不为其所动，依然不顾背上主人随时有坠落下来的危险，口吐泡沫地狂奔。

只要命运允许，何小二一定会在不停的呻吟

声中向上苍继续诉说自己的不幸，在马背上摇晃整整一天，直到红铜色的太阳落入西边的云中。终于，平地渐变为缓坡，在一条流过高粱地、狭窄而浑浊的小河的转弯处，命运安排两三株河柳低垂着挂满将落树叶的柳梢，威严地伫立在河畔。何小二的战马刚要从河柳之间穿过，浓密的柳枝便将他的身体卷起，头朝下抛在河边松软的泥土上。

那一刻，何小二因一时的错觉，仿佛看到了空中燃烧着鲜黄的火焰。那是他幼时在家里厨房的大灶下看到过的那种鲜黄的火焰。他意识到："啊，火在燃烧。"之后便失去了知觉……

## 中

从马上跌落的何小二，真的失去了知觉？的确，不知从何时起他已感受不到伤口的疼痛了，然而，当他满身血水和泥土地躺在杳无人迹的河边时，他记得自己看到了河柳枝叶轻抚的蓝天。那片蓝天比他以往任何时候看到的都要高远、蔚蓝，恰似从一个蓝色瓷瓶的下端朝上仰望时的心境。并且在瓷瓶的底端，如同泡沫凝聚起来的白云，不知从何处悄然飘来，又不知往何处悠然散去，仿佛是被摇曳着的柳叶涂抹掉了一般。

那么，难道何小二并未失去知觉？可是分明有许多并不存在的事物，如幻影般出现在他的眼前。最先出现的，是他母亲的微脏的裙裾。在他年幼时，不论高兴时或是悲伤时，他无数次牵扯过。可是当他此刻伸出手来想要拽住时，它却已从视线中消失，忽然变成一丝薄纱，远处的云朵也如同一大块云母石般透明。

接着，他降生的老屋后那片很大的胡麻地远远飘来。盛夏的胡麻地里，孤寂的花朵仿佛在等待日落似的开放。何小二想寻找站在胡麻地里兄弟的身影，可是那里不见一人，只有浅色的花与叶片浑然一体，沐浴着熹微的日光。随之，一切又倾斜着被远远地拉走，直至消失。

　　而后，一个更为奇妙的东西开始在空中舞动。仔细一看，原来是在元宵节之夜抬着巡街的巨大龙灯。近十米长的龙灯，由竹签扎起的骨架上贴纸制成，然后用红红绿绿的颜色涂抹得绚烂多彩。形状和在年画上看到的龙别无二致。那条龙灯若隐若现现在蓝天上，分明是白昼，里面却透出烛光。更不可思议的是，那条龙灯真有如活物一般，长长的龙须竟时而左摇右摆。正在此时，它又渐渐游移到视野之外，消失不见了。

　　龙灯远去之后，空中出现了一只女人纤细的脚。缠了足的脚，只有三寸多。优美弯曲的脚趾上，浅白的指甲透着娇柔的肉色。初次见到那只脚时的记忆，仿佛梦中被跳蚤叮咬了一般，带着一份悠远的哀伤。如果能再一次触摸到那只脚的话——可是这显然已不再可能。这里和见到那只脚的地方相距数百里。想到这里，女人的脚跟眼看着变得透明，最后完全融入云影之中。

　　在那只脚消失后，从何小二的心底生出一种从未有过的不可思议的寂寥感。在他的头顶，寥廓的苍穹无声地笼罩着。人只能毫无选择地任由天上席卷而来的狂风吹打，凄惨地存活。这是何等的寂寥！而这种寂寥迄今竟不为自己所知，真是不可思议。何小二不禁发出一声长叹。

这时，在他的视线和天空之间，头戴镶着红边军帽的日本骑兵，以更加迅猛的速度慌张地猛冲过来，又以同样迅猛的速度，慌张地不知跑到何处。那些骑兵也一定像自己一样孤寂，如果他们不是幻影的话，真想同他们相互抚慰，暂时忘却这份孤寂。可是，如今已经来不及了。

何小二的眼中涌出止不住的泪水，他用满是泪水的双眼回顾自己迄今为止的人生，发现其中充满了荒谬。他想对所有的人道歉，也想宽恕每一个人。

"如果这次我能够得救的话，我愿意为补偿自己的过失去做任何事情。"

他边哭泣边从心底暗自念叨着。可是，无限高远、无限蔚蓝的天空似乎根本没有听到他的祈愿，只是一尺尺、一寸寸地向他胸前渐渐威压过来。蔚蓝色的雾霭中，一点点微微闪烁的，应该是白天看到的星辰。如今，那些幻影也不再出现在他眼前了。何小二又叹息了一声，突然颤抖着嘴唇，慢慢阖上了双眼。

# 下

中日两国讲和一年之后的一个早春上午，在北京日本公使馆的一个房间里，任公使馆武官的木村陆军少佐与奉官令前来视察的农商务省技师山川理学士正围桌而坐，以一杯咖啡、一根雪茄暂时忘掉忙碌，专注于闲谈之中。虽说已是早春，但室内的火炉里仍烧着火，因此室内温暖得让人出汗。桌上摆放的盆景中的红梅，不时传来中国特有的香气。

当二人的话题，从一直谈论的西太后转向中日战争的回忆时，木村少佐猛然想起什么似的，起身将放在房间一角的订在一起的《神州日报》

拿到桌上，翻开其中的一页展示在山川技师的眼前，并用手指着其中的一处，用眼神暗示对方阅读。技师对这突然的一幕稍感惊讶，从平素的交往他已得知，眼前的这位少佐，是一个和军人并不相称的洒脱之人。他将目光投向报纸，便预感到这将是一个和战争有关的奇闻逸话。果不其然，如果转换成日本报纸惯有的语气，全部使用方块汉字的这段堂堂的报道，大致为如下的内容。

——街上剃头店主人何小二，出征中日战争期间屡建奇功，成为勇士凯旋后却不修品行，沉溺酒色。某日，在一酒楼饮酒时与酒友发生争执，乃至两相厮打，后因颈部负重伤而顷刻毙命。尤其不可思议的是，其颈部之伤并非厮打之时凶器所致，而系中日之战的战场上遗留伤口开裂。据目击者称，格斗中该人连同酒桌跌倒的刹那间，头部只剩喉部的表皮相连，鲜血喷涌的同时躺倒在地。当局怀疑真相不实，当下正在对嫌犯严查之中。旧时有诸城某甲头落之事载入《聊斋志异》，此番的何小二与其相类也未可知，云云。

　　山川技师读罢，一副惊奇的表情问道："这是怎么回事？"于是，木村少佐悠然吐出雪茄的烟雾，沉稳地微笑着。

　　"有趣吧？这种事情，也只有中国才有。"

　　"若是哪里都有岂不是太荒唐了？"

　　山川技师也苦笑着，将长长的烟灰点落到烟缸里。

　　"更有趣的是……"

　　少佐摆出认真的神态，稍停顿了片刻。

　　"我见过那个叫何小二的人。"

　　"见过他？那太离奇了。莫不是你这个公使的随员也学了那些新闻记者，开始捏造起一些离谱的谎言？"

　　"我哪里会做那等无聊的事？我那时，正是在屯子之役负伤之后，那个何小二也被我军野战医院收容。为学中国话，我和他交谈过两三次。如果是脖子上有伤的话，那么十有八九就是他。据说，是出来侦察的时候碰到我军骑兵，脖子上被日本刀砍了一刀。"

"哈，真是奇妙的缘分。按这份报上所说，就是个无赖汉。这种人还不如当时就死掉呢，那样也许对世上更有些帮助。"

"可是他那时是一个非常正直、友善的人，在所有的俘虏中，也很难找到那样温顺的。看得出那些军医也很喜欢他，特别用心地为他治疗。他也会说起自己的身世，还讲过非常有趣的事情。我至今还清楚地记得，他对我讲起过脖子负伤后从马上跌落时的感受。他说当躺倒在河边泥地上时，仰望柳枝上的天空，清晰地看到了母亲的裙子、女人的脚、开了花的胡麻地，等等。"

木村少佐丢掉了雪茄，将咖啡端到唇边，将目光投向桌上的红梅，自语一般地说道：

"记得他说当看到那些东西时，深切地感到自己以往人生的可悲。"

"所以，战争结束后就成了一个无赖汉吧。可见人都是靠不住的。"

山川技师把头靠在椅背上伸出双脚，带着嘲讽地把雪茄的烟雾吐向天井。

"你的意思，是说他那时故作好人？"

"是的。"

"不，我不那样认为。至少那应该是他当时的真实感受。恐怕这次也是一样，在他的头落下的同时（如果如实使用报纸上用词的话），一定也会有同样的感受。根据我的想象，他在争吵时由于已经喝醉了，很轻易就连同桌子一起摔了出去。那一瞬间伤口裂开，垂着辫子的头部滚落在地。他曾经看到过的母亲的裙子、女人的脚和开着花的胡麻地等，一定又一次朦胧地出现在他眼前。尽管酒楼有房顶，他也一定看到了又高又蓝的天空。于是他又痛切地感到了自己往日人生的可悲，只是这一次一切都晚了。上一次是在他失去意识后，被日本的护士兵发现救了下来，而这次吵架的对手却是冲着他的伤口又踢又打。所以，他是在无限的悔恨之中断气的。"

山川技师晃着肩膀笑着说道：

"你真是一个出色的空想家。只是，如果真是那样的话，他为什么已经有过一次教训，却还是成了无赖汉呢？"

"那只能说，在和你所说的不同含义上，人的确是靠不住的。"

木村少佐又重新点了一支雪茄，以近乎得意的爽朗语调微笑着说道：

"我们都有必要深切意识到自己靠不住的这个事实。实际上，只有了解了这一点的人才会有几分可靠。若不然，就像何小二掉头一样，我们的人格很难说什么时候就会像头一样掉落。所有的中国报纸，都应该这样去阅读。"

大正六年（1917）十二月

（秦刚　译）

袈裟与盛远

# 上

夜晚，盛远在泥墙外远眺月华，踏着落叶，心事重重。

## 独　白

月亮升了上来。向来都迫不及待企盼月出，可唯独今夜，倒有点儿害怕月色这般清亮。迄今的故我，将于一夜之间消失，明天就完全是个杀人犯了；一想到这里，浑身都会发颤。两手沾满鲜血的样子，只要设想一下就够了。到那时的我，自己都会觉得恁地可憎。倘是杀一个恨之入骨的对手，倒也用不着如此这般于心不安，但今夜所杀，是一个我并不恨的人。

　　他，我早就认识。至于名叫渡左卫门尉，倒是因为这次的事儿才知悉的。作为男人，他过于温和，那张白净脸儿，忘了是什么时候见的了。得知他就是袈裟的丈夫，一时间确曾感到嫉妒。可是，那种嫉妒之情，此刻在我心上已消失得无影无踪，事如春梦了无痕。因此，渡尽管是我的情敌，但我对他既不憎也不恨。唉，倒不如说我对他有点儿同情更好。听衣川说，渡为博得袈裟青睐，不知费了多少心思。我现在甚至觉得，这男子还挺讨人喜欢的。渡一心想娶袈裟为妻，不是为此还特意去学了和歌吗？想起赳赳武士居然写起情诗来，嘴角不觉浮起一丝微笑。但这微笑绝无嘲弄意味，只是觉得那个向女人献殷勤的男子煞是可爱。或许是我钟爱的女子引得那男人巴结如此，他的痴情给身为情夫的我带来莫大的满足也未可知。

然而，我爱袈裟能爱到那种程度吗？对袈裟的爱，可分为今昔两个时期。袈裟未嫁给渡之前，我就爱上她了。或者说，我自认为爱她。但现在看来，当时的恋情很不纯正。我求之于袈裟的是什么呢？以童男之身，显然是要袈裟这个人。夸张些说，我对袈裟的爱，不过是这种欲望的美化，一种感伤情绪而已。证据是，和袈裟断绝交往的三年里，我对她的确没有忘情。倘如在此前，同她有过体肤之亲，难道我还会不忘旧情，对她依然思念不已吗？羞愧尽管羞愧，我还是没有勇气作肯定回答。在这之后，对袈裟的爱恋中，掺杂着相当成分的对不识的软玉温香的憧憬。而且，心怀愁闷，终于发展到了如今既令自己害怕，又教自己期待的地步。可现在呢？我再次自问：我真爱袈裟吗？

然而，在做出回答之前，尽管不情愿，也还得追叙一下事情的始末根由。——在渡边桥做佛事之际，我得与阔别三年的袈裟邂逅。此后的半年里，为了和她幽会，我一切手段都用上了，而且次次奏效。不，不光是成功，那时，正如梦想的那样，与她有了体肤之亲。那时左右我的，未必会像上文说的，是出于对不识的软玉温香的渴慕。在衣川家，与袈裟同坐屋里时已发觉，这种恋慕之情不知何时已淡薄起来。因为我已非童身，斯时斯地，欲望已不如当初。但细究起来，主要原因还是那女人姿色已衰的缘故。实际上，现在的袈裟已非三年前的她了。肌肤已然失去光泽，眼圈上添出淡淡的黑晕。脸颊和下巴原先的那种美腴竟出奇般地消失了。唯一没变的，要算那水汪汪、黑炯炯的大眼睛啦。这一变化，于我的欲望，不啻是个可怕的打击。暌隔三年，晤对之初，竟不由得非移开视线不可。那打击之强烈，至今还记忆犹新……

那么，相对而言，已不再迷恋那女人的我，怎么又会和她有了关系呢？首先，是种奇怪的征服心理在作祟。袈裟在我面前，把她对丈夫的爱故意夸大其词。在我听来，无论如何，只感到是虚张声势。"这个娘儿们对自己的丈夫有种虚荣。"

我这么想。"或许这是不愿意我怜悯她的一种反抗心理也未可知。"我转念又这么想。与此同时，想要揭穿这谎言的心思，时时刻刻强烈地鼓动着我。若问何以见得是谎言呢？说是出于我的自负，我压根儿没理由好辩解的。可尽管如此，我还是相信那纯是谎言。至今深信不疑。

不过，当时支配自己的，并非全是这种征服欲。除此之外——仅这么说说，就已觉羞愧难当了——纯粹是受情欲的驱使。倒不是因为同她未有过体肤之亲的一种渴念，而是更加卑鄙的一种欲望，不一定非她不可，纯为欲望而欲望。恐怕连买春嫖妓的人，都不及我当时那么卑劣。

总之，出于诸如此类的动机，我和袈裟有了关系。更确切地说，是戏侮了她。而现在，回到我最初提出的问题——唉，关于我究竟爱不爱袈裟，事到如今，已无须再问了。倒不如说，有时我甚至感到她可恨。尤其是事后，她趴在那里哭，我硬把她抱起来时，觉得袈裟比我还要无耻。垂下的乱发也罢，脸上汗津津的剩脂残粉也罢，无不显出这女人身心的丑恶。如果说，在那以前，我还爱她，那么，从那天起，这爱便永久地消失了。或者不妨说，截至那天，我从没爱过她，而自那以后，我心里反而生出了新的憎恨。可是，唉，今晚，不正是为一个我不爱的女人，想去杀一个我不恨的男人吗？

这绝不是谁之过。是我自己公然说的。"不是想杀渡吗？"——想起当时对她附耳细语时，连我都怀疑自己在发疯。可我居然这么说了。尽管竭力忍着，心想别说，终究还是小声讲了出来。回想当时为什么要讲，自己至今也弄不明白。如果这样想也未尝不可，那就是我越瞧不起她，越恨她，就越发忍不住想凌辱她。唯有杀了渡左卫门尉——袈裟所炫耀的这个丈夫，而且不管她愿不愿意，都得逼她同意，才能让我称心。我仿佛被噩梦魇住一般，竟违心地一味劝她去谋杀亲夫。然而，若说我想杀渡，没有充分的动机，那就只能说是人间不可知的力（说是魔障也成），在诱使我的意志走入邪道，除此以外别无解释。总之，我很固执，三番五次在袈裟耳边嘀咕此事。

过了会儿，袈裟猛地抬起头来，坦率地告诉我，她同意我的计划。可我对这简洁的回答，不只是意外。看袈裟的脸，有种迄今未见过的不可思议的光辉映在她眼里。奸妇——我立即萌生这念头。同时，又好像很泄气，这计划的可怕，突然展现在我眼前。

在此期间，那女人的淫乱，令人作呕的衰容，使我不断为之苦恼，这已无须再说。要是还能挽回，我真想当场收回前言，然后羞辱那不贞的女人，把她推到耻辱的深渊。那样即使我玩弄了她，说不定良心上还可以拿义愤当挡箭牌。但我还顾不上那样做。那女人宛如看透我的心思，忽然换了副表情，紧紧盯着我的眼睛——说老实话，我已骑虎难下，不得不同她约好杀渡的日子和时辰，因为我害怕，万一我反悔了，袈裟会向我报复。时至今日，这种惧怯之情仍死死揪着我的心。有人笑我胆小，就随他笑吧，因为他没看到袈裟当时的神情。"假若我不杀渡，看来即使袈裟不亲自动手，我也准会被她弄死的。与其那样，不如我把渡干掉的好。"——望着那女人干哭无泪的眼睛，我绝望地这么想。我发过誓后，看到袈裟苍白的脸上泛起酒窝一潭，俯首垂目在笑，岂不更加证实我的恐惧不是毫无来由的吗？

唉，为了那可诅咒的约定，既不道德，又昧良心，现在还多了一重杀人的罪名。要是赶在今晚毁了约——这连我自己也不肯。一方面，我发过誓，而另一方面，我说过——是怕报复。这绝不是欺骗。但除此之外，好像还有些什么。究竟是什么呢？逼着我这个胆小鬼去杀一个无辜的男人，那巨大的力量到底来自何方？我不明白。我不知道，照理说——不，没这种事儿。我瞧不起那女人。我怕她，恨她。但即使如此，兴许还因为我爱那女人的缘故也未可知。

盛远还在徘徊踱蹀，已然不再作声。月光朗照。不知从何处传来时兴的歌声。

真个是人心非同无明之黑暗，好似烦恼之火，命危夕旦……

# 下

夜晚，裞裟在帐子外，背着灯光，一边咬着袖子，一边陷入沉思之中。

# 独　白

他究竟来不来呢？想必总不至于不来吧？月亮都快西斜了，可还没听见脚步声，他不会遽尔反悔吧。万一不来——唉，我又得像个妓女一样，抬起这张羞愧的脸，面对天日。我怎么会做出这种无耻的事来呢？那时，我与路旁的弃尸真毫无二致。受人侮辱，受人蹂躏，到头来落得厚着脸皮，丢人现眼，而且还得像哑巴一样，一声都不能言语。万一真是如此，纵然要死也死不了。不，他准会来。上次分手时，我盯住他的眼睛，心里没法不那么想。他怕我。尽管恨我，还瞧不起我，但却怕我。不错，要是就凭我自己，他未必肯答应来。可是，是我求他。我算准了他的自私心理。不，是看透了他那自私自利引起的卑劣的恐怖。所以，我才能这么说。他准会悄悄来的，没错……

然而，单凭我自己，休想能办到。我这人有多惨哪。要是在三年前，就凭我的美貌，比什么都管用。说是三年前，不如说到那天为止，倒更接近真实也未可知。那天，在伯母家见到他时，我一眼就知自己的丑相印在了他的心上。他装得若无其事，像是在挑逗我，对我温声软语。但是一个女人，一旦得知自己丑陋，怎是几句话就能安慰得了的。我只是觉得窝心，感到可怕，伤心难过。儿时，奶娘抱我看月食，感觉很可怕，但那时的心情比现在不知要强多少。我的种种梦想，顿时化为泡影。过后，仿佛细雨潇潇的黎明，恓恓惶惶的感觉一直围绕着我——我被这孤寂所震慑，如同死了一般，委身于他，委身于那个并不爱我、那个恨我、瞧不起我的好色之徒——向他显示自己的丑陋，难道是因为耐不住那份孤寂？还是因为我的脸贴在他胸前，像给烧昏了一样，霎时间把什么都搅糊涂了呢？要不，就是我跟他一样，被一种肮脏之心所驱使吧？这么想想，我都不好意思，感到害羞，无地自容。特别是离开他的臂弯，又复归自由之身时，我只觉得自己是有多下贱呀！

气愤之情夹着凄凉之感，不管心里怎么想，千万不能哭，可眼泪还是止不住往下流。不过，这不仅是因为有亏妇道而倍感悲伤。妇德有失，加之又遭轻贱，如癞皮狗一般，被人憎恶，受人虐待，这比什么都让我伤心。后来，我做了什么呢？现在想来，好像过去很久了，只模模糊糊记得一些。我抽泣之际，觉得他的胡子碰了我的耳朵，随着一股热鼻息，听到他低声对我说："不是想杀渡吗？"听到这话，说来也奇怪，到现在也不明白，不知怎么当时心境一下豁亮起来。是兴奋吗？如果说这时月光很明亮，恐怕是因为我心里高兴的缘故。总之，和明亮的月光不一样，那是一种兴致勃勃的心情。然而我从这句可怕的话里，岂不是感到一丝快慰吗？唉，我这个女人呀，难道非要谋杀亲夫，还得照旧被人爱，才觉得痛快不成？

　　我好似这明亮的月夜，因为孤寂，因为心头一宽，又接着哭了一阵。接下来呢？然后呢？究竟是几时，诱使那人跟我约好来杀我丈夫这些事的？就在订约的那会儿，我才想起自己的丈夫。老实说，这还是头一回。在那之前，我一门心思只顾想自己的事，琢磨自己受人戏侮的事。只有在那时，才想到我丈夫，我那腼腆的丈夫——不，不能说是他的事。而是每当他要对我说什么时，总是微笑的面孔，清清楚楚呈现在我眼前。我的计策猛地兜上心来，恐怕也是忆起他那张面孔一瞬间的事。此言何出呢？因为当时我已决心一死了。能做出这样的决定，岂不高兴。但是，当抬起这张哭脸，向那人望去时，便又像上次似的，看到自己的丑陋映在那人心上，喜悦之情顿时化为乌有。于是，又想起和奶娘一起看月食时黑沉沉的光景。恍如隐藏在喜悦的心情之下，形形色色的怪物都给放了出来似的。我要做丈夫的替身，难道真是因为爱他？不，不，在这好听的借口后面，是因为我曾委身他人，有一种赎罪的心情。可我没有自戕的勇气。我想要在世人眼中是一个顶好的形象，我心里还存有这么一种卑劣的念头。何况这么做，八成还能得到宽恕。而我比这还要卑鄙，也更加丑陋。那人对我的憎恶、轻侮以及邪恶的情欲，我美其名曰让他做丈夫的替身，其实不是想对这些个进行报复吗？证据是望着他的面孔，仿佛那月光一样，我的兴致忽然竟冰消瓦解，只有满腔的悲伤转瞬间冻僵了我的心。我不是为丈夫去死，而是为了自己。我是因心灵受到伤害而感到愤然，身子受了玷污而为之悔恨，因这两个原因才去死的。唉，我活着毫无意义，而死也没有一点价值。

然而，我这没有价值的死法，比苟延残喘地活着，不知让人多开心哩。我忍住悲伤，强带欢颜，同他再三商定谋杀亲夫之约。可他也很敏感，从我的话语当中，也能听出一二，万一他失了约，清晨我会做出什么事来。既然如此，他也发过誓，是不会不来的。那是风声吗？一想到自从那天以来，一直痛苦忧伤，今夜总算熬到了头，心里顿觉一宽。明天，太阳想必会在我无头的尸体上，洒下一抹寒光吧。看到尸体，我丈夫——不，不要去想他，他是爱我的。可我对这爱却无能为力。很久以来，我就只爱一个男人。而这唯一的男人，今夜却要来杀我。在我看来，这灯台的光，也显得晶光耀眼。更不消说，我是被情人折磨致死的呢。

……袈裟吹灭了灯台的火，不一会儿，黑暗中隐约听到撬开板窗的声音。与此同时，一线淡淡的月光泻了进来。

大正七年（1918）三月

（艾莲　译）

蜘蛛之丝

## 一

一天，佛世尊独自在极乐净土的宝莲池畔闲步。池中莲花盛开，朵朵晶白如玉。花心之中金蕊送香，其香胜妙殊绝，普熏十方。极乐世界大约时当清晨。

俄顷，世尊伫立池畔，从覆盖水面的莲叶间，偶见池下的情景。极乐莲池之下，正是十八地狱的最底层。透过澄清晶莹的池水，宛如戴上透视镜一般，三恶道上之冥河与刀山剑树的诸般景象，尽收眼底。

这时，一名叫犍陀多的男子，同其他罪人在地狱底层挣扎的情景，映入世尊的慧眼。世尊记得，这犍陀多虽是个杀人放火、无恶不作的大盗，倒也有过一项善举。说大盗犍陀多有一回走在密林中，见到路旁爬行的一只小蜘蛛，抬起脚来，便要将蜘蛛踩死。忽转念一想："不可，不可，蜘蛛虽小，到底也是一条性命，随便害死，无论如何总怪可怜的。"犍陀多终究没踩下去，放了蜘蛛一条生路。

世尊看着地狱中的景象，想起犍陀多放蜘蛛生路这件善举。虽然微末如斯，世尊亦施以善报，尽量把他救出地狱。侧头一望，说来也巧，净土里有只蜘蛛，在翠绿的莲叶上，正攀牵美丽的银丝。世尊轻轻取来一缕蛛丝，从莹洁如玉的白莲间，径直垂向杳渺幽邃的地狱底层。

二

这边犍陀多正和其他罪人在地狱底层的血池里载沉载浮。不论朝哪儿望去，处处都是黑魆魆、暗幽幽的，偶尔影影绰绰，暗中悬浮着什么，原来是可怕的刀山剑树，让人看了胆战心惊。尤其是四周一片死寂，如在墓中。间或听到的，也仅是罪人的叹息声。凡落到这一步的人，都已受尽地狱的折磨，衰惫不堪，恐怕连哭出声的力气都没有了。所以，任是大盗犍陀多，也像只濒死的青蛙，在血池里唯有一面咽着血水，一面苦苦挣扎而已。

偶然间，犍陀多无心一抬头，向血池上空望去，在阒然无声的黑暗中，但见一缕银色的蛛丝，正从天而降。仿佛怕人看到似的，细细一线，微光闪烁，恰在自己头上顺顺溜溜垂落下来。犍陀多一见，喜不自胜，拍手称快。倘抓住蛛丝，攀缘而上，准保能脱离苦海。不特此也，侥幸的话，兴许还能爬进极乐世界哩。如此，再不会驱之上刀山，也庶免沉沦血池之苦了。

这样一想，犍陀多赶紧伸出双手，死死攥住蛛丝，一把一把，拼命往上攀去。原本是大盗，手胼足胝，区区小事一桩而已。

　　可是，地狱与净土之间，何止千万里！不论犍陀多怎样心焦气躁，要想爬出地狱，谈何容易。爬了一程，终于筋疲力尽，哪怕伸手往上再爬一段，也难以为继了。一筹莫展之下，只好住手，先歇会儿喘口气，便吊在蛛丝上，悬在半空中的时候，放眼向下望去。

　　方才是不顾死活往上攀，总算没白费力气，片刻前自己还沉沦在内的血池，不知何时，竟已隐没在黑暗的地底。那寒光闪闪、令人毛骨悚然的刀山剑树，也已在自己脚下。如果照这样一直往上爬，要逃出地狱，也许并非难事。犍陀多将两手绕在蛛丝上，开怀大笑起来："这下好啦！我得救啦！"那吼声，自打落进地狱以来，多年不曾得闻。可是，蓦地留神一看，蛛丝的下端有数不清的罪人，简直像一行蚂蚁，不正跟在自己后面，一心一意往上爬吗？见此情景，犍陀多又惊又怕，有好一会儿傻愣愣地张着嘴，眨巴着眼睛。这样细细一根蛛丝，负担自家一人尚且岌岌可危，那么多人的重量，怎禁受得住？万一中间断掉，就连好家伙我，千辛万苦才爬到这里，岂不也得大头朝下，掉回地狱里去吗？那一来，可不得了！这工夫，成百上千的罪人蠢蠢欲动，从黑洞洞的血池底下爬将上来，一字儿沿着发出一缕细光的蜘蛛丝，不暇少停，拼命向上爬。不趁早想办法，蛛丝就会一断两截，自己势必又该掉进地狱去了。

于是，犍陀多暴喝一声："嘿，你们这帮罪人！这根蛛丝可是咱家我的！谁让你们爬上来的？滚下去！快滚下去！"

说时迟，那时快，方才还好端端的蜘蛛丝竟扑哧一声，从吊着犍陀多的地方突然断裂开来。这回有他好受的了。霎时间，犍陀多像个陀螺，滴溜溜翻滚着，嗖的一头栽进黑暗的深渊。

此时，唯有极乐净土的蜘蛛丝依然细细的，闪着一缕缎光，半短不长，飘垂在没有星月的半空中。

# 三

佛世尊伫立在宝莲池畔，始终凝视着事情的经过。当犍陀多倏忽之间石头般沉入血池之底时，世尊面露悲悯之色，重又踱起步来。犍陀多只顾自己脱离苦海，毫无慈悲心肠，受到应得的报应，又落进原先的地狱。在世尊眼里，想必那行为是过于卑劣了。

不过，极乐莲池里的莲花，并不理会这等事。那晶白如玉的花朵，掀动着花萼，在世尊足畔款款摆动。花心之中金蕊送香，其香胜妙殊绝，普熏十方。极乐世界大约已近正午时分。

大正七年（1918）四月十六日

（艾莲 译）

地狱变

一

像堀川大公这样的老爷，恐怕是前无古人，后无来者。传说堀川大公诞生之前，大威德明王曾在其母枕边显灵。总之他一出生，即与凡人不同。所以他所做的一切，都会出乎吾辈的意料。我曾有幸拜访了堀川府邸，那规模简直难以形容。壮观？豪放？非吾等凡夫可以想象。世人亦议论纷纷，有人将大公的秉性比同秦始皇或隋炀帝。其实，那真是人们常说的群盲摸象。大公的尊意，绝非仅顾一己的荣耀富贵。他更多考虑的是平民百姓——所谓天下为公，天下共乐。

所以即便遇上二条大宫百鬼夜行，他也不

会有太多麻烦。在以陆奥盐釜景色出名的东三条河原院，每天深夜都会出现融左大臣的鬼魂。可被大公呵斥过后，便销声匿迹了。在这样的威望下，当时京都城里的老少男女提及大公都毕恭毕敬，仿佛遇见了神灵显现。一次大内梅花宴之后，归途中拉车的老牛跑了，撞伤一位过路的老人。可那老人却合起双手，庆幸自己被大公的御牛撞上。

在大公的一生当中，这样传之后世的故事尚有许多。如盛宴之时赏赐白马三十，或长良桥桩仡立恩宠童子，或令承袭了华佗之术的震旦[1]高僧为自己疗治腿伤。诸如此类，数不胜数。而在这般逸事之中，最令人惊异的则是那件家传重宝——地狱变屏风的来历。平素处变不惊的大公，唯有那次流露出惊异的表情。无须多言，吾等侍奉左右的仆役更是惊吓得魂飞魄散。小的在大公身旁侍奉了二十年，见识这般令人惊恐的物什，

---

1　中国异称。

也是头一遭。描述这个故事之前，先得了解一下地狱变屏风的画师良秀。

## 二

说起良秀，如今或许还有人记得。他是一位名望很高、年龄约莫五十的画师，在当时画坛无人能出其右。从外表上看，他身材低矮，瘦骨嶙峋，让人感觉是一个心术不良的老头儿。他刚来大公官邸时，时常穿一身茶褐色的狩衣便服，头戴一顶揉乌帽子，神态谦卑。不知何故，他的嘴唇不像老人的嘴唇，过分红润扎眼，像野兽般令人恶心。有人说，他常常舔舐画笔，才将嘴唇染成了红色。这说法或许有道理。也有人说话刻薄，说良秀举动像个猴子，所以送了他一个浑名——猿秀。

说到猿秀，还有这样一些说法。当时的大公官邸里有个十五岁的侍女，是良秀的独生女儿。

姑娘生得乖巧可爱，完全不像她的生父，可谓天资聪颖。她虽幼时丧母，却因此变得少年老成，善解人意。所以大公夫人很喜欢她，府上的侍女们也都喜欢她。

一次，丹波国献上了一只驯服了的猿猴。喜好恶作剧的少爷，偏巧给猿猴起了个名字就叫良秀。他是看到猿猴的样子可笑，才起了这个名字。官邸中的人见状哄堂大笑。笑笑也罢，人们还饶有兴趣地围着猿猴，一会儿让它爬上松树，一会儿叫它搬挪草席，且"良秀、良秀"地叫着，极尽虐待之能事。

某日，良秀的女儿手持拴有红梅寒枝的书信走过长廊。远处的拉门方向，突然蹿出了小猴良秀，它一瘸一拐地仓皇奔逃。看来是腿部受了伤，已无力像平素一样跃上门柱。小猴身后，少爷挥动着一根细枝追赶而来，嘴里喊着："站住！站住！你这盗柑贼！"良秀之女见状迟疑片刻。抱头逃窜的小猴却一把揪住她的裙裾，低声哀鸣着，令姑娘骤然间感觉到无法抑制的悲哀之情。她一

手拿着梅枝遮挡着，轻轻舒展开另一侧渐次变紫
的宽袖，亲切地将小猴揽于怀中，对少爷微微欠
身，用冷澈的语调说道："少爷，只是一个畜生，
饶了它吧。"

少爷气呼呼追赶过来，顿足捶胸，脸上一副
不依不饶的表情。

"干吗护着它？它偷吃我的柑子！"

"只是一个畜生嘛……"

姑娘重又强调说，脸上依然是静寂的微笑。
她狠了狠心，继续说道：

"一听良秀，总觉得是喊父亲，我怎能视若无
睹呢？"

不愧是少爷，闻此言便顺从了姑娘。

"是吗？若是给你老爸求情，我便饶了它。"

少爷不大情愿地说完，将手中的细枝扔在地
上，朝着来时的拉门方向离去。

# 三

打那之后，良秀女儿便与小猴亲密起来。姑娘将公主赠予的黄金铃铛用美丽的红绳拴着，系于小猴的脖颈。小猴无时无刻不围绕在姑娘身旁。一次姑娘受了风寒，卧床歇息，小猴则规规矩矩地坐在枕旁，久久地咬着手指，一副忧心忡忡的模样。

奇怪的是，从此便无人像过去那样虐待小猴。相反，大家开始喜欢它，连少爷都时常过来喂食一些柿子、山栗之类的。倘若哪个侍卫不慎踢到了小猴，少爷便会大发雷霆。大公老爷听说了少爷发火的事，则令良秀之女抱着小猴上殿。自然，他也听说了姑娘怜惜小猴的故事。

"孝敬父母，弥值嘉奖。"

大公当即赠予姑娘一件红色的裙钗。小猴围着裙钗左右打量，且毕恭毕敬地代之奉受了赠品。老爷见状心中大悦。所以大公老爷偏爱良秀之女，完全是出于赞赏，赞赏姑娘对于小猴的怜爱，赞赏姑娘孝敬父母的恩爱，而绝不是世间传说的出于好色。自然，日后又有了另外一些传言，且听我慢慢说来。这里不妨将话挑明，良秀之女即便国色天香，也不过是画匠之女，大公老爷怎会寄情于她呢？

当然，良秀之女堂前露脸，乃是因为她的聪明伶俐。她是正大光明的，因而不会招致其他侍女的嫉恨。相反，打那之后，众人对姑娘和小猴更加怜惜。二者每时每刻厮守在公主身旁，游览的车队出行时，也是每每伴之左右。

姑娘的故事暂且按下。我们再来说说其父良秀的故事。如前所述，大家转眼都对小猴表示出怜爱之情。可是对于关键人物良秀呢，大家仍旧表露着嫌恶之状，背地里仍旧"猿秀猿秀"地叫着。不仅在大公的官邸之中，连横川地方的僧都说到良秀，都脸色骤变，流露出嫌恶之情，仿佛遇见了一个魔障。（的确如此。尤其是良秀在讽刺漫画中讥讽了僧都的品行，对僧都有失恭敬。）总之不论问谁，对于良秀的评价都是不敢恭维的。假如说有人说过良秀的好话，或许仅有他的两三位画师伙伴，或是只知其画、不知其人者。

其实，良秀不仅相貌猥琐，他还有更加令人嫌恶的怪癖，所以完全是自作自受。

# 四

他都有些什么怪癖呢？吝啬、贪婪、无耻、怠惰。——哦，更有甚者，他还专横、傲慢，时刻以当朝第一画师自居。这些表现若仅仅限于画坛尚可原谅，可他死犟。世间的一切惯习或惯例，他统统嗤之以鼻。良秀一个年长的弟子说，官邸里曾有一位著名的桧垣女巫跳神，嘴里喃喃念着吓人的神谕。良秀却充耳不闻，随手抄起身旁的笔墨，一笔一画地画出了女巫的恐怖面容。在良秀眼中，大概魂灵作祟只是欺骗小儿的把戏。

良秀就是这么一个人物。他将吉祥天女画成了卑微傀儡，将不动明王（佛）描画成获赦无赖。

总之他的行为无可饶恕，可你又无法责怪他。你对他说"亵渎神佛，将会遭受报应"，那简直是对牛弹琴。对此，他的弟子们也是目瞪口呆。其中也有不少的人，忙碌中虑及未来的恐惧——简而言之，感觉罪孽深重。而良秀却时常在想，天下自己这样的伟人真正是绝无仅有。

无可置疑，良秀在画坛占有很高的地位。尤其是他的画作，无论画笔的运用还是色彩的运用，皆与其他的画师迥然不同。为此，有些与之作对的画家说，良秀乃一画坛顽主。那帮画家推崇的，则是川成或金冈之流。论及往昔的名匠之作，则有板户梅花月夜馨，屏风宫闻笛声，皆与优美的故事有关。而说到良秀的画作，则唯有奇异的惊悚之感。例如良秀的那幅龙盖寺门画作五趣生死图，描写的是深夜途经门下，耳闻天人叹息和啜泣之声。不仅如此，据说还嗅到了死人的腐烂恶臭。更有甚者，据说按照大公的吩咐，他也给宫中的侍女们作画。且但凡上了他的画作，三年之内必患绝症，不治而终。这些都是良秀沦落画道邪途的有力证据。

可是如前所述，他是一个刚愎自用的人。那般情状，反而令良秀更加傲慢。一次大公老爷打趣说："看来，良秀是偏爱丑陋的呀。"良秀竟咧开他那与年龄不符的赤唇，狂妄地奸笑道："没错，肤浅的画师哪里懂得丑中之美？"如此，良秀总以当朝第一画师自居，时常跑到大公老爷面前发表一些高谈阔论。之前引以为证的弟子，私下里也给师傅送了一个诨名"智罗永寿"，讥讽他的狂妄自大。看来，这也并不过分。众所周知，"智罗永寿"是古时中国渡来的天狗之名。

然而正是这令人齰龀的霸道良秀，却也保留着唯一的人类情爱。

# 五

良秀对身为侍女的独养女儿，表现出近似疯狂的怜爱。前面说到女儿亦是好姑娘，性情温和，体谅父母。可那良秀也为女儿操碎了心。信与不信由你，他连女儿的衣着、发饰都要管。他很吝啬，寺院向他化缘，他都一毛不拔。但在女儿身上花钱，他却大手大脚，毫无计较。

良秀一味疼爱着自己的女儿，却做梦也未曾想过，该尽快为女儿找个好人家了。倘若有人说了女儿的坏话，他便会暗地里纠集一些街头混混，去将人家暴打一顿。后在大公老爷的关照下，良秀之女到老爷府邸做了小侍女。可身为父亲的良秀对此是老大不悦。到了大公堂前，他也总是吊着个苦脸。因此人们揣测，一定是大公老爷倾心于姑娘的美貌，却不管做父亲的良秀是否情愿。

虽说那些传言未必属实，但一心惦念女儿的良秀确在祈望女儿的失宠。有一次，良秀又在大公的吩咐下画了一幅稚儿文殊图。画中御宠下的童子面容，真是画得奇妙绝伦。大公异常满足，谢道：

"我要奖赏你一件所欲之物。你说吧。"

良秀正襟危坐地沉思片刻，大大方方地说道：

"那么，请将我的女儿退还给我吧。"

哪有这种人呢？身居外邸，侍奉在堀川大公身旁，本来是那般得宠的幸事，良秀却提出这般无礼的要求。宽容大量的大公脸上亦露出一丝不悦。他一言不发地盯着良秀的面孔望了半晌，说道：

"那不行。"

而后起身离去。这样的事情竟重复了四五遍。大公注视良秀的目光，也随之渐渐冷淡。女儿开始为父亲担忧，回到下房，每每泪湿裙袖。这样，大公恋慕良秀之女的传言，倒越发地流传开来。也有人捕风捉影地谣传说，正是由于姑娘不肯依从，大公才令良秀画了那幅地狱变屏风。

吾辈看来，大公不肯辞退良秀之女，完全是出于怜悯。与其将姑娘送回那冥顽不灵的父亲身边，不如将她留在邸中自由地生活。大公原本是想给性情温柔的姑娘更多照拂。若说大公出于好色之心，恐怕是牵强附会，更加确切地说，完全是捕风捉影的流言。

　　总之为了女儿之事，良秀大大失了宠。不知为何，大公突然将良秀传到身旁，令他绘制一幅地狱变屏风。

# 六

　　提起地狱变屏风，那恐怖的画面景色顿时历历在目。

　　同样作地狱图，良秀笔下的地狱图在构图上，与其他的画师截然不同。在一帖屏风的角落里，人物、景象都是微观的，中间是十殿阎王，周边则是众眷属。另外一面则是猛烈的火焰，燃烧着的剑山刀树仿佛置身于糜烂的旋涡之中。冥官们像是身着唐装，衣裳上点缀着黄色和蓝色。近前则是两片红色的烈焰，黑烟和金粉漫天飞舞，仿佛描画出一个卍字的图像。

　　仅凭良秀的这般笔势，已令观者瞠目结舌。业火中备受煎熬的罪人，亦与一般地狱图中的情状不同。良秀地狱图中的罪人林林总总，上至月卿云客，下至乞食非人，笔下人物异常丰富——有扎着华丽腰带的上殿贵族，有身着艳丽礼服的美貌少妇，有手持佛珠搓捻的念佛僧人，有脚踏高底木屐的武士弟子，还有身段苗条的女童和串着纸钱的卦师。总之形形色色的人物逆卷于烟火之中，忍受着牛头马面、地狱小鬼的蹂躏。他们像大风吹散的落叶一样四方奔逃。一个女人如同神巫，头发缠在钢叉上，手脚蜷缩得像蜘蛛。一个看似新官的男人蝙蝠似的倒悬着，手刃穿透了胸前。有人在忍受铁条的鞭笞，有人被压在千斤磐石之下，有人被叼于怪鸟口中，也有人为毒龙的巨齿噬咬——罪人不同，残虐的方式也不同。

其中最令人触目惊心的，是悬浮半空的一辆牛车。背景是野兽牙齿一般的刀树（刀树的树梢上挂着许多亡者的尸体）。牛车的挂帘被地狱的阴风吹起，分不清是女御还是更衣[1]的一个侍女绫罗

---

1 女御、更衣皆为宫中女官。

披身，黑色的长发飘拂于烈焰之中。我看见，侍女白皙的颈项向后弯曲着，正在苦苦挣扎。无论是这宫人的姿态，还是烈焰中熊熊燃烧的牛车，无不让人切身感受到烈火地狱折磨之苦。不妨说，宽幅画面中的恐怖景象，统统聚焦在了这一人物身上。画作的确出神入化，观赏者甚至不会怀疑，在观赏画作时，画中传出的凄厉隆叫竟不觉声声入耳。

啊，多么恐怖！为了实现那般描写，就需体验那样的恐怖情景。否则，即便是良秀这样的画家，也无法生动地描画出地狱之中的那般苦难。在完成这幅屏风绘画的过程中，良秀也经历了生生死死的惨烈遭遇。不妨说，画中的这个地狱，正是当朝第一画师良秀自己将要堕入的境地……

我这样急迫地描述那般珍奇的地狱变屏风，或许无意间颠倒了故事的顺序。让我们回到本题，继续来描述良秀的故事——看他如何受命于大公，承担起地狱变绘画的重任。

# 七

在后来的五六个月时间里，良秀从未到过大公官邸，他专心致志地绘制着那幅屏风画作。奇异的是，为女儿身心憔悴的良秀一旦开始了绘画，便不再惦记着去见女儿。用此前那位弟子的话来说，这良秀只要投身在工作上，就像狐仙附体一样走火入魔。实际上当时就有人传说，良秀成名的原因是向福德大神祈了愿。还说，若在背阴之处悄悄窥测良秀的绘画，必定可以看见暗影之中有若干灵狐的身影，前后左右簇拥成群。这种状态下，只要拿起画笔开始绘画，其他的一切都会忘到九霄云外。他不分昼夜蜷缩在那间不见天日的画室中，尤其在绘制地狱变屏风的那段日子里，他着迷的程度真是无以复加。

他在白昼之时关门堵窗，于烛灯之下调制颜料秘方。或让弟子们身着各式各样的传统服饰，手把手地模仿画姿。其实，这就是他平时怪异的工作状态，而不单单是在绘制地狱变屏风的非常时刻。绘制龙盖寺五趣生死图的时候也是这样。平常人看见路旁的那些死尸，多半掩目疾行，而良秀却悠悠然坐在死尸跟前，聚精会神地描画死尸那业已腐烂的脸面和手脚，甚至连一根毫发都不愿放过。有人表示无法理解，何必这般过分执迷呢？这里无暇详尽描述，仅述一主要事例，说与诸君知晓吧。

一天，良秀的弟子（还是此前的那位）正在研磨油彩，师傅入内称：

"吾欲午休片刻，近日噩梦连连。"弟子闻言，不以为怪，继续研磨着应道：

"是吗？"

良秀此时，脸上流露出从未有过的孤寂之色，又说：

"我说，我午休的这段时间，你就坐在我的枕边。"

师傅客气地提出了请求。弟子感觉奇怪，师傅平素并不介意睡梦的呀，好在这也并非难事，便答应道：

"好啊。"

师傅仍旧踌躇不安地叮咛道：

"你到里面来。不过记住，其他弟子来时，不可接近我的午休之所。"

里面？里面是哪儿呢？那便是良秀的画室。当时的屋里，同样关门堵窗，像是暗夜，朦胧中唯有一盏油灯在闪烁。但见炭笔绘制的草图屏风，赫然立于烛光之中。至此，良秀以肘为枕，仿佛精疲力竭似的进入了梦乡。约莫过了半个小时光景，坐在枕旁的弟子，听见一种莫名其妙、毛骨悚然的恐怖音响。

# 八

开始，仅仅是一种声音。过了一会儿，渐渐变成了断断续续的呼救声，仿佛溺水者的水中呻吟。

"什么，你让我过来？——上哪儿？到哪儿

去？去地狱？烈火地狱。——你是谁，是谁在那儿说话？——让我猜猜，你是谁呢？"

弟子此时停止了油彩的研磨，十分恐惧，直勾勾地盯着师傅的脸庞。只见良秀的脸上布满皱纹，脸色苍白，渗出大滴的汗珠。他口唇干裂，牙齿稀疏，张着嘴拼命地喘气。此外，他的嘴里明显有个活动的物体，被一种丝线似的物体拽动着。哦，原来是师傅的舌头。断断续续的话语，原来是从这根舌头里面发出的。

"哦，你是谁呢？我猜便是你。什么？你来接我吗？来吧。到地狱来吧。地狱里——地狱里有我的女儿。"

此时，弟子心中感觉到异常的恐惧，朦胧中仿佛看见一个怪异的影子，飘飘忽忽地掠过屏风的画面。不消说，弟子立刻抓住良秀的胳膊拼命摇动。师傅仍在梦中自言自语，怎么摇都醒不过来。弟子无奈，一把抓过身旁的笔洗，兜头泼在良秀脸上。

"等着你哪，上车上车——坐上这趟车，到地狱里去——"他仍在胡言乱语。他的嗓音，变得像从喉咙之中挤出的呻吟。良秀总算睁开了眼睛，却像针扎了似的猛然跳将起来，瞪着惊惶的眼睛。梦中那奇形怪状的异物，仍旧留存在他的眼际。好半天光景，他都瞪着恐惧的眼睛，嘴巴张得大大的，眼望着虚空。最后，总算清醒过来。

"没事了，你到那边去吧。"他态度漠然地吩咐道。弟子此时恐遭到训斥，不敢违逆，便站起身，匆匆离开了师傅房间。据说，当望见室外明亮的阳光时，弟子只感觉自己刚从噩梦中醒转，整个身心都有一种轻松之感。

这样的经历还算好受。约莫过了一个月光景，良秀又将另一弟子叫到画室，仍旧是在那么暗淡的烛光中，嘴里咬着画笔。他突然转向弟子说道：

"辛苦你，把你的衣服脱掉。"师傅这样吩咐，弟子哪敢不从？便三下两下脱去了衣服，赤裸裸站在那里。良秀奇怪地皱着眉头，冷冷地说：

"我要观察铁链锁缚的人类。有劳你照我的要求做。"良秀仿佛全然没有同情之心。徒弟是体

格强健的年轻人，与其说是握画笔的，不如说像
个舞枪弄棒的。他显然受到了很大的惊吓。过了
很多日子，说到此事，他还在不住地解释说："我
只以为师傅的精神出了问题，他是要杀死我吗？"
良秀却对弟子的磨蹭大为不满。他不知从哪儿哗
啦哗啦拖出一根铁链，扑过来骑在弟子身上，不
由分说将他的双手拧到身后，用铁链缠了个结结
实实。接着他又拽住铁链的两头，狠毒地往上一
提。弟子的身体就势横掼在地板上，震得地板咕
咚作响。

# 九

当时那位弟子的模样，简直像一只放倒了的
酒瓮。他的手脚凄惨地扭曲着，能够活动的唯有
脖颈。在铁链的紧捆下，肥壮躯体里的血液循环
不畅，以至脸庞和躯体全都憋得通红。良秀对此
全然无心。他围绕酒瓮一样的躯体仔细打量，画

了几幅近似的素描。而铁链捆绑下的弟子在承受多大的肉体痛苦，他却全然不觉。

若不是突然发生了一个变故，徒弟还不知要受罪到几时。幸好（或应说是不幸）时过不久，房间一隅的大壶下面，一缕弯弯曲曲仿佛黑油似的物体流淌出来。开始，那物体蠢蠢欲动，给人一种黏黏糊糊的感觉。可是渐渐地，物体流畅地滑动起来，表面上闪闪发光。当它流淌至弟子的鼻下时，弟子不由得屏住了气息，大喊道：

"蛇——蛇！"不妨说，此时他全身的血液都突然间冰冻起来。其实，黑蛇不过在铁链紧捆的脖颈上，用它那冰凉的舌头舔了一下。这意想不到的突发事件，令霸道的良秀也大吃一惊。他慌忙丢下画笔，弯腰一把揪住了黑蛇的尾巴，将它倒悬起来。黑蛇倒悬着抬起头，拼命往自己的躯体上方翻卷，但却无法翻卷至良秀的手部。

"畜生！害得我画错一笔。"

良秀恨恨地说。他将黑蛇投入墙角的大壶中，而后满脸不悦地解开了弟子身上捆绑的铁链。对那般顺从的弟子，他竟一句暖心的抚慰都没有。他异常愤怒的，不是黑蛇差点儿咬了弟子，而是那畜生搅坏了一笔绘画。之后闻说，那条黑蛇也是良秀专门饲养的，为着描绘毒蛇的形象。

听了这个故事，想必阁下便会了解良秀那般神经兮兮、令人不快的偏执。最后尚有一例。此番遭难者，是个十三四岁的弟子，也是为了地狱变屏风的绘制，险些丢了性命。这个弟子皮肤白皙，如同少女一般。一天夜里，他不知不觉地被师傅唤至画室。只见良秀立于烛台之下，手掌上托着一块鲜红的生肉，正在喂食一只奇异的大鸟。大鸟的个头儿仿佛一只家养的大猫，外形也似大猫，两旁多出的羽毛像双耳，又大又圆的眼睛呈琥珀颜色。

## 十

良秀天性如此 —— 最讨厌将自己的事情说

予旁人。之前说到黑蛇，也是如此。自己的房间里有些什么？他要做什么？反正一切事情，他都无意告诉弟子。所以，他的桌子上有时放的是骷髅，有时放的则是银碗或漆器高脚杯。反正出现各类意想不到的物品，皆与他当时的绘画有关。可这些物品平时放在何处，却无人知晓。也许，良秀得到福德大神冥助的说法，还真的不是空穴来风。

年轻的弟子心中思忖，桌上的这只异样大鸟，肯定也是用于地狱变屏风绘制的。他毕恭毕敬地坐在师傅面前问道："让我做什么呀？"良秀仿佛没有听见似的，用舌头舔了舔猩红的嘴唇，下巴点了点大鸟说道：

"怎么样？养得不错吧？"

"这是什么鸟呀？我还从未见过呢。"

弟子问道。说话间他盯着那只带耳朵、大猫一般令人感觉恐惧的怪鸟。良秀却仍旧以平素那般讥讽的语调说道：

"怎么，没有见过吗？难怪啦，城里人就是这

样。这是两三天前鞍马的猎手送给我的，叫作鸱
鸮（猫头鹰）。不过这样驯顺的鸱鸮，真不多见。"

良秀说完，缓缓地举起了手，小心地由下往
上抚弄着吃过饵食的鸱鸮，轻捋鸱鸮背部的羽毛。
此时，大鸟突然发出短暂而尖利的叫声。说时迟
那时快，大鸟忽地从桌上飞起身来，张开那双利
爪，凶猛地冲着弟子的面门扑飞而来。若非慌张
地以袖掩面，弟子必定被那鸱鸮抓伤。弟子用自
己的衣袖拼命驱赶着。可那鸱鸮转瞬之间又扑了
下来，嘴里吱吱地尖叫着，开始了新的攻击。弟
子忘记了师傅的存在，一会儿站立防卫，一会儿
坐下驱赶，没头没脑地在房间里逃窜。怪鸟自然
继续追击。它忽高忽低地飞翔着，瞅准机会便蓦
地朝猎物的眼睛突然扎下。每次攻击，鸱鸮的翅
膀便发出啪嗒啪嗒的吓人声响。这声响令人想起
风卷落叶、瀑布飞溅或馊变残留的猿酒。反正都
是些怪异的感觉，令人感到无尽的恐惧。弟子还
将黯淡的烛光误认作朦胧的月明，而师傅的画室，
则是远方的深山或妖气阴森的山谷。弟子感觉到

毛骨悚然。

其实令弟子感觉恐惧的，还不仅仅是鸥鹩的攻击。他更加恐惧的正是师傅良秀。师傅竟冷眼观望着如此肉搏，且慢条斯理地摊开画纸，用舌头舔了舔画笔，开始描绘异形怪鸟残虐白嫩少年的惨烈景象。弟子慌乱中只望了师傅一眼，顿觉一种异常的恐怖之感。他一时间感觉到，自己将被师傅所谋杀。


# 十一


被师傅谋杀的可能性，其实不言而喻。当晚特意将弟子叫到画室，就是为了绘制鸥鹩追杀弟子逃窜的景象。所以弟子就那么望了师傅一眼，便不由自主地双袖抱头，不知缘由地厉声惨叫着逃窜到画室角落的拉门旁，翻滚着蜷缩于门下。此时，良秀也不知为何发出了慌张的喊叫，像要站起身来。一时间，鸥鹩的翅膀扑打声更加激烈，

加上物体倒地、摔碎的声音，各种喧嚣的声响夹
杂在一起。此时的弟子魂飞魄散，无意间再度抬
起双手捂住头。不知何时，房屋里变得漆黑一片，
师傅焦躁地呼唤着其他弟子。

不一会儿，远处一个弟子有了回声。那弟子
手护着小灯急急赶来。借着煤烟熏人的小灯一瞅，
原来是弄倒了烛台。地板上，榻榻米上，全是油迹。
再看那只翻倒在地的鸥鹈，只剩下一只翅膀痛苦
地扑扇着。良秀在桌子对面半抬起身，早已看得
目瞪口呆，嘴里嘟嘟囔囔地说着一些无人能解的
话语。——这也难怪，那只鸥鹈的身上缠着那条
漆黑的毒蛇，毒蛇紧紧地缠住了鸥鹈的脖颈和一
边的翅膀。也许，当弟子蜷缩到拉门旁时，碰倒
了那里的大壶，壶里的黑蛇便爬将出来。鸥鹈不
自量力地要去啄杀毒蛇，结果搞出了好大动静。
两个弟子互相望望，半晌只是茫然地看着眼前的
情景，而后给师傅弓了弓腰，小心翼翼地离开了
画室。无人知晓，毒蛇和猫头鹰后来的结果如何。

诸如此类的事情还曾发生过多起。如前所述，

良秀受命绘制地狱变屏风是在秋初，那么从秋初
到冬末，弟子们不断受到师傅怪异行为的威胁。
然而那个冬末，良秀的屏风绘制也遭受了很大的
阻滞。他的神态比以前更加抑郁，说话的态度也
越发粗暴。他的屏风画作已完成八成，往下却是
难以进展。唉，弄不好连之前完成的那些，都有
涂掉重来的危险。

　　无人知晓，屏风是在哪些方面受到阻滞，或
者也无人希望获知于此。在种种怪事之中吃尽了
苦头的弟子们，只觉得自己是与虎狼同居一室，
各人心中都在盘算，尽量离得师傅远些为好。

# 十二

　　关于此的怪异故事，无须更多描述。说来尚
有一件，顽固不化的老爷子竟莫名其妙地多愁善
感起来，时常躲在无人的地方嘤嘤哭泣。特别是
有一天，一个弟子来庭院做事，看见师傅站在庭

院里，呆呆地望着春天的低空，泪水沾湿了他的面庞。弟子见状反而感觉手足无措，径自一言未发地悄悄退了回来。弟子们觉得十分诧异，师傅描绘五趣生死图，竟可描摹路旁的死尸，这样一个傲慢、偏执的人，怎会为着屏风绘画的进度受阻，就像孩子似的哭哭啼啼呢？

反正良秀执迷于屏风绘画的时候令人感到，他完全不像一个理智健全的人；同时不知何故，他的女儿也越发性情忧郁起来。看到这些，我等亦潸然落泪。良秀之女原本生得多愁善感，肌肤白皙，腼腆拘谨，加上现今的忧郁，更让人感觉那湿沉的睫毛，发黑的眼圈，充满了孤寂的韵味。开始以为，她是在思念父亲，或者患了相思病。后来才知晓，她是因为无法违逆大公老爷的一个旨意。打那之后，人们突然间不再提起良秀的女儿了，仿佛将她忘却了一般。

适逢此期，一个夜阑人静的夜晚，我独自走过彼岸廊下。小猴良秀不知由何处突然跳将出来，拼命拽住了我的袴裤下摆。的确，那是一个温馨的夜晚，梅花飘香，月光如脂。透过月光望去，小猴露出它白色的牙齿，鼻尖紧皱，对着我声嘶力竭地尖声嘶鸣。此时的我确有三分恐惧和气恼。气恼的是它拽扯了我的新衣。起初真想一脚踹开小猴，自己走路。可转念一想不行。当初少爷教训小猴，都受了老爷的训斥呢。且看这小猴的样子，还真的出了什么事儿。我定下心来，顺着小猴拽扯的方向走去五六步远。

走过前方廊下的一处拐弯，透过夜色，是一处泛着白光的池水，在那边柔顺的松枝映衬下，池水给人以空旷之感。适逢此时，近处的房舍中传出了争斗之声。奇妙的是，那声音慌乱而鬼祟地袭击了我的耳膜。周围的一切阴森而静寂，分不清月光抑或雾霭。除了鱼跳之声，没有一丝人类动静。我不由得止住脚步。该不会有人施暴吧？我突然想去看个究竟，便悄然行至拉门外，屏住呼吸凑近前去。

# 十三

  小猴良秀嫌我走得太慢，急不可待地几次蹿回我脚下，并由嗓子眼里挤出吱吱的嘶鸣。突然它单足一跃，跳上了我的肩头。我不由得回转头去，担心猴爪伤了我的肌肤。小猴却又抓住了我的衣袖，以免从我身上滑落掉地。——小猴的动作使我不禁踉跄了两三步。当我跑过了那处拉门时，小猴便拼命地拍打我的肩膀。这样，我便没有一刻踌躇地一把推开了拉门，跳进月光全然遮掩的房间之内。此时，遮挡在我眼前的——不，莫如说令我大吃一惊的，是在我进屋的同时，屋里像弹球似的冲出了一个女人。女人差点儿撞在我身上，旋即一个跟斗摔在门外。不知何故，女人跪在门外呼哧呼哧地大口喘气，浑身颤抖着仰视我的脸，仿佛仰望着一个恐怖的怪物。

  不消说，跌出门外的正是良秀之女。可是这天晚上，良秀之女仿佛完全变了一个人。她活生生地映入我眼帘，大眼睛闪闪发光，面颊也涨得通红。凌乱不堪的内外衣饰，也与往日的稚幼气质截然不同，相反却增添了几分妖艳的美丽。这哪儿是往日那个柔弱、矜持的良秀女儿呀？——我倚在拉门上，观望着月光下美丽姑娘的身姿。此时，我听见另外一人慌张的脚步声渐趋远去。那是谁呢？我循着声音，静静地用眼睛搜寻着。

姑娘咬住嘴唇，默默地摇头。她的表情令人感觉到十分委屈。

我弯下腰，将耳朵凑到姑娘耳旁，小声问道："他是谁？"姑娘却一言不发，只是摇着头。姑娘的长睫毛上挂满了泪珠，嘴唇咬得更紧了。

我这人生性愚钝，钻牛角尖。除了自己了解的事情，对不住，我是诸事不通。我也不懂得换个问话方式。半响，只是呆若木鸡地伫立一旁，期待着倾听姑娘心中的悸动。自然，我的心中亦有一丝歉疚，不知自己的追问是否令姑娘作难……

这样不知过了多久，我关上开着的拉门，回首望见姑娘脸上的红晕也已稍稍褪去，便竭尽温

柔地说道:"回曹司[1]去吧。"我亦感到心中不安,
仿佛看见了不该看见的事情。此时此刻,真的感
觉耻于见人,便悄悄沿着来时的方向走回去。可
是没出十步远,身后的裙裾又被拽住,拽衣者战
战兢兢地乞我止步。我吃惊地回头望去,你道
是谁?

但见小猴良秀伏于足下,人样儿似的合起双
手,一面摇动着黄金小铃,一面毕恭毕敬地给我
磕头。


# 十四


那晚之后,约莫过了半月光景,一天良秀突
然来到官邸,请求拜见大公老爷。良秀的身份卑
微,平日需是奉旨觐见,然而,那天大公却爽快
地应承了良秀的请求,令其快快上殿。良秀身着

---

1　旧时女官的居所。

平素的黄褐色狩衣，头戴揉皱发软的乌帽子，带着比平常更加阴沉的表情，恭敬地匍匐堂前。过了一会儿，他嗓音沙哑地禀道：

"老爷先前吩咐的地狱变屏风，我日夜丹诚，竭尽薄力，总算不负执笔之劳，现已初见端倪。"

"恭喜恭喜。予亦十分满意。"

然而大公老爷的说话声音十分奇怪。不知为何，给人以无精打采的感觉。

"不，这完全不值得道贺。"良秀令人可气地耷拉着眼皮说道，"草图虽已完成，但尚有一处无法绘出。"

"什么？你还有画不出来的吗？"

"是的。说到底，我无法描绘我所不曾见过的事物。即便描绘出来，也定令人无法满意。那么跟我所说的无法描绘，并无二致。"

大公老爷听了这话，脸上浮现出嘲弄一般的微笑。

"那么，让你描绘地狱变屏风，就得到地狱去观望吗？"

"是的。那年遭遇大火灾，我目睹了火焰，仿佛看见了炎热地狱里的烈火。描绘不动明王中的火焰时，其实我也联想到那场火灾的景象。大人应当看过那幅画作。"

"可是要描绘罪人的话，怎么办呢？你见过狱卒吗？"大公好像根本没有听良秀的描述，他这样反反复复地询问道。

"我见过铁链捆绑的人，也有怪鸟啄人的写生。说来，我略知种种备受残虐的罪人景象。不过狱卒嘛——"良秀泄出阴森的苦笑，"狱卒嘛，在我的梦境中也曾多次映现。或为牛头，或为马面，或是三头六臂的小鬼，他们击掌无音，张口无声，几乎每日每夜都来虐待我。我所想画而画不出的，并不是这样的景象。"

说到这里，大公才惊诧起来。半晌，他只有焦虑地瞪视着良秀的脸，而后吓人地颤动着眉毛，随口问道：

"那么，什么是无法描绘的呢？"

# 十五

"在我的屏风中央，有一辆槟榔毛车。我要描绘它从空中降落的景象。"良秀说。

此时，良秀开始目光炯炯地望着大公老爷。早就听说，良秀一旦涉及绘画就像一个偏执狂，而他此时的眼神，的确令人感觉恐惧。

"车中有一艳美贵妇，黑发散乱，忍受着烈火的煎熬。她在烟火之中，被熏得流泪蹙眉，半空之中仰望车篷。或为遮挡天上降落的火星，她用双手揪下了车上的竹帘。周围则是纷飞的怪鸟。十只？二十只？或许更多。怪鸟嘴里呱呱叫着，飞翔在周围。——唉！就是牛车上的这位贵妇，我实在画不出来。"

"那——怎么办？"

大公不知何故流露出喜悦之色。他催着良秀快说。可良秀却像平素红润嘴唇发热时的情况一样，浑身颤抖着，像说梦话一样地重复道：

"我所无法描绘的，就是这样的一幅情景。"

突然，良秀歇斯底里地大声喊道，"请在让我看见槟榔毛车之前，点燃大火。如果不能做到……"

大公老爷面色黯然，可突然间哈哈大笑起来。当他止住大笑时这样说道：

"好吧，一切就像你说的那样办吧。争来争去，毫无益处。"

听到大公这样说，我便产生了一种莫名的恐惧预感。实际上，大公的表情亦十分可怕。他嘴角泛起白沫，颤抖的眉际像是放电。给人的感觉，正是良秀的疯狂传染到了他的身上。大公话音未落，又爆发出刺耳的哈哈大笑，继而说道：

"槟榔毛车点燃大火，车里坐着一位艳丽女人，还要贵妇装扮，对不？在烈焰和黑烟的围困中，车上的女人在挣扎中死去 —— 不愧是天下第一的画师呀，竟有这般天才构想。佩服，佩服呀。"

听了大公这番话，良秀突然间气喘吁吁，脸色大变，唯有嘴唇还在嚅动。他像被抽去了身上的筋骨一般，瘫软在榻榻米上。他双手伏地，用蚊子哼哼般的微弱嗓音，毕恭毕敬地向大公致谢。

"感谢老爷。这是我的福分。"或许良秀心中预想的可怕景象，竟伴着大公老爷的那般言语，实实在在地浮现眼前。此时，我这一生中唯有这一次感觉到良秀是个可怜的人。


# 十六


两三天后的一个深夜，大公老爷如约召见了良秀，为了让他亲眼过目槟榔毛车的焚烧场所。值得一提的是，这里不是堀川御邸，而是京都城外一处已经烧失的山庄——俗称雪融御所，原先是大公姐姐的御邸。

雪融御所已经长期无人居住，宽大的庭院一片荒芜。拜谒者由御所名号亦可推知，庭院里一定是渺无人烟。大公的妹妹殁于此地。关于她的身世，亦有许多传说，说是在月儿藏身的每个夜晚，总有一个奇怪的身影穿着红色外衣，脚不沾地于廊下行走。这个说法并不奇怪。雪融御所白天也是静寂无声，天色一黑，池水的声响更加阴森，星光下飞舞的鹭鸶亦像怪物一般，令人毛骨悚然。

正好，这天夜里也是没有月亮，庭院里面一片漆黑，望得见大殿油灯的灯影。坐在廊下的大公身着浅黄便服，外套一件深紫色调的浮纹外衣。他在一个白底锦缘的圆垫上，高高地盘腿而坐。不用说，大公的前后左右站着五六个侍从恭敬地列成一排。其中有位体格强健的武士，凶神恶煞。据说当年陆奥之战时，他饿得生食人肉，之后还生生掰裂了鹿角。只见武士缠着腰带，身后反佩大刀，威风凛凛地蹲于廊下。——所有这些，都在夜风吹拂的灯光下，或明或暗，分不出是梦幻还是现实，总之透露着莫名的阴森和恐怖。

庭院中置放了槟榔毛车，高悬的车盖压抑着黑暗。毛车没有拴牛，黑辕斜搭在脚踏之上，金饰上的黄金像星星闪烁。放眼望去，这春季仍旧给人以寒冷之感。车上那浮线绫缘的青色挂帘，将车厢封闭得严严实实。谁知道车内是何物？周围则是一群杂役，手里举着松明火把。他们装模作样地调整着火势，担心油烟子飘向过廊。

当时的良秀位置稍远，恰好跪坐在回廊的对面。他仍旧穿着他的黄褐色狩衣，头顶乌帽子。也许是在星空的重压之下，他比平常显得更加瘦小，更加寒碜。在他身后，还蹲着一位同样装扮的人。想必那是良秀带来的一个弟子。他俩恰巧跪坐在远处的阴影中，由我这边的廊下望去，简直连狩衣的色调都分辨不清。

# 十七

时光大约接近深夜。林木和泉水包藏的黑暗，那样的寂静无声。我窥测了一下众人的情态，听见的却只有夜风吹拂。松明的烟雾在夜风的吹拂下，将油烟的气息捎带过来。大公许久一言不发，只顾观赏着夜幕中的奇异景色。又过一会儿，他将膝盖往前挪了挪，厉声唤道："良秀！"

良秀好像是答应了一声。可在我的耳朵听来，那应声简直是蚊子哼哼。

"良秀，今晚的火烧牛车，不是你要看的吗？"

大公说完，给周围的侍者递了个眼色。我看见大公和身旁的侍者们在诡秘地微笑。难道是我神经过敏？良秀战战兢兢地抬起头，仰望廊上。他一言不发，只是默默地等待。

"你仔细看。这是我平日乘坐的车子，认得吗？现在，我便将这辆车子点燃。烈火地狱即将出现在你的眼前。"

大公欲言又止。他向身旁的侍者挤挤眼睛，接着突然变为十分痛苦的语调。

"车子里缚着一个侍女，她是有罪之人。只要点燃这辆车子，女人必死无疑，且将烧失肉身，烤焦筋骨，承受那无尽的苦难。你不是要完成那幅屏风吗？这是绝好的样本。好好看吧，烈火是怎样烧烂了雪白的肌肤。她的黑发也将化为火星，漫天飞舞。"

大公第三次停顿下来。不知他又产生了何等邪念，肩膀摇动着大声狂笑。

"此等景观空前绝后，予亦在此观赏呢。来来，将挂帘撩起来吧，让良秀看看车中的女人。"

闻言，一个杂役高举松明，粗鲁地走近大车。他突然伸出另一只手，将挂帘噌地掀了起来。顿时，现场发出了一阵骚动。燃烧的松明摇晃出红色，一时间将狭窄的车厢映照得鲜明透亮。车上的女侍被铁链捆绑着，惨不忍睹。——哎呀！阁下没有看错吗？女人身着华丽刺绣的樱花唐衣，柔顺的黑发婀娜下垂，内弯的黄金钗子闪耀出美丽的光芒。而女人的身段小巧玲珑，与身上的装饰并不般配。她的颈项上套着一只小猴用过的项圈，侧旁望去，姑娘的芳容无限孤寂，无限恭谨。无疑，这正是良秀的女儿呀！我差点儿惊吓得叫出声来。

对面的武士慌忙起身，手握刀柄，严峻地注视着良秀。良秀看到这般景象，惊吓得几乎晕厥过去。当初他是跪坐于廊下的，此刻腾地跳将起来，双手伸向前方，懵懵懂懂地冲着大车方向奔去。如前所述，良秀的面容远远地居于阴影之下，无法看得清楚。而转瞬之间，脸色煞白，或被无形力量向上牵引的良秀身影，突然间摆脱了那般黑暗，鲜明地浮现在我们眼前。此时，随着大公的一个号令"点火"，杂役们将松明火种投向了良秀女儿乘坐的槟榔毛车。顿时燃起了熊熊大火。

# 十八

大火眼见包围了车篷。车篷边的紫色流苏，被风火吹得向上飘拂。下面则是夜幕之中的蒙蒙白烟，旋涡似的翻卷着。挂帘、袖裾、梁上的金饰，一时间粉碎飞扬。漫天飞舞的火星像是细雨，一派恐怖的景象。更为可怖的则是两侧窗棂的火舌，熊熊升腾于半空之中。烈焰的色调像是日轮落地，天火迸发。当初几近喊叫出声的我，此番已是魂销魄散，只有茫然地张开大口，呆呆地观望着恐怖的景象。然而，其父良秀的情况如何呢？

良秀当时的表情，令我终生难忘。他恍恍惚惚地跑到毛车近前，大火熊熊燃烧起来之后，便停止了脚步。他仍旧向前伸出双手，目不转睛地注视着毛车周边的烈焰和烟尘。他周身沐浴在火光之中，满是皱纹的丑陋面孔，连胡子尖都是清晰可辨的。然而无论是圆睁的双眼，扭歪的嘴唇，抑或是不断痉挛的脸颊，都活生生显现出良秀复杂变幻的恐惧、悲哀和惊悚。——即便是刑场上将被斩首的盗匪，或绑上阎王殿、十恶不赦的罪人，都无法显现出那般痛苦的表情。就连那位威勇强悍的武士，都不禁骇然失色，战战兢兢地仰视着大公的脸。

大公紧紧地咬着嘴唇，不时发出摄人心魄的大笑，目不转睛地盯视着燃烧大火的毛车。我到底还是没有勇气详尽描述——啊！在熊熊大火的毛车之中，我看到姑娘是怎样的一幅姿态呢？我看到的只是浓烟呛翻的苍白面容，横扇烈焰的黑乱长发，以及转眼间化为火焰的美丽的樱花唐衣——多么惨烈的景象呀！尤其在夜风的吹拂之下，浓烟摇曳，红色的火焰播撒着金粉漫天飞舞，火中的人儿咬住头发，在铁链的捆绑中苦苦挣扎。我真怀疑亲眼看见的是地狱之中的惧人业苦。何况是我，就连那强健的武士也禁不住毛发倒竖。

随后又是一阵夜风吹过，但见庭院的树梢上嗖地发出一个声响。——谁都无法想象，黑暗的夜空之中，那声响仿佛从天而降。但见一个黑色的物体像皮球一般跃出，既非跳跃亦非飞翔地径直由御所的屋脊，跃入了毛车的恐惧烈火中。涂着朱漆的两侧窗框，已烧得七零八落往下掉。黑球一把抱住了被反绑住双手的姑娘肩头，随着极端痛苦、撕心裂肺的一声尖叫，飞扬起一缕细长的烟云。随即又传出了几声啼鸣——所有观者不禁"啊"地喊出声来。而背向烈焰火壁、紧紧抱住姑娘肩头的，正是那只拴在堀川官邸、诨名良秀的小猴。当然，谁也不知道猴子是从何处偷偷来到雪融御所的。不过，正因为是平时疼爱自己的姑娘，猴子才会一下子跳到火坑里。

# 十九

小猴的身影显现仅在一瞬之间。恍若金梨子一般飞舞的火星，呼地升腾于空中。小猴和姑娘的身姿，亦迅疾隐没到黑烟之中。唯有庭院中央剩下的那辆火车，呼啦呼啦地熊熊燃烧。不，与其说是火车，不如说是火柱，撑悬于星空之下，燃出了摄人心魄的烈焰。

良秀面对火柱伫立，脸上的表情似已凝固。——不可思议！开场之前，良秀还在为地狱的苦难而烦恼，可是现在那皱纹密布的脸上却浮现出令人费解的光辉，宛若恍惚之中的法悦[1]光辉。他仿佛忘记了大公的存在，双手紧抱胸前伫立于廊下。那情形似乎令人感觉，美丽的火焰和烈焰

---

1 佛教用语，意指由听闻佛法或是思惟佛法而产生的喜悦。

中受难的女人身姿，令之产生了无限的喜悦。

更加令人不可思议的是，你以为良秀是在愉快地观赏独生女儿的临终之苦吗？其实不仅如此。此时的良秀已非人类，他一脸怪异的庄严表情，好似梦中所见的狮王愤怒。连那些受了意外大火惊吓、聒鸣飞翔的无数夜鸟，也不敢接近这个头顶便帽的怪老头儿。或许在无心的鸟儿眼中，良秀的头顶也是圆光高悬，显现出不可思议的威严。

鸟儿亦如是，何况我等与众多杂役。所有的人都屏住了气息，身心震颤，心中充满了随喜[1]，目不转睛地盯着良秀，仿佛瞻仰着开眼之佛。空中呼啦作响的火车烈焰和惊魂失魄、呆然伫立的良秀，体现了何等的庄严、何等的欢喜呀。然而唯有落座廊下的大公，脸色铁青，嘴角翻沫，面目全非。他双手紧紧抓住自己的紫色外罩膝部，像干渴的野兽一般呼哧直喘……

---

1　佛教用语，指见人做善事而乐意参加，泛指随着众人参加集体送礼等。

# 二十

大公在雪融御所焚烧毛车的事件，不知通过何等渠道传得满城风雨，大公为此受到来自各方的指责。他为何要烧死良秀的女儿呢？最多的猜测和传言便是，因为恋情引致了怨恨。然而大公的真正意图绝非要烧车杀人，而是要惩治屏风画师良秀的邪恶根性。这是大公亲口对我说过的。

此外，良秀也被视为铁石心肠的恶汉——为了屏风绘画，竟然眼睁睁看着女儿烧死。有人骂他是个混蛋，为了绘画竟然忘却父女之情，简直是人面兽心。那位横川的僧都亦时常赞同这般观点。他说："无论你在艺能方面多么优秀，都不可忘记人之五常，否则唯有堕入地狱。"

时过月余，良秀终于完成了那幅地狱变屏风。他急切地将屏风携往御邸，恭敬地请大公过目。恰巧僧都也在现场，面对屏风扫一眼。那帖天地之中肆虐的狂暴烈焰，令之惊恐不已。此前还一副苦脸瞪着良秀的僧都，不由得大腿一拍喊道：

"好画!"然而令我至今无法忘却的,却是大公闻听此言时的一脸苦笑。

打那之后,至少在大公的官邸当中,无人再说良秀坏话。无论何人,无论他平时多么憎恨良秀,只要看见了这幅屏风,就会为奇妙的庄严之心打动,亦会如实地感受到炎热地狱的无尽苦难。

此时此刻良秀业已不在人世。他在屏风完成的翌日深夜,在自家屋里悬梁自尽了。独生女儿先行一步,他哪里还能安闲地苟且偷生?良秀的遗骸如今埋在了他家的坟茔中,前方是一块小小的墓碑。想必经过数十年风风雨雨之后,碑上也将生出苔藓,人们将无从知晓墓碑的主人。

大正七年(1918)四月

(魏大海 译)

开化的杀人

　　下文展示者，是我最近从本多子爵（化名）那儿借阅的，已故的北田义一郎（化名）医师的遗书。其实，即便说出北田医师的真名，如今恐亦无人知晓。我自己也是因为结识了本多子爵，才了解到明治初期的少许逸事，也才有机会率先听闻医生的大名。这一人物的品行如何呢？想必他的遗书便是一个注解或说明。加上我所听说的一些传闻，医生的形象便会更加丰满。据说，医生是当时著名的内科专家，同时也是一位戏剧通，在戏剧的改良方面提出了激进的见解。在戏剧方面，医生居然亦有自己的创作，据说那是一部二幕喜剧，将伏尔泰的《老实人》（*Candide*）编排为德川时代的一个故事。

从北庭筑波摄下的相片上看，北田医师蓄着英国式的须髯，是个相貌魁伟的绅士。又听本多子爵说，医生的体格超过西洋人，由少年时代开始，他就精力超群。遗书的文字笔墨淋漓，显现出郑板桥式的狂放，同时也显现了医生自身的风貌。

当然，我在公开这部遗书之时，也做过诸多篡改。例如，当时尚无授爵制度，我却借用了日后的这般称谓，将人物称作本多子爵和夫人。只是，文章的格调，几乎维持了原文的模样。

本多子爵阁下及夫人：

临终之际，坦白三年以来时时存于心底、该当诅咒的一个秘密，借此亦向卿等袒露自己的丑恶心地。卿等读过这封遗书之后，倘若仍将卿等的这个故人记于心中，怀有一丝怜悯，对予自然是喜出望外之大幸。若卿等将予视为万死之狂徒，必欲鞭尸而后快，予亦毫无怨言或遗憾。只是，切勿听了予所告白的事实，倍觉意外，便胡乱诬予为神经病患者。予最近数月以来，苦于不眠之症。而予之意识是明白的，且极度敏锐。请稍稍回忆卿等与予二十年来的相识相处（予斗胆以朋友相称），请勿怀疑予之精神的健康。然而没有任何选择的是，正如此遗书所示，予之一生历尽污辱，到头来皆为无用的废纸。

阁下与夫人，予之过去犯了杀人之罪，同时将来亦有犯下同样罪恶之可能。予乃可悲的危险人物。那般犯罪，是卿等最为亲近的人物策划的，而且还在继续策划。卿等想必会感觉到意外之中的意外。予深切感觉到，必须再度发出这般警告。予是完全清醒的，予之警告亦是彻头彻尾的事实。希望有幸获得卿等的信任。万勿将予之生涯的唯一纪念——这短短的几页遗书，当作虚幻的狂人呓语。

予已没有时间这样喋喋不休地强调予之健全。在仅存的短暂时间里，须尽快述明予之杀人动机或计划的实行，进而言及杀人之后的奇怪心境，否则予将悔恨不已。然而，呜呼！当予面对纸砚之时，仍旧感觉到惶惶不安。对予而言，检讨或记载自己的过去，和重新回到过去的生活究竟有何差异？予将被迫再度重温杀人的计划，体验杀人的行为，并再度堕入最近一年令人恐怖的苦闷之中。予堪于忍受否？而今，予向久违数年的我主耶稣基督祈祷。愿主赐予力量吧。

少年时代，予曾爱上予之表妹（请允许以第三人称称呼）——现在的本多爵夫人，往年的甘露寺明子。回溯与明子相伴的幸福时光，或许卿等感觉不堪卒读。予之心底亦觉犹豫，却无法回避作为例证的、历历在目的一场光景。当时，予不过十六岁的一个少年，明子则是未满十岁的少女。五月某日，予等在明子家草坪的藤架下嬉戏。明子突然问予，单足站立可以多久？予答道，站不多久。明子闻言将左手垂下，握住左脚的脚趾，右手举起保持着平衡，用一只脚站了很长时间。头顶上垂下的紫藤，在春天的阳光里摇曳，紫藤下的明子，却像一尊雕塑凝然地伫立。她那几分钟内的如画景致，至今仍历历在目。反省自我，予惊奇地意识到，实际上在那藤架之下，自己已深深地爱上了她。打那以后，予对明子的爱情益发强烈，无时无刻不在思念着她，几近荒废了学业。然而，予是一个懦弱的人，最终却未能向她吐露衷肠。在阴晴无常的悲切情感中，予时而哭泣时而欢笑，这样度过了茫茫数年的岁月。但在予二十一岁那年，父亲却突然命予远赴英都伦敦留学，以承继父亲的医学家业。诀别之时，予欲向明子袒露予之爱情。然而予等那样的严肃家庭，是吝惜给予那般机会的；再者，予深受儒教主义教育，亦惧怕桑间濮上[1]之闲言，只好抱着无限的离愁，孤笈飘然地去了英都伦敦。

这儿有必要叙说的是，在留学英伦的三年之间，每当予伫立于海德公园[2]的草坪上，心中便无限怀念故园紫藤花下的明子；漫步于蓓尔美尔[3]街头巷尾，予又会对天涯游子的自己充满怜悯。在

---

1 出自《礼记》，指男女幽会。

2 海德公园（Hyde Park），英国伦敦著名公园，历史悠久。

3 蓓尔美尔（Pall mall），英国伦敦街名。

伦敦留学的日子里，予梦想着蔷薇色彩的未来，梦想着予等的结婚生活，借此排遣心中的郁闷之情。然而，当予留英归来之时，却获知明子既已嫁人，成为第×银行总经理满村恭平的妻子。予当即决心去自杀。然而予生性的怯懦和留学期间皈依的基督教信仰，却不幸麻痹了予之双手。卿等若欲知晓予当时的那般伤心，不妨回顾一下予归国十日之后，意欲再度赴英时招致了父亲的何等激怒。论及当时的心境，其实没有明子的日本，像是故国而非故国。与其滞留在并非故国的故国，枉度精神败残者之生涯，莫如捧着《恰尔德·哈罗尔德游记》[1] 的一卷，做个远在万里的孤客，并将遗骨掩埋于异域的土地。予坚信，这样方可获得更大的精神慰藉。可是发生在予身边的事情，却终究令予抛弃了再度渡英之计划。加之在父亲的医院里，予乃留洋初归的博士，来此诊疗的患者络绎不绝，不得已便坐上了那把无聊的座椅。

---

1 英国浪漫主义诗人拜伦的旅行记。

　　予向上帝祈求，摆脱失恋，幸获慰藉。当时一位难忘的朋友，是居于筑地的英吉利传教士亨利·塔恩杰德。亨利为予阐释了《圣经》的数个章节，结果令予对于明子的爱，在经历了无数的苦斗之后，渐渐由热烈的情欲转化为平静的亲情。予时常同亨利一起谈论上帝，谈论上帝之爱，谈论人类之爱。记得一次独自回家，半夜走在行人稀少的筑地居留地。倘若卿等不会取笑予之儿女情长，予即叙说予之当时的感极唏嘘。当时，予仰望着居留地空中的半轮明月，暗暗向上帝祈求表妹明子的幸福。

　　予终究获得了爱之新转向，可否以断念的心理解释呢？无可置疑的是，予虽无勇气和时间详细地加以释明，却靠着那般亲情之爱，治愈了自己的心灵创伤。归国以来，予但凡听到有关明子夫妻的消息，就像遇见了蛇蝎一样恐惧。但是如今，予却靠着亲情之爱，开始希望与明子夫妇接近。予轻率地相信，只要发现他们夫妻是幸福的，就会感到更大的安慰，却不会产生一丝一毫的苦闷之感。

　　那般信念带来的结果，乃是明治十一年（1878）八月三日两国桥畔施放大焰火时，经朋友介绍，予总算于柳桥万八的水楼之上，在十余艺妓的陪伴下，与明子之夫满村恭平有了初次的一夕之欢。欢？何欢之有？予之心中不由得感叹，要说是苦，才更为贴切。予在日记之中这样写道："予念及，明子怎会嫁给满村这样淫滥的贱货为妻？予真是满肚子的怨愤无处宣泄。上帝教诲曰，予可将明子视为予妹。然而，予怎可将小妹委之于那般禽兽之手？予无法忍受上帝这般残酷而谲诈的游戏。谁能将自己的妻子、小妹送交强人凌辱，却仍在仰天呼唤上帝的神佑呢？从今以后，予断然不再信奉上帝，而要靠自己的双手，将小妹明子从那色鬼的手中救助出来。"

　　予在书写此封遗书，当时令人诅咒的情景再度浮现在眼前。苍苍水霭，万点红灯，还有那前后相衔、没有穷尽的画舫队列。——呜呼！予终生不忘那夜仰望的、半空之中的焰火闪烁，更无法忘记的是肥猪一般的满村恭平。他右拥花魁，左随雏妓，高吟着猥亵不堪的俚歌，傲然酣醉于凉棚之上。不！不！予至今无法忘却他的黑纱大褂，以及那抱明姜的羽织上的三条花纹。予坚信，其实从观赏水楼烟花的那晚开始，予便执意要去杀死他。予还坚信予之杀人的动机，由其发生的当初，就绝不仅仅是因了嫉妒之情。毋宁说那是因为一种道德的激愤，或为着惩治不义，祛除邪恶。

打那以后，予潜心关注满村恭平的行为，观察他究竟是否符合予那一夕之间的痴汉印象。幸好予之熟人中有几位从事新闻业的记者。不妨说，有关于他的许多淫虐无道行径，纷纷进入了予之视听。予自熟人前辈成岛柳北先生处闻言，满村恭平在西京祇园的妓楼，有位名叫未春的雏妓，两人爱得死去活来。其实亦属同期之事。而且这个无赖丈夫，早已结识了温良贤淑的夫人明子。在明子面前，他就像是一个奴仆，而所有的人看见他，都将之视为人间瘟疫。人们知晓他的伤风败俗，也知道他的扶老怜幼。为此，在予杀害意志的主导下，予又渐渐改变了谋杀计划。

不过，若无下述经历，予之杀人计划的实行，恐怕还要经历更多的踌躇。幸好，抑或也是不幸，命运在这危险之际，让予会见了予之少年时代的朋友本多子爵。予等通宵达旦地在墨上旗亭的柏屋，一面饮酒一面引出了一段哀怨的话题。至此予方初次知晓，本多子爵和明子居然早已有过婚约，却在满村恭平的黄金威压下，无奈地最终毁约。予之愤怒益发高涨。在那画楼帘里黯淡的一穗酒灯下，予同本多子爵交杯换盏，痛骂满村。回想起当时的情景，予至今仍觉肉跳。同时，予至今仍然清晰地记得，当夜乘坐人力车由柏屋返回时，途中想起本多子爵和明子的婚约，感觉到一种无可名状的悲哀。请允许予再度引用日记。"今夕，予会见了本多子爵，更坚定十日之内杀掉满村恭平的决心。听子爵的口吻，他与明子不仅独自定下了婚约，而且真正地相爱着（予感觉自己今日才发现了子爵独身生活的理由）。毫无疑问，予愿意杀死满村，让子爵和明子结为伉俪。偶然想到，明子嫁给满村尚未生子，实乃天意，亦似助予实现计划。予坚信，只要杀死那人面兽心的巨绅，即可令予之亲爱的子爵和明子，早晚过上幸福的生活。念及于此，嘴边不禁浮现出微笑。"

此后予之杀人的计划转变为杀人的实行。予经过反复周密的深思熟虑之后，渐渐地选定了谋杀满村的适当场所和手段。至于那具体的场所和方式，未必需要详尽地叙述。卿等尚记得如下事实否？明治十二年（1879）六月十二日，德国皇孙殿下在新富座剧场观看日本戏剧，满村恭平在由同一剧场返回宅邸途中，突发急病死于马车之上。予在新富座曾对满村说他的面色不好，并劝他服用了予所携带的药丸。一个壮年医学博士的劝告，显然具有说服力。呜呼！卿等请想象一下博士当时的表情。当时，在层层叠叠的红球灯光下，他伫立于新富座的木门前，目送着满村霖雨中奔驰而去的马车。此时此刻，昨日的怨愤，今日的欢喜，统统汇聚于心中，笑声、呜咽同时溢现在唇际，几近忘却了当时的场所和时间。而且，当时的他且泣且笑，迎着潇雨踏入泥泞，归途中仿佛陷入了疯狂。请勿忘记，当时他嘴里嘟囔不停的，正是明子的名字呀。"予终夜未眠。予徘徊于书斋。是欢喜还是悲哀，予无法辨明。唯有一种无法言喻的强烈感情支配着予之全身，霎时间令予坐立不安。予之桌上有三鞭酒，有蔷薇花，还有那个药丸盒。予仿佛左右了天使与恶魔，开始了奇怪的飨宴……"

打那之后数月时间，予过着幸福的日子。根据法医的验尸，满村的死因和予之想象完全一致——脑出血。即刻之间，他便置身于地下六尺的黑暗之中，任凭虫蛆蚕食着躯体的腐肉。既然没有任何目击者，予便没有杀人犯的嫌疑。而且有传闻说，丈夫死后，明子的气色并无好转。予带着满面的喜色诊察了予之患者。赋闲之时，予还主动约了本多子爵到新富座看戏。毫无疑问，予是最后的胜利者。那是光荣的战场，每当望见剧场的花雾和墙上的挂毯，予便感觉到奇异的欲望在躁动。

　　然而几个月之后，在这几个月的幸福时光里，予同时渐渐接近了同予生涯中最最憎恶的诱惑殊死搏斗的命运。这场搏斗无限惨烈，将予步步驱入死地。予到底没有当面坦白的勇气。就连现在书写这封遗书，予仍旧在与那水蛇一般的诱惑，进行着殊死的搏斗。卿等若欲窥见予之烦闷，不妨看看抄录于下的予之日记。

　　"十月 × 日，明子以无子为由离开满村家。近日，予可在本多子爵的陪同下，会见六年不见的明子。归国以来，开始是为了自己而无法相见，后来则是为了明子不能相见。光阴荏苒，转眼时至今日。明子的双眸，是否还像六年以前那般明亮呢？"

　　"十月 × 日，予今日造访了本多子爵，首次相伴前往明子家。不料，子爵已率先与明子约见了两三次。子爵竟这样疏远了予，令予感觉异常不快。予托词为患者诊察，匆匆辞别了子爵家。恐怕在予离去之后，子爵又单独造访了明子。"

"十一月 × 日，予伴同本多子爵造访了明子。明子的容貌减色几分。然而伫立于紫藤花下时，仍旧还是当年的那个少女。鸣呼！予已经见到了明子，可是为何予之心中，反而感觉到无可抑止的悲哀呢？予苦于无法获知其理由。"

"十二月 × 日，子爵似乎决意与明子完婚。这样，予杀害明子丈夫的初始目的，似乎已经达到。然而——然而，予将再度失去明子啊，予无法免除这般异常的痛苦。"

"三月 × 日，子爵和明子的结婚仪式，预期在今年年末举行。予祈祷着那一天早些到来。在现今的状态下，予将永久无法摆脱那无尽的痛苦。"

"六月十二日，予独自去往新富座。想到去年本月今日死于手下的牺牲，予观剧之中不禁露出了会心的微笑。然而，由剧场返家的途中，予突然想到了自己的杀人动机，顿时感觉到心中索然。唔呼！予为何杀死了满村恭平？是为了本多子爵，为了明子，还是为了自己？予无法回答这样的问题。"

"七月 × 日，今夕，予陪同子爵和明子，乘
马车观赏了隅田川的流灯会。在马车窗外泻入的
灯光下，明子的明眸益发美丽，几乎令予忘记了
一旁子爵的存在。然而这并非予要说明的内容。
马车上，当予听说子爵胃疼时，便伸手在口袋里
搜寻，结果摸到了装着药丸的纸盒。予不禁一惊，
这正是装有那种药丸的药盒。今宵，予为何要带
上这种药丸呢？这是偶然的吗？予痛切地期望那
是偶然的，但却未必是偶然。"

"八月 × 日，予和子爵、明子在予家中共进
晚餐。可是，予却始终未能忘却自己口袋底部的
那盒药丸。似乎在予心中，隐藏着一头予所无法
理解的怪物。"

"十一月 × 日，子爵终于和明子举行了结婚
仪式。予对自身，产生了无可名状的愤怒之感。
那仿佛是一个士兵的愤怒，对自己曾为逃兵的怯
懦行为，感觉到异常的羞耻。"

"十二月 × 日，予应子爵之请，赴其病床前

诊察。明子亦在一旁，称夜来子爵高烧吓人。予诊察之后，告知不过患了感冒，随即回家亲自为子爵配药。前后大约过了两个小时。'那个药方'却始终持续着令人恐惧的诱惑。"

"十二月 × 日，予昨夜做了杀害子爵的噩梦，一整天，难以排遣心中的不快。"

"二月 × 日，鸣呼！今天予才了解到，谋杀子爵也就是谋杀自己。那样的话，明子怎么办呢？"

子爵阁下及夫人，以上便是予之日记概略。然而，卿等未必可以了解予之日日夜夜的长期苦闷。予要是杀害了本多子爵，也就必须杀掉自己。可是，倘若将自己和本多子爵统统杀掉了，予当初杀害满村恭平的理由何在呢？倘若自己毒杀满村的理由中，潜藏着无意识的利己主义，那么予之良心、予之道德和予之主张，统统便应拂落在地，予以消灭。当然，予并非具有善忍之术。毋宁说，予坚信杀掉自己要远远胜于精神之破产。为了树立自己的人格，予今宵自用药丸药方，要让自己像亲手杀害的牺牲一样，获得同样命运。

本多子爵阁下及夫人，鉴于如上的理由，在卿等得到这封遗书时，予已经成为一具死尸，横卧在予之床榻上。临死之前，详尽告白予该当诅咒的半生秘密，只是为了给卿等留下一片洁净。卿等若要憎恨，那就憎恨吧。感觉怜悯，那就怜悯吧。自憎自怜的予，将会愉快地接受卿等的憎恶与怜悯。予就此搁笔，命予之马车直奔新富座。当演剧中场休息时，予将吞下几粒"丸药"，再度投身于马车之中。节物[1]变换，霏霏细雨。予仿佛幸而遭遇了黄梅阴雨。如此，予将像那肥猪一般的满村恭平，眼望车窗外面来去闪烁的灯光，耳闻车篷之上淅淅沥沥的夜雨声。予离开新富座尚不算太远，但这无疑是予最终的呼吸。翻阅明日的新闻，或许将先行获得予之遗书，总之卿等将获悉，北田义一郎博士因脑出血，在观剧的归途

---

1 节物，指称四季变换中的花鸟、风景、品物等。卢照邻有诗曰，"节物风光不相待"。

中骤死于马车之中。予之临终，衷心祈望卿等健康幸福。

　　　　　永远忠实于卿等的北田义一郎拜呈

　　　　　　　　　　大正七年（1918）六月

　　　　　　　　　　　　（魏大海　译）

邪宗门

一

日前述说了大公老爷一代的地狱变屏风，令
人瞠目结舌。而少爷的一生之中，亦发生了绝无
仅有的离奇故事。讲述之前，似应简要述及一件
意外——老爷暴疾而卒。

记得那年少爷十九岁。说是意想不到的疾病，
其实约莫半年之前就有了种种恶兆。或官邸上空
流星划过，或庭内红梅反季开花，或马厩白马一
夜变黑，或池中碧水瞬间干涸，鲤鱼、鲫鱼挣扎
于烂泥之中，尤为惧人的是一个女侍的枕边噩梦。
她竟梦见了良秀的女儿，乘坐着熊熊烈焰中的那
辆毛车。毛车由一个人面怪兽拉着由天上降落下

来。车里传出一句柔声细语，召唤道："大老爷，小的接您来啦。"当时，只见那人面怪兽吼叫着昂起头来。即便在梦幻般的黑暗之中，亦可看见那鲜红的嘴唇，吓得女侍尖声大叫。女侍由睡梦中醒来，黏唧唧出了一身冷汗，心口怦怦跳着，像火警的钟声。因而北方[1]和我等均觉心痛，便在官邸的多扇大门前挂了风水师傅的护符，又请经验丰富的法师做了种种祈祷。可即便如此，也无法逃出定业[2]。

一个风雪之日，寒冷彻骨。大公离开今出川[3]的大纳言[4]官邸，在归途的马车上突然发起了高烧。马车回到宫邸时，大公只剩下微弱的呻吟，且全身透现出吓人的紫色，连床褥上的白色花纹都好像烤焦了一般。此时此刻，那些法师、医生和风水先生纷纷来到床榻边，绞尽脑汁地尽着最后的

---

1　北方，原文是"北の方"，意为"北边的人"，因寝殿多朝北而建，因此将公卿、大名等人的夫人尊称为"北方"。

2　定业，前世报应。

3　今出川，位于京都，附近为贵族宅地。

4　大纳言，日本太政官制度下的官职，官位正三位。

努力。可他的高烧却越发严重，直烧得老爷由床上滚落在地。落地之后，他突然声音嘶哑地疯狂喊道："啊，烧死我啦！快把这烟雾驱出！"那声音恍若陌生人。过去不到三个小时，他便完全不能说话了。老爷死得太惨。当时的悲哀、恐惧、无奈——回想起来，那弥漫板窗的护摩[1]之烟，哭哭啼啼、来去走动的众多侍女的红色外褂，以及木然呆立的验尸官和术士的样子，仍历历在目。简要述说了当时的情状，予已禁不住泪流满面。而在这样的记忆之中，年轻的少爷却神态自若。他只是耷拉着一张铁青的面孔，纹丝不动地跪坐在老爷的枕旁。想到这样的情景，予仿佛嗅到了锋利刀刃的气息，那气息沁入予之心田。少爷的表现值得信赖，令人产生了奇妙的感觉。

---

1　护摩，梵语 Homa 的音译，燃烧之意。真言宗秘法之一，燃火祈佛，烧尽一切烦恼、恶业。

# 二

虽为父子，可像大公、少爷这样相貌、脾性
迥然相异者真不多见。众所周知，大公体格高大
肥满，少爷却是中等身材、赢弱精瘦，容貌上亦
无大公老爷那般像威猛神将的男子气魄。少爷显
现出典雅之美，他与那美丽的北方却生得十分相
像。眉毛挑起，目光冷澈，嘴角稍稍有点儿歪斜，
生得一副女儿面庞，且奇妙地现出那淡淡、沉静
的暗影。尤其是他的装束更加神奇，庄重神圣，
有着极端静谧的一种威严。

不过大公与少爷的最大相异之处，还是在于
气质的方面。大公的所作所为统统给人以豪放、
气魄十足的印象，任何事情都要给人以惊异之感。
少爷则喜好纤细，凡事都要追求优雅的旨趣。例
如由堀川御所，亦可窥见大公老爷的性情。同样，
少爷为亲王建造的龙田院规模虽小，却如菅相丞
歌中吟唱的——红叶庭满园，一条清澈的溪流穿
过，溪中放养着几只白鹭。桩桩件件，无不显现

了少爷独有的典雅。

大公老爷凡事喜好炫耀勇武，少爷却最喜诗歌管弦。他与不同领域中的名流高手亲密无间，甚或忘记了身份的差异。据说他不单是喜欢，也长年潜心于钻研诸艺之奥秘。诸般乐器中，唯有笙是他不会演奏的。据说，自名家帅民部卿以来，乘上所谓三舟[1]者唯少爷一人。在其家族的诗集中，增添了少爷许多优美的诗句。而世上评价最高的，正是良秀绘制五趣生死图时的龙盖寺佛事一节。少爷听了两位唐人的问答，吟咏出那首和歌。当时在一座时磬模样的物体上，铸有八叶莲花和两只孔雀。唐人望着这件物体，一人起句道"舍身惜花思"，另一人则答曰"打不立有鸟"。少爷不解其意，周围的看客们便七嘴八舌地为之作解。少爷闻后在手中折扇的背面，字迹秀美、流利地书写了几笔，赐予周围的人群。上面写着那

---

[1] 日本平安时代，诗、歌、管弦方面的人才伴君出行分类分乘三只小舟。乘三舟者意为个中翘楚。

首和歌：

舍身惜花思，打不立有鸟。

# 三

大公老爷和少爷万事不和。他们似乎天生秉性不同。世间亦有传言称，两人虽为父子，却在为同一内宫侍女争风吃醋。当然不会有这样荒唐的事情。在我的印象里，少爷十五六岁的时候，父子之间已经出现了不和之兆。对此，之前也曾有人提及。少爷唯独不吹笙的理由，亦与之相关。

早先，少爷曾对笙乐持有极大的兴趣。恰巧一个远房表兄熟识中御门的少纳言[1]，他便做了少纳言的弟子。少纳言是伽陵笙乐的稀世名家，大

---

[1] 少纳言，日本太政官制度下的官职，官位从五位下。

食调[1]、入食调[2]曲谱代代家传。

少爷长期在少纳言身边用功，切磋琢磨。然而，每当少爷期望师傅传授大食调、入食调时，少纳言却不知何故总也不肯满足他的愿望。任由少爷死乞白赖地再三请求，师傅就是不肯松口，因而少爷感到非常遗憾。某日，少爷在陪大公下双六棋[3]，偶然间说出了自己的此等怨言。据说大公老爷闻之，像往日一样傲慢地笑笑，十分亲切地安慰说："别发牢骚啦，过两天就让你得到那个曲谱。"时光过去未足半月，中御门的少纳言却在堀川官邸的酒宴归途中骤然吐血而死。事发翌日，少爷漫不经心地回到内厅，发现那镶着金边的桌子上，莫名其妙地放置着伽陵笙、大食调与入食调的曲谱。

其后大公又与少爷一同玩棋。他关切地询问

---

1　雅乐六调式的一种，以平调（十二律的第三个音）为主音，属于低音域。

2　雅乐中"唐乐"的曲名，后奏曲的一种。

3　双六棋，黑白棋子各十五的游戏。

道:"最近的笙乐大有长进吧?"少爷静静地注视着棋盘,冷冷地答道:"不,我永远不再吹笙。"

"为什么不再吹笙?"

"没有什么,只想凭吊少纳言菩提。"

少爷说着,眼睛直勾勾盯着父亲的脸。可大公老爷仿佛没有听见少爷的话,用力投下一个子儿道:

"咳,我又大获全胜啦!"他若无其事地继续下棋。当时的问答就此中断。父子两人的关系也由此出现了隔阂。


# 四


打那之后直至大公老爷驾崩,父子俩就像空中盘旋的两只苍鹰,互相窥测、盯视而各不相让。不过如前所述,少爷厌弃一切争吵或争论。对于大公老爷之所为,他也从来没有表示过反抗。顶多在他那略呈歪斜的嘴边,浮现出一丝带有讥讽的微笑，或扔出一句刺人的批评话语。

一次，大公老爷赴二条大宫观赏百鬼夜行。诸事太平，京都内外歌舞升平。少爷却带着怪异的表情对我说：

"这叫作鬼神见鬼神，老爷子自然贵体无恙。"之后便有深夜显灵的融左大臣，经大公老爷一声断喝，驱赶得无影无踪。少爷此时亦像平素一样歪嘴笑道：

"融左大臣不是风月才子吗？对他而言，老爷子何足挂齿？他肯定要一走了之啦。"

这些话，老爷听了自然十分刺耳。冷不丁听少爷说出那样的话，老爷心中有愤怒，表面上却只是面露苦笑。另一次在赴皇居梅花宴的归途中，大公老爷的牛车走偏了道，撞伤了路上的一个老人。此时老人反而拱手道谢，说是被贵人大公老爷的尊牛撞伤，乃是自己的福气。少爷却在这时走到老爷车前，训斥了那个赶牛的童子。

"你这个蠢蛋！既然让牛车歪着跑，干吗不轧死那个贱人？撞了这么点儿小伤，还值得在老爷面前道喜吗？若是命丧车辙，倒会受到圣众迎接，老爷子岂不更加誉满天下？你这个心术不良的家伙！"我等随从听了这些话，心惊肉跳，担心老爷雷霆大怒，举起手中的折扇打将下来。不料少爷又爽快地笑着，露出他的美齿装模作样道：

"父亲，父亲，别生气嘛。我训过赶车童子啦，他好像也已知罪。日后尽量注意就是了。下次一定轧死一个人，让父亲誉满天下。"大公老爷似也无可奈何，脸上带着苦笑，一言不发地继续上了路。

父子俩处于这样的关系之中，所以大公老爷临终前后，少爷的那般姿态并未使我们感觉到丝毫的奇怪。如今回想起来，少爷当时的做派真的颇具冲击力，令人仿佛嗅到了锋利的刀刃气息。同时我们说过，心中也产生了一种奇妙的信赖感。当时我们心中的确有一种慌乱的感觉，仿佛就要改朝换代了。——就是说不仅在这官邸之中，普天之下的阳光都将突然地由南方转向北方。

# 五

自打少爷成为户主的那天开始，官邸里便好似春风荡漾，飘拂着过去少有的明朗气息。歌会、花会、情书会，也较之前大大增多。自然，侍女、武士的风俗习惯，也好像逸出了往昔的风俗画卷，开始去附庸风雅。尤其与先前不同的是，如今官邸里宴客时的出席名单，即便仍然是大臣、大将，也得要附加一条——若非在某一才艺方面出类拔萃，就很难入选少爷的这种聚会。再说就是参加了聚会，到场的人物也多是风流才子，乏有才艺的大臣大将们自惭形秽，便也敬而远之。

相反只要长于诗琴书画，即便官位低微的武士，也会受宠若惊地大受褒奖。例如某年秋夜，月光由窗格间泻入。忽闻织机声响，少爷喊道："来人。"便有一年轻武士走近前来。你道怎的？他突然对那年轻的武士说："你在那边听见织机的声响了吗？以此为题，唱首和歌吧。"武士当即立于阶下，倾首沉吟片刻便吟出了最初的一句"青柳"。

可笑的是这个词语不合季节。侍女们禁不住笑出声来。武士却接着一字一句地吟出了整个诗句：

> 青柳似纺线，夏去秋来多变幻，夜来织机声。

周围顿时鸦雀无声。在窗格间泻入的月光下，少爷赐给年轻武士一领胡枝子花纹的武士礼服。其实那武士是我外甥，是和少爷年龄大致相仿的年轻人。有了这样的良好开端，外甥日后亦屡承少爷之恩惠。

少爷平素大致如此。日后将北方迎入麾下，年年加官晋爵。此般情况世人皆知，恕不赘述。言归正传，下面来看看少爷一生中仅有的那次奇异经历。说来，少爷和老爷另有一不同之处，世人还给少爷送了一个诨名"天下色鬼"。说实话，在少爷平安无事的一生中，除此之外还真的没有脍炙人口的逸事。

# 六

事情发生在大公老爷过世五六年之后。当时的少爷爱上了前述中御门少纳言的独生女儿，隔三岔五地写情书。世所公认，那姑娘生得羞花闭月。即便如今，在少爷面前提起当时的那般痴迷，他也总是乐不可支，潇洒地自我解嘲说：

"老头子，我知道大把天下好姑娘。可我当时不是鬼迷心窍了嘛。写出那么多傻瓜诗歌，都是爱情作的孽。我想啊，就像是踩进了狐狸精坟地，真正的鬼迷心窍。"不过当时的少爷的确与平素判若两人，他深深地陷入恋情之中。

而这样的鬼迷心窍，倒也并非少爷一人。当时贵族中的年轻人，几乎统统倾心于中御门小姐。小姐打父亲在世的时候起，就一直居住在二条西洞院的宅邸中。而在她家宅邸的周围，那些色鬼总是不期而至，有坐车的，有徒步的。听说一个夜晚，有两个人影站在宅邸的梨花树下，其中一个头戴礼帽者在月光下吹奏竹笛。

当时，有位名噪一时的秀才菅原雅平也爱上了这位小姐，但他的恋情最终转变成了怨恨。他突然放弃了世间的功名，销声匿迹。有人说他流浪到了边远的筑紫[1]，有人则说他去了东海之滨的唐土[2]。这位秀才也是少爷私交甚笃的诗友。据说在互通信息时，少爷自比白乐天，雅平则自比苏东坡。这般天下无双的风流才子，为了中御门小姐的美貌，为了一时的叹息，就那样将自己的一生寄于边土，总让人感觉是大大的失策。

不过话说回来，这样的结局也实属自然，中御门小姐的确生得羞花闭月。我只见过小姐一两次。她眉如细柳，情似落樱，华丽的和服腰带织锦贯玉。大殿油灯的明光辉映下，她秀目低倾，那般婀娜的美丽姿影，令人终生难忘。小姐的脾性亦属温柔豁达。她不会中意那些浅薄的纨绔子弟。她目光明敏，一眼即可望穿人之本性。她跟自己宠爱的小猫完全一样，谁要是粗暴地蹂躏了

---

1 筑紫，属日本九州地方。

2 唐土，中国。

它，它就再也不会爬上蹂躏者的膝头。

# 七

在恋慕小姐的男人之间，闹出了许多《竹取物语》故事般的趣谈。其中最可怜的就是被人称作京极左大弁的那个男人。他生得黑不溜秋，又被京童们称作乌鸦左大弁。尽管如此，人之情感不会有变，他也在恋慕中御门的小姐。然而此人虽说能言善辩，表面上却十足的小家子气。不论对于小姐的恋慕到了何等程度，他都不敢亲口去挑明。当然对他的朋友伙伴们，也是绝对地三缄其口，但他总忍不住去窥望小姐。这也瞒不过世人的眼睛。所以当时他感觉特别窘迫的就是，那些朋辈总是千方百计地刨根问底，试图探听出一些隐秘的迹象。乌鸦左大弁苦不堪言，唯有一个词便是："哪儿呀，我怎会单相思呢？实际上是小姐那边有了表示，我才会那样的嘛。"左大弁为了将此谎言编排得更加可信，便将小姐那边弄来的一些文句、诗歌等，无中生有地统统捏合在一起，以让人感觉到小姐那边的心焦似火。当然那些喜好恶作剧的朋辈将信将疑，他们马上草拟了一封小姐的假信，绑在一根合适的藤枝之上，送到左大弁家中。

京极左大弁收到此信，受宠若惊却又丈二和尚摸不着头脑。他慌忙打开信封，万分意外的是，小姐竟在信中以凄切、哀婉的笔触写道，她对左大弁怀有绵绵忧思，却苦于无缘相聚。她说现已绝望了此般恋情，决意出家为尼。啊？左大弁做梦也未曾想到，小姐竟然那般痴情。乌鸦左大弁自己也无法辨明，自己是悲哀还是高兴，半晌处于茫然的状态之中。他将信函摊在面前，傻傻地叹了一口气。他想，无论如何总得见过小姐一面，把久久藏于心中的思念向之倾诉。时值梅雨季节的一个黄昏，他由一名童子伴随着，撑着一把大雨伞悄悄来到二条西洞院宅邸。大门紧闭，任怎样叫门，就是无人应答。来来去去折腾了一阵，天色已暗。人迹稀少的灰泥路上，只听得青蛙的聒鸣。雨越下越急，无情的雨水淋湿了衣服，眼前一片昏暗。

过了很长时间，大门总算打开了。一名称作平太夫的私邸老侍，递来同样的一封藤枝信函，而后一言不发地关上了门。

左大弁流着眼泪回到家，拆开信函一看，仅有一首古时的和歌：

思念肠寸断，不觉时光移渐缓，世事皆枉然。

不消说，那位喜好恶作剧的少爷，已将事情的原委告诉了小姐。小姐也已知晓了左大弁的鲁莽和不解风情。

# 八

话说至此，也有人觉得与那些凡常的贵族小姐相比，小姐的品行未必真实。可我现下要讲的是我效忠的少爷，有何理由编造假话呢？当时京都城里时有传闻，说到另外一位小姐的怪癖——特别喜欢小虫子，甚至在家里饲养毒蛇。述及其他小姐，自然尽属闲话，就此打住吧。如前所述，中御门小姐父母双亡，宅邸中唯有平太夫一个大管家和贴身使唤的几个男仆女侍。小姐出生于一个幸福的家庭，从小生活得随心所欲。自然，她的美貌、豁达和任性使她并不谙熟世事凡常，也习得了豪放的性格。

世间总好相信谣传。也有人说，小姐本是少纳言的夫人和大老爷所生，那么父亲的骤死便像是缘起于旧情遗恨，是遭到了大公老爷的毒害。然而，少纳言骤死的原因此前业已有所描述，根本不是那么回事儿。那般传说不值一提，统统都是捕风捉影的谎言，不然少爷怎会那样倾心于小姐呢？

据说开始，无论少爷怎样苦苦热恋，小姐都是一脸冰霜。我外甥也曾替少爷去小姐府上转递情书，却像乌鸦左大弁一样吃了闭门羹。不知何故，那平太夫将堀川官邸的人视若仇敌。当时，春日明朗梨花飘香，泥灰地似的外甥的白头发十分扎眼。他身着丝柏皮的狩衣便服，袖子高高挽起，死乞白赖地在门外呼叫。

"嗳！你小子大白天行盗呀？那俺可不客气！你胆敢踏进大门一步，平太夫的大刀就将你劈成两半！"他气势汹汹地大声喊道。我要在现场，没准儿就得留下刀伤。外甥却平安而归。他在路边捡起一团牛粪，用飞石送信的方法投掷了进去。当然用了这种方法，小姐即便顺利地收到情书，也绝对不会回信的。少爷呢，也并不将此事放在心上。隔个三两日，他又差人送上新的情书、诗歌或美丽的绘画。三个多月，从无懈怠。正像少爷时常说的那样："当时我已神魂颠倒，为了表达自己的热恋，每天书写那幼稚的诗歌。"

# 九

恰巧这个时期，京都城里来了一位怪异的教士，他开始传播闻所未闻的摩利教。一时间已被传得满城风雨，诸位或许亦有耳闻。时常在一些带有插图的小说中，写到中国渡来的天狗。恰巧，说到鬼魅附身的染殿皇后时，也涉及这个教士。

而我自己初次见到那个教士也是在那个时期。一个樱花时节的阴天正午，忘记是因何公干归来的途中，路过神泉苑墙外，只见灰土路前聚集了二三十人，有的头戴形形色色的乌帽子，有的头戴市女斗笠，其中还有骑着竹马的孩童，闹哄哄挤作一团。人们疯狂地跳着舞，仿佛福德大神在作祟。我心中暗忖，难道是大意的近江商人遭了渔盗的抢劫？反正吵闹声异常激烈。我漫不经心地挤在后面窥望，不料人群当中站着一个乞丐模样的教士。他嘴里不停地念叨着，手上还握着一柄旗杆。旗上画的是十分少见的女菩萨。教士的年龄在三十上下，肤色黝黑，眼角高挑，相貌甚是惊人。身上穿的呢，则是皱皱巴巴的黑色法衣。他头发翻卷着垂于肩上，脖颈上还挂着一个奇怪的黄金十字架护符。总之教士不像是一个平常的法师。当时神泉苑的樱花树叶在我头顶上飘散洒落。看着那般怪异的身影，我只感觉他并非人类，而是将翅膀隐匿在法衣之下的智罗永寿眷属。

当时，我身边一位壮实的铁匠一把从孩童手中抢过竹马，大声怒斥道：

"你这小子，怎么老说地藏菩萨是天狗？"铁匠骂完，横甩竹马重击到教士脸上。被击的教士露出一种轻蔑的微笑，且高举起女菩萨的画像，像落花一样地翻动着斥责道：

"今生今世，穷尽世间荣华富贵，亦不可违逆上帝的教诲。否则命终之时，便将堕入阿鼻叫唤[1]的地狱，不断忍受业火烧烤皮肉之痛苦，且永远不得解脱。遑论命终之时，翌日便将受到上帝遣臣摩利信乃法师的鞭笞，还将受到诸天童子的惩

---

1　阿鼻叫唤，梵语指陷入阿鼻地狱后的呼叫声，比喻非常悲惨、呼唤求救的声音。

罚。他将浑身伤痕累累。"

慑服于此等气势,我带着惊恐的目光注视那疯狂的教士。铁匠也是半晌没有反应,只顾手里拎着那当作武器的竹马。

# 十

说时迟那时快,铁匠重新拿起竹马,气势汹汹地喊道:

"还敢在此胡言乱语!"说完,冲着法师猛扑上去。

我和围观的众人当时以为,铁匠的竹马将会重击在法师脸上。不料竹马只在那黝黑的脸上加了一道红印。竹马横扫而过,亦将落花击落在绿色的竹叶上。之后便有一人咕咚倒在了地上。竟然不是法师,而是那气盛一时的铁匠。

众人见状,吓得纷纷往后退缩。那些头戴便帽的看客更没出息,一个个掉转头来,由法师的周围四散逃窜。抬眼望去，铁匠手持竹马，仰脸倒在法师脚下，口吐白沫，就像癫痫病患者。半晌，法师似在窥测铁匠的呼吸，而后抬眼望了望周围的我等，傲然说道：

"看见了吗？我说的话是千真万确的。诸天童子挥动无形之剑，一剑击倒了蛮横的霸道者。还好，算他有福，未被击碎脑壳，血染京城大路。"

此时从鸦雀无声的人群中，突然传出哇哇的大哭声。原来，是先前那个骑着竹马的孩童。他此刻披头散发，连滚带爬地扑向倒在地上的父亲身旁。

"爸！爸爸！你醒醒！爸！"

孩童不停地呼唤。可铁匠却已全无反应。铁匠唇边的白沫，依旧在樱花时节阴天的和风吹拂中。白色的礼服洇湿了一大片。

"爸爸！你醒醒！"

孩童仍在不住地呼唤。铁匠却无反应。此时，孩童突然杀气腾腾地跳将起来，双手抓起父亲手里的竹马，毫无畏惧地向着法师冲来，且抡起竹马照直劈下。法师漫不经心地举起彩绘旗杆，轻轻将竹马拨向一边，而后同样带着他那恼人的微笑，假装和善地责备孩童说：

"这样不好嘛。杀你父者并非我摩利信乃法师呀。况且你这样跟我作对，父亲还是无望生还的呀。"

此番道理孩童恐是无法理解。反正要跟法师打斗，是无望取胜的。铁匠的小儿子挥动竹马搏击了五六下，最终哭丧着脸，孤零零站在大道的中央。


# 十一


摩利法师见状，兀自嗤笑着走近孩童的身边，说道：

"看来，你是个懂事的、少年老成的聪明孩子。这样诚实，诸天童子也会喜欢。再过一会儿，你爸爸会苏醒过来。我正在祈祷呢。你也要像我这样，信赖上帝的慈悲。"

说完，法师张开双手拥护着旗杆，跪坐于大路中央。他毕恭毕敬地低垂着头。他还闭起双眼，高声唱诵着给人以怪异感觉的陀罗尼。就这样不知过了多长时间。法师周围不知不觉间围成了一个圆圈，众人都在观望着这般奇妙的祈祷。约莫过了半个时辰，法师睁开眼睛，依然跪坐着伸手罩于铁匠脸上。眼见得，铁匠的脸上恢复了暖色和血色，他发出痛苦的呻吟，一缕长长的白沫从嘴里流溢出来。

"呀！爸爸又活了！"

孩子一把扔掉竹马，高兴得手舞足蹈，跑近父亲的身边。他拼命想用手将父亲抱起来。铁匠呻吟了一声，近乎同时，他像喝醉酒的醉汉一样，颤悠悠地慢慢坐起身来。法师见状，亦悠悠然站起了身，一副满足的表情。他用那幅如菩萨的彩绘罩在父子二人头顶，仿佛是在遮挡阳光。他庄严地说道：

"上帝的威德就像天空一般广大无边。还在怀疑吗？"

铁匠父子仍旧跪坐于土地上，紧紧地相拥一处。法师惊人的法力使他们魂飞魄散。父子俩仰望着女菩萨的彩绘，虔诚地合起双手，浑身战栗着顶礼膜拜。此时站在周围观望的众人当中，有两三个人摘下斗笠，亦有人整理了一下便帽，有人则对着彩绘的菩萨像祈拜。唯有我一人与众不同。我由衷感觉到，法师及女菩萨彩绘染有魔界气息，面目可憎。所以我看见铁匠苏醒过来后，便匆匆离开了现场。

日后听人说，法师宣讲的是中国传来的摩利教。摩利信乃法师本人，也是中国出生或业已成为唐土之人。此言确否，不得而知。还有一个说法，即法师本非中国之人，而是来自遥远的天竺。据说，他只在白天像凡人一般行走街市。到了夜间，他那黑色的法衣就会变成翅膀，飞翔于八阪寺塔的空中。当然，这些传说皆无确切的根据。不过这些传说的流行亦有其自身的理由——摩利法师的所为，给人以各种各样的幻妙感觉。

# 十二

　　首先要说说摩利信乃法师的怪异法力。他凭借奇异的陀罗尼，可转瞬之间治愈多种疾病。他让盲人重见光明，让瘫子重新站立，让哑巴开口说话，这样的事例不胜枚举。而传诵最多的，则是令摄津守苦恼万分的人面疮。摄津守曾将予之外甥派赴远方，遂抢夺了外甥的女人。作为报应，他的左膝盖上长了一个大疮。奇异的是，疮面上有张外甥的脸。大疮不分昼夜，剜骨一般疼痛，令摄津守痛苦万分。然而在法师的祈祷下，眼见得那副面容变得和缓起来。在那像是嘴巴的地方，竟还冒出了"南无"二字，又迅疾消失得无影无踪。当然话说至此，令人不禁联想到狐狸精、天狗或不知其名的妖魅鬼神。只要拥有了那枚十字护符，就会像飓风发威，瞬间将蚕食树叶的害虫刮落在地。

关于摩利信乃法师法力的传说，还有许许多多，其中也包括我于街市的见闻。即当有人诽谤摩利教或谩骂摩利教的信徒时，法师的祈祷便会让对方即刻遭到严厉的神罚。据传在他的祈祷之下，井水变为腥臭的血水，家田中的稻苗一夜之间喂了蝗虫。更有甚者，据说白朱社的巫女[1]曾要咒杀摩利信乃法师。结果受到的报应却是，法师仅望了她一眼，她的身上就长满了可怕的白色癫疮。因此更多的人相信，法师确为天狗的化身。据说那天狗中了一箭，而专程从鞍马星座赶来的猎手，也被诸天童子一剑刺瞎了眼睛。最终，二者皆成为摩利教的信徒。

在这样的情势之下，男女老幼的摩利教信徒日益增多。同时在成为信徒之时，还增加了头顶洒水之类近似于灌顶的仪式。倘未经历这一程序，就无法建立皈依上帝的证据。以下乃吾外甥亲眼所见。一天，他走过四条大桥，看见桥下的河滩

---

1 巫女，日本神社中从事奏乐、祈祷、请神等仪式的未婚女子。

边聚集了很多人，便想凑近前去探个究竟。走近一看，又是那个摩利信乃法师，正在给一个关东人模样的武士做灌顶仪式。外甥说，当时的景观非常有趣，樱花的落英在加茂川的河水中顺流而下，河水倒映出正襟危坐、腰佩大刀的关东武士和手捧十字护符的怪异法师。这样的仪式很是少见。——说到这里，倒忘记了本应早早述说的情况。摩利信乃法师一开始就住在四条河原的一间非人小屋[1]中。那是一间草席搭成的草庵。他始终孤寂地、独自一人居于小屋中。

# 十三

言归正传。因了一桩意外事件，少爷和心仪已久的中御门小姐，有了一次促膝长谈的机会。意外事件发生在一个夜晚。那晚的天空似要降雨，

---

1 江户时代设置的收容乞丐的机构。

空气中散发着橘花的清香，尚可耳闻杜鹃的啼鸣。可是夜色渐浓时，月亮却从乌云中稀奇地钻了出来，朦胧之中竟可分辨出人脸的模样。少爷悄悄地从一位侍女居处归来。为了避免引起注意，他只带着一两个随从。明亮的月色中，牛车缓缓而行。可不论怎样说已是深夜。人烟稀少的大路上，只能听见远处田里的蛙鸣以及车轮的辘辘声。特别是走到荒芜的美福门墙外，不时地有磷火在闪烁，令人感觉到鬼气逼人。全然无心拉车的老牛走得很慢。此时，对面的灰泥路阴影里突然传来一声怪异的咳嗽，接着便是月影下雪亮的刀光闪闪。一伙强盗一样的蒙面人，有六七人的样子，冲着少爷的牛车凶猛地袭将而来。

与此同时，赶车的牛童和几个身着杂色衣物的随从，早已吓得魂飞魄散。他们呀呀地喊叫着，转眼间朝着来时的方向，乱哄哄抱头鼠窜。强盗们似乎并不在意，其中一人麻利地抓住了老牛的缰绳，将牛车拉到马路中央停下，而后白亮的刀剑围立四周，密密的，像一道围墙。一个头儿模样的强盗傲慢地掀开帘子。

"看看？有没有弄错了人？"他扫了一眼周围的同伴，确认似的问道。惊吓之余，少爷感觉到有些奇怪，这些强人并不像是真正的盗匪。少爷一直用折扇挡着面部，从缝隙中窥测着对方的动静。此时，强盗中一个沙哑的嗓音答道：

"没错，正是此人。"那嗓音令人憎恨。少爷感觉似在何处听到过这样的嗓音。他更加感觉怪异，明亮的月光中竭力循着说话的声音望去。那人脸上蒙着面纱，但是显而易见，正是长年侍奉中御门小姐身边的平太夫。刹那间，连处变不惊的少爷也感到了恐惧，全身的毛发不由得倒竖起来。这是为何呢？原来少爷早就听说，这平太夫将堀川一家视为可恶的仇敌。

此刻，平太夫确认过后，强盗齐声吼叫起来。他们将刀尖指向少爷的胸口，厉声喊道："今天就要你的狗命！"

# 十四

不过保持着镇静心态的少爷立即恢复了勇气。他悠悠然摇动着手中的折扇，仿佛事不关己似的说道：

"慢着，慢着。要取予之性命，轻而易举。不过，诸位为何要取予之性命呢？"此时那个头领模样的强盗，将刀刃渐渐逼近少爷的胸膛说道：

"还记得中御门的少纳言老爷吗？是谁害死他的？"

"予不知晓。不过予确切地告诉你断然非予所为。"

"不是你，便是你的父君。反正你是我们的仇敌。"

头领这样说道。手下的喽啰们也都蒙着面纱，异口同声地呵斥道："对！你是我们的仇敌！"平太夫也在其中咬牙切齿。他像野兽一般窥探着车内，且用大刀指向少爷的面颊，带着嘲弄般的语调说道：

"少说废话！还是求佛祖保佑吧。"

少爷仍旧镇定自若的样子，仿佛没有看见胸前的白刃。他接着脱口问道："请问，诸位统统都是少纳言的亲属吗？"众人一时语塞，不晓得如何回答是好。平大夫见状，马上厉声呵斥道：

"是的！你又想怎么样？"

"不，不想怎么样。予只是猜想，或许有人并非少纳言的亲属。予想到，此人一定是天下头号的蠢猪。"

少爷这样说道，而后露出他好看的牙齿，晃动着肩膀大笑。这笑声，令那些亡命的强盗也感觉一时的胆战。逼近胸前的大刀，也自然退回到车外的月光下面。

"为何这样讲呢？"少爷继续说道，"尔等杀害了予，日后见到检非违使时，统统将被判处极刑。当然对少纳言的亲属而言又当别论，舍生取义亦是理所应当。如若不是少纳言家亲属，而只为了少许金钱对予白刃相向，且以自己最为重要的生命作代价，那他不是蠢蛋是什么？不是这个道理吗？"

盗人们听说至此，恍然大悟地面面相觑。唯有平太夫一人疯狂地跳将起来。

"混蛋！说谁是蠢猪？你死在蠢猪的大刀之下，才是蠢过百倍的大蠢猪呢！"

"这么说，你便是那个蠢猪喽？那么，诸位当中还有少纳言家的亲属吗？这就更加有趣啦。我有句话，要对那些兄弟讲。尔等杀害予，真的只是为了那么一点儿金钱吗？如果真是这样，那么予有更多的金钱奖赏。要多少，有多少。不过予也有一个要求。既然都是为着金钱，那么予之奖金更多，你们应当站到予这边权衡一下，是否这个道理？"

少爷从容不迫地微笑着，折扇在外褂的膝头敲击着，和车外的强盗们进行谈判。

# 十五

"这么说，非得遵照少爷您的旨意不可啦？"

周围寂静得令人生惧，强盗中的头领战战兢兢地问道。少爷神态满足，啪嗒啪嗒敲着折扇，依然以轻松的语调说道：

"无须重复。予要尔等所做之事并不十分困难。那边的老爷子才是少纳言老爷的亲信，名叫平太夫。世间早有风闻，他平日即将予等视若仇敌，总在找机会取予性命，真是无法无天。毫无疑问，今天的这个阵势，也是平太夫唆使的结果。"

"没错。"

三四个蒙面强盗异口同声地说。

"所以，予所要求尔等者，就是将这个祸首老头儿拿下，将长久的祸根斩断。可以借助尔等之力，将平太夫捆绑起来吗？"

少爷的这番话令强盗们非常吃惊，一时间不知如何回答为好。围绕在牛车周边的蒙面强盗们，面面相觑之后有了一阵骚动，旋即又恢复了平静。突然，强盗当中传出一个沙哑的嗓音，宛若夜鸟的啼鸣。

"混蛋！这么待着做甚？不要听这个乳臭未干的家伙花言巧语！手上的利刃是烧火棍子吗？不要脸的东西！无情无义！怎么可以照他的要求办呢？好啦好啦，不用你们动手，不就是取其一命吗？看我一刀了结了他。"

话音未落，平太夫迅疾地扑向少爷，大刀一扬，照面门劈将下来。而与此同时，强盗头领斜刺里跃将出来，迅疾地探出大刀，架住了老头的大刀。其余的强盗则纷纷将刀剑收回鞘内，像蝗虫一般四面扑向平太夫。老头儿本已上了年纪，加之寡不敌众，只好束手就擒。转眼之间，老头儿就被牛车缰绳捆了个结实，又被拽到月光之下的大路上。此时的平太夫就像是掉进了陷阱的狐狸，只有龇牙咧嘴的份儿。他于心不甘地气喘吁吁，身上却在瑟瑟地发抖。

少爷看见这般景象，打了一个大大的呵欠，

笑道：

"啊——辛苦辛苦。这样算是除予一块心病。尔等索性护卫牛车，牵上老糊涂，一同返回堀川官邸吧。"

事已至此，强盗们唯有服从。就这样，强盗一行替代了原先的仆役，赶着牛车，簇拥着被绑的平大夫，在月光中鱼贯而行。天下之广，未曾听说有伴强盗而行者。少爷恐怕是空前绝后。当然这异常的队列并未行进至官邸。我等接到报急迎出之后，便就地分发了承诺的赏银，令之无声无息地退散而去。


# 十六


少爷把平太夫带回官邸，然后将他绑在马厩的柱子上，派遣仆役专门看守。翌日的清晨阴霾密布，少爷却早早将老头儿传到院里。

"平太夫，你为少纳言老爷复仇，实在是非常愚蠢。不过话说回来，你倒是搞得挺神妙呀。特别是在那样的月夜之下，你竟然驱使了许多蒙面大盗刺杀予，这种举措倒是很风流嘛。不过，美福门的近旁可不是一个好去处呀，予喜欢质森一带的老树荫下。那里有夏天的月夜，脚下流淌的潺潺溪流，还有隐约间显现的卯时白花，更添了一缕风情。当然，也许你所期待的予，不会去那样的地方。不管怎样讲，有幸的是你带来了那般奇妙和风趣，此番予就饶恕了你的罪行吧。"

说完，少爷脸上露出了凡常一样愉快的微笑。他接着说：

"不过尔特意至此，顺便将此书信转呈小姐，可以吗？予可是认真的呀。"

当时，我看着平太夫的脸，仿佛看见了世界上最最怪异的表情。他不怀善意地面带苦色，显现出哭笑不得的模样。唯有那圆瞪的双眼，焦虑地滴溜溜转动。看见那模样，我好容易才止住了笑意。少爷也按捺住自己的笑容，对抓住绳头的仆役发出了宽恕的指令。

"解开解开，快把绳子解开吧。别让平太夫委屈太久。"

过了片刻，平太夫在夜色之中弓着腰，肩上插着少爷那封柑橘枝上的书信，狼狈不堪地逃出了后门。在他身后，另一武士也随之悄悄地出了后门，那便是我的外甥。外甥的出动少爷并不知晓，他只是不露声色地尾随老头儿，担心他损毁少爷的书信。

两人的距离大约有半町远近吧。平大夫似已完全放松了心情，他无力地曳着那双光脚，步履蹒跚地走在灰泥土路的都城大道上。天空依旧阴沉沉的，路边可以嗅见柿子树嫩叶的清香。走错道儿的卖菜女不时地回头观望，疑惑地目送着十分少见的怪异信使。可是老头儿却无心回望卖菜女。

看样子不会再出意外，外甥便也打算中途返回。可他被节庆之前的特殊景象吸引，又尾随着老头儿走了一程。在将要转出小路的道祖神庙前，正好一个怪异的僧人拐过路口，与平太夫差点儿撞个满怀。外甥一眼就看出，正是那手持如菩萨旗幡、身着黑色法衣、胸佩十字怪符的摩利信乃法师。


# 十七


摩利信乃法师差点儿撞上平太夫。他一闪身躲了开来，却不知何故又停下了脚步，盯着平太夫望了半晌儿。可是那个老头儿似乎并不介意，他只是往一旁让了两三步，仍旧迈着孤寂的蹒跚步伐。我外甥心里揣摩，或许连那般神通广大的摩利信乃法师，都对平太夫异样的装扮感觉诧异？当他走近法师身边时，发现法师忘却了自身似的伫立在道祖神庙前。法师的眼神那般犀利，仿佛真是天狗的化身。不，相反，他的眼神失去了平日的凶悍光芒，却飘浮着和善的湿润——仿佛眼中饱含着泪水。他的头顶，沐浴着枝丫伸向小庙屋脊的青郁的柯树叶影，肩上斜倚着那面如菩萨旗幡，久久地目送着平太夫离去的身影。外甥告诉我，他牢牢地记住了法师的那一刻。且一生之中唯有此次，令之回想起那般孤寂的立姿。

过了片刻，外甥的脚步声惊动了法师。摩利信乃法师像由梦中醒来似的，慌张地转过头来。他突然高高地举起了一只手，神态怪异地念起了九字真言[1]。他的嘴里反复念叨着咒文，且匆匆地大步离去。据说咒文中可以听到中御门之类的字眼。说不定，那只是外甥耳中的错觉。当然此时的平太夫照旧背着柑橘枝，拖着无精打采的脚步，目不斜视地越走越远。外甥也东躲西藏地跟随其后，一直跟到了西洞院官邸。他说自己不时痛苦地感到心中不安，因为只顾惦记着摩利信乃法师的奇异举止，以至忘记了少爷的文书。

然而，少爷的文书似乎顺利地交到了小姐手中。稀罕的是，此次小姐竟然破天荒地马上写了回信。我等属下，竟不敢相信这是真的。也许如

---

1　九字真言，一种护身咒。

您所知，这是因为小姐的豁达，或许小姐也已知晓了平太夫深夜寻仇之事。她也会初次体验到，少爷是个品性高尚的人。打那以后，他们又有过两三次通信。最后终于在一个细雨之夜，少爷在我外甥的陪同下，悄然拜访了叶柳树荫遮掩的西洞院。如此看来，那平太夫还真是一个爽快之人。虽说那天夜里凶神恶煞，可他即便在我外甥跟前，也从来不说他人闲话。

# 十八

自那以后，少爷几乎每夜都去西洞院，有时也会携上我这样的老头儿。大约亦是在此前后，我初次见识了小姐炫目的美貌。有一次，少爷和小姐把我叫到身旁，让我讲讲今昔的世事流变。没错，就是那一次，夜幕中垂帘的间隙中池水荡漾，明媚的星光洒落在水面上，空气中飘来淡淡的、残落紫藤的气息。在这凉爽的夜幕中，身边伫立着几位侍女，我们静静地交杯换盏。少爷和小姐营造出来的这般美感，宛若出自传统的倭画[1]之中。尤其是洁净美丽的小姐，几件单衣上，罩着淡纯色调的华贵外衣，真的是美若天仙。

当时，酒兴中的少爷突然转向小姐说道：

"正像阿叔所描述的，在这狭小的京城之内，同样也是沧海巨变。世间的一切法则都是这样，永无止境地生灭流转。《无常经》云：'未曾有一事，不被无常吞。'或许我们的恋情，也无法逃出这个定数。予所惦记者，只是何为开始何为终结。"少爷当作玩笑一般地闲聊。小姐却装作闹别扭，有意避开大殿里明亮的油灯光亮，温柔地瞪着少爷说：

"哎呀，说这些讨厌的话儿干吗？看来，你是一开始就打算甩掉我。"小姐这样说，少爷越发心情愉悦。他端起酒杯一饮而尽，接着说道：

"你错了。一开始就并非真心，正是予最最担

---

1 倭画，日本的传统风俗、风景画。

心的结果。"

"讨厌，你总是欺负我。"

小姐带着异常可爱的笑容说道。突然间又出神地望着垂帘外面的夜色，自言自语地说道："难道人世之间的爱情，都似这般无常吗？"

少爷像平常一样露出整洁的牙齿，由侧旁盯视着小姐的面庞，面带笑容接话道：

"无常正是世间的真理呀。可是我们人类，却忘记了万法之无常，总在恋情之间，享受瞬间的莲花藏世界妙乐。不，可以说唯有在这样的时间里，才能忘记恋爱的无常。在予看来，每日耽于恋情的业平[1]，才是真正的有识之人。而我等为了祛除红尘之中的众苦，为了居于常寂光土，唯有像《伊势物语》中的人物一样去恋爱。你不这样认为吗？"

---

1　在原业平（825—880），阿保亲王五子，才华横溢、风流倜傥，相传与三千七百三十三个女子相恋。编于平安时代、以诗歌为中心的歌物语《伊势物语》以在原业平歌稿为中心，主人公即是虚化现实的在原。

# 十九

"那么，可以说恋爱的功德是千万无量。"

少爷的目光渐渐地离开了低垂双眼、感觉羞赧的小姐，将他陶醉的面庞转向了我。

"对不？阿叔是否也这样想？当然对阿叔而言不是恋爱啦。换作好酒，可以吧？"

"哪里哪里，过奖了。少爷真是后生可畏呀。"

我一面用手挠着头，一面慌不择言地应答道。少爷仍旧带着愉快的微笑。

"哪里。您的回答最为贴切。阿叔说到后生可畏。而往生彼岸之心，却将此祈为暗夜灯火。世间的忘却无常之心，都是一样的。看来，阿叔也认为佛教与恋爱别无二致。然吾等见解全然相同。"

"这又不合情理了呀。当然小姐之美貌胜似人间美女。可爱归爱，佛归佛，二者与我所喜好的美酒，不是一回事。"

"您这样说，乃因心胸狭窄。在予之面前，弥陀和女人都是令我们勿忘悲哀的傀儡。"

少爷这样子固执已见。小姐突然偷偷地窥望了少爷一眼，且小声说道：

"你怎么说女子都是傀儡？我讨厌这种说法。"

"如果说傀儡不好，可以说是佛菩萨呀。"

少爷毫不退让地答道。忽然，他仿佛想到了什么似的，盯着大殿油灯的灯光。

"以前，我与亲密朋友菅原雅平时常一起论战。你知雅平与我不同，他生性耿直，易轻信于人。实际上，予在唱诵世尊金口御经时，也调侃般地如诵恋歌。每逢此时，雅平便大动肝火，总是将予斥之为烦恼外道[1]。他的骂声犹在耳际，却不知现在的雅平身在何方。"他以从未有过的沉郁嗓音，嘟囔着这样的感人故事。被少爷那般神态所吸引，小姐和我都半晌无言以对。寂静无声的房

---

1 外道，信邪教的人，异端。

子里，唯有紫藤花的清香更加怡人。不过，这种状况也给人些许冷场的感觉。一个女侍战战兢兢地找话说道：

"听说了吗？最近京都城里流行什么摩利教，据说是一种便于忘却无常的新方法。"

另一女侍则特意挑了一挑大殿油灯的灯芯，接着话茬说：

"是呀。没听说吗？关于那个传教的和尚，还有各种各样的奇谈怪论呢。"

女侍们说得令人作呕。

# 二十

"什么？摩利教？其中一些教义十分新奇吧。"

少爷像是在思考着什么。他若有所思地端起酒杯，盯着方才说话的女侍说道：

"所谓摩利，好像是祭奉摩利支天[1]之教吧？"

"不，说是摩利支天亦无不可，但该教的正尊，据说却是诸位眼生的女菩萨。"

"那么，没准儿是波斯匿王[2]之妃宫茉莉夫人吧？"

于是，我逐一描述了日前在神泉苑墙外见到摩利信乃法师的情形，然后表明了自己的观点：

"那女菩萨的形态，并不像是茉莉夫人。应当说，形态上不像以前的任何佛菩萨。区别在于，那怀抱赤裸婴儿的慵懒形态，简直像吞噬人肉的母夜叉[3]。总之，那是日本本土所未曾见过的邪宗门佛。"

小姐闻言，美丽的眉毛微微一皱，叮咛一般地问道：

---

1　摩利支天，不露形迹，却无处不在、具有自在通力的女神。祛除灾难、掌握隐身术的印度神。

2　波斯匿王，梵语。舍卫国之王，与释迦同日出生，后追随释迦归依佛。

3　母夜叉，显现为女体的凶恶鬼神。这里指称者，似为圣母玛利亚像。

"那么，那个名叫摩利信乃的男子，真的像天狗化身吗？"

"是的。看那模样，仿佛从火山之中振翼飞出。反正在京都城里，没听说大白天有这等怪物出没。"

少爷此时，又像平时那般冷冷地笑着说：

"哪里，话也不能这么说。在延喜[1]天皇之世，五条附近的柿树枝丫上，就有天狗神佛现形七日之说，树上放射白毫光[2]。此外，平日欺凌佛眼寺[3]仁照阿阇梨者看似女身，其实亦为天狗。"

"哎呀！别光说这些吓人的话。"

小姐说。两个侍女也在一旁附和，层叠的和服宽袖姹紫嫣红。少爷的酒兴更浓，和颜悦色。他接话道：

"三千世界原本广大无边，而人类智能却十

---

1　延喜，源自《今昔物语卷二十〈天狗现佛坐木末语〉第三》，或《宇治拾遗物语卷二〈柿木佛现事〉十四》。

2　白毫光，佛之眉毛之间射出的光芒。

3　佛眼寺……，源自《今昔物语卷二十〈佛眼寺仁照阿阇梨房托天狗女来语〉第六》。

分有限。例如，说不定，那化作僧人的天狗也在挂念官邸里的小姐，某个夜晚会偷偷从屋顶上面的天空，伸下唯有长长指甲的双手。对不？"小姐吓得面色苍白，与少爷更加贴近了。少爷用手温柔地抚摩着小姐的后背，像哄孩子一般笑着抚慰道：

"不过，幸好那摩利信乃法师并没有窥望到小姐芳姿。至少在此之前，无须担忧魔道之恋呀。所以没事没事，不必那么害怕的。"

# 二十一

大约过了一个月的时间，什么事情也没有发生。正值盛夏的一天，太阳光照耀在加茂川的河面上，十分晃眼。天气炎热，河道里往来的拖船不见踪迹。我那外甥平素喜好垂钓，便大热天来到五条桥下，钻入河滩边的艾草中坐了下来。幸好，唯有此处凉风习习。外甥将钓线下入水量减少的河川中，连续钓上了几条鲶鱼。不料头顶的栏杆处，传来十分熟悉的话语声。外甥漫不经心地瞅了一眼，你道是谁？只见平太夫手摇高扇，身子倚在栏杆上，旁边站着的是摩利信乃法师。两人正在专心交谈。

此情此景，令之前小路岔道上摩利信乃法师的那般奇异举止，油然浮现于心头。看来，他们两人之间倒还真的具有某种因缘——我外甥心中这样嘀咕着。他的眼睛仍旧盯着自己的钓线，耳朵却在倾听桥上的对话。天气炎热，道上早已人迹稀少，寂寥中的谈话放松了警惕。两人完全没有意识到他人的存在，因而谈话无所顾忌。

"阁下正在弘扬的摩利教，说实话在偌大的京都城里无人知晓，连我也是刚刚听阁下说起。之前在哪儿似曾相识，却又全然没有印象。想来这也并不奇怪。想到阁下年轻时，在那春花月夜下吟唱的《樱人》小曲[1]，或时下暑天你这令人惊悚

---

1　《樱人》，伴着日本雅乐《地久乐》的旋律吟唱的催马乐。

的奇异形象——裸行的天狗，即便去问打卧的巫女[1]，也无法相信同出一人。"

平太夫的高扇啪嗒啪嗒呼扇着，口气轻侮地说道。摩利信乃法师的语气更加傲慢，仿佛是谁家的老爷。

"洒家见到汝，满足之至。日前在那小路上的道祖神庙前，曾有过一面之交。可你当时目不斜视，无精打采地背着柑橘枝文书，摇摇晃晃、心满意足地去往官邸。"

"是吗？实在无礼。老朽枉活这大岁数。"

平太夫仿佛也回想起那天凌晨的邂逅，他一脸苦相地说道，旋即又用力啪嗒啪嗒地晃着高扇说：

"可是今日之相会，则完全仰仗了清水寺观世音菩萨的护佑。平太夫一生之中，从未像今日这般快活。"

"哎，在予之面前，别提神佛之名。予虽不

---

1　打卧的巫女，出自《今昔物语卷三十〈打卧御子巫语〉第二十六》或《大镜》兼家项。

肖，却是负天帝神敕，专来日本传播摩利之教的沙门 [1]。"

# 二十二

摩利信乃法师突然间紧皱起眉头，表情严峻地插话道。可那平太夫却全然没有惶恐之态，反而将扇子与舌头同样急速地扇动起来。

"是啊是啊！如今的平太夫显然已衰老不堪，什么事情都干不成。照你这样讲，我是不能在你面前提及神佛了。当然，平日里我这老头儿也已信心不足。方才突然提到了观世音菩萨，也是因为难得一见、过分高兴的缘故。说来，要是小姐知道了幼时熟识的你平安无事，该会多么高兴呀。"老爷子一反往常，非常雄辩地说出这些话。搁在平时，他与我等谈话时常常懒得应承，显得

---

1 沙门，出家人，僧侣。沙门又作娑门、桑门，意为勤息、息心、净志。

天生口拙。他的话令摩利信乃法师无言以对，好半天只有点儿头应承的份儿。然而当话涉及小姐之时，他却压低了嗓音抢话道：

"说到小姐，正是予约你出来密谈的缘由。"接着又说道，"平太夫万请帮忙，今夜让我见见小姐好吗？"

说到这里，桥上的折扇摇动声戛然而止。与此同时，外甥则勉强探头仰望着栏杆上方。他担心一不留意，被发现自己潜藏于此。于是，他只好仍旧盯着河滩艾草中流过的水面，同时屏住气息留意着桥上的动静。此时，平太夫又失去了刚才的精气神儿，变得沉默寡言起来。就这样过了好久好久，桥下的外甥被熬得浑身筋骨刺痒。

"虽说住在河原[1]，也算是居于京都，所以知晓堀川少爷经常会见小姐。"

过了一会儿，摩利信乃法师仍旧以平和的语调，自言自语似的继续说道：

---

1 河原，前出地方的四条河原。贱民街。

"不过，予并非在恋慕小姐。予之憧憬业欲[1]之心，早已在漂泊唐土时灰飞烟灭。予曾一度流落唐土，在那里聆听红毛碧眼的胡僧[2]，传扬天帝的教诲。予所感觉心痛的只是，那般如花似玉的小姐，竟不知晓天地万物的创造者天帝，却信仰神佛之类的天魔外道，且在仿造的木石面前供香奉花。这样在不久之后的生命终期，必将忍受永劫不灭的地狱之火燎灼。予每每虑及于此，眼前便鲜明地浮现出阿鼻大城[3]阴暗地狱，美丽的小姐倒悬着向下坠落。昨晚，予又做了这样的噩梦……"

说到这里，僧人仿佛感慨万千。只见他紧紧咬住嘴唇，半晌一言不发。

---

1  业欲，人生而有之的五欲，感觉性情欲。

2  胡僧，异国僧人。

3  阿鼻大城，八个地狱中，惩戒罪孽最多者的地狱。

# 二十三

"昨晚，出了什么事吗？"

过了一会儿，平太夫有点儿担忧地问道。摩利信乃法师突然清醒过来，依旧以那般平静的语调，一字一顿地陈述道：

"不，并未发生什么事情。只是昨晚，予独自迷迷糊糊沉睡于那间草棚之中，竟然梦见身着五柳华装[1]的小姐，款款行至予之枕旁。与现实相异者只是，烟雾迷蒙中，小姐平素那光泽耀人的黑发中，插上了一枚金钗，闪烁着怪异的光芒。予久久地沉浸在会面的愉悦之中，不由得脱口说出了'见到小姐真好'。小姐垂下悲哀的眼帘，坐在予之面前，却没有一句应答。在她那红色的裙裾上，仿佛有什么东西在蠕动。仔细看来，不仅是裙裾之上，她的肩膀上和胸脯上都有一种动的感觉。在她的黑发之中，竟然还流露出一种似笑非

---

1　五柳华装，青色服装外罩白褂。正月至四月的节日服饰。

笑的感觉……"

"你说了这么多，我还是无法明白。究竟发生了什么事？"

此时，平大夫不知不觉被那僧侣圈入套中，叮问的语调也听不出先前的气势了。摩利信乃法师仍旧以其优雅的口吻，接着说道："要说究竟发生了什么事情，予自身也不太清楚。予只是看见小姐的全身，有水蛭一样的怪虫在成堆成堆地蠕动。虽说是在梦中看见的，予还是感觉悲伤万分，不由得放声大哭起来。小姐看见我哭，也便不住地流泪。就这样持续了很长的时间。不知何时听见了雄鸡打鸣，才将梦打断。"

摩利信乃法师说完，平太夫却缄口不语，只是重又摇起了半晌不用的折扇。我的外甥一直在伸着耳朵倾听，竟至忘却了钩上的鲶鱼。桥上在诉说着那般梦话，桥下却不由得感觉到凉意彻骨。他竟然产生了一种奇异的感觉，仿佛自己亦在朦胧之中，看见了小姐悲哀的身影。

桥上再度传来摩利信乃法师深沉的语音。

"予以为，那些蠕动的怪物正是妖魔。一定是天帝怜悯身负堕狱之业的小姐，才托梦令予施之教化。所以，予欲仰仗大夫帮忙，以拜见小姐。你明白予之请求了吗？"

平太夫闻言，似乎犹豫了片刻，终于用收拢的折扇轻轻敲打着栏杆说道：

"好吧。当初在清水坡不遭遇恶徒，受了刀伤险些送命，多亏师傅将我救出重围。当然，小姐是否愿意归依摩利教，还得根据小姐的意愿。小姐与师傅多年不见，想必不会拒而不见。总之我会想办法，尽我的力量让你们见面。"


## 二十四

时过三四天后的一个早晨，我才听外甥详细述说了密谈的原委。武士的寓所里平素人来人往，当时却只有我和外甥两人。朝阳炫目，微风习习，不时从梅树丛绿叶的间隙中吹出，令人感受到秋日的悸动。

外甥说完了事情的经过，更加压低了嗓音说道：

"我真是感觉非常奇怪，摩利信乃法师怎么会认识小姐的呢？总之此事很不吉利，那僧人盯上小姐，咱家少爷就容易遇见意想不到的凶变。可是，这事跟少爷去说也是白搭，他那样的性格，绝对不会当作一回事。所以依我个人之见，不能让那僧人和小姐见面。舅舅您的意见如何呢？"

"当然，我也不想让那鬼怪一般的天狗法师与小姐见面，可是你我只有遵从少爷的调遣呀。我们无法顾及西洞院官邸的护卫。那么，你如何阻止摩利法师接近小姐呢……"

"对，这正是一个要点。我们并不知道小姐是怎样考虑。小姐身边还有平太夫那个老东西。所以摩利信乃法师要去西洞院，我们是很难阻止的。不过那个僧人，每晚都居于四条河原的那间草棚小屋。所以我想，可否让他永远消失在京城？"

"那你还能永远守在小屋旁边？你的话云里

雾里，我这种老头子实在无法理解。你究竟要如何对付摩利信乃法师呢？"

我十分疑惑地问道。外甥好像担心旁人听见，一面瞅着梅树绿叶阴影下房屋前后的动静，一面贴近我的耳朵说道：

"没有其他办法。只有夜深之时潜入四条河原，除掉那个僧人。"

听他这一说，连我都惊吓得半晌无语。外甥年轻气盛，考虑问题直来直去。

"他充其量不过是个乞丐法师，找上两三个人，除掉他轻而易举。"

"可是不是有些无法无天？当然，摩利信乃法师是在传播邪教。可是除此之外，他并没有犯下任何罪过。杀死法师，无异于滥杀无辜……"

"不，理由总是可以找到的。倘若任由僧人借助天帝之力，诅咒少爷和小姐，舅舅与我等还有何脸面领取少爷的俸禄呢？"

外甥的脸涨得通红，没完没了地强辩道。我说的话，他根本就听不进去。恰巧此时，两三个武士手摇折扇走进屋里，谈话也便就此打住。

# 二十五

三四天后是个星月晴空，夜深之后，我和外甥悄无声息地来到四条河滩。而即便事已至此，我的心中仍然七上八下，不知是否应当杀死那个天狗法师。可外甥不肯放弃原先的计划。让他独自干，我又莫名其妙地心中不安。最终只好忘记自己年事已高，跟随外甥顶着河滩苇草的露水，鬼鬼祟祟地摸近了摩利信乃法师的茅草小屋。

众所周知，河滩边并列着一溜肮脏的茅草小屋。此时，居住这里的无赖乞丐们，正在蒙头大睡，做着我等所无法想象的怪梦。我和外甥蹑手蹑脚地走过小屋前，只听得草席墙壁后，呼噜打得震天响。周围却是一片寂静。唯有一处篝火的余烬，在无风的夜空下垂直地冒着白烟。有趣的是，白烟的尽头接上了天河，斑驳陆离。仰脸望去，满

天的碎星仿佛要倾泻到京城的夜空中，一尺一尺，
一寸一寸，恍惚听得见星星滑落的声响。

此时，外甥似已确定了目标。他用手指着加
茂川细流边的一间茅草小屋，向河滩苇草中站立
的我转过身来，说道：

"就是那间。"正当此时，那篝火的余烬吐出
一缕火苗。透过那微弱的光亮，看得见小屋比其
他的草屋更小更破。草屋的竹柱和旧草席铺就的
屋顶，与临近的茅屋并无差别。但是这间草屋的
屋顶上，却有一个树枝扎成的十字架，夜晚仍旧
显现出某种威严。

"是那间吗？"

我的心中发虚，言不由衷地反问道。实际上，
此时我仍旧无法做出决断。是否应该杀死摩利信
乃法师呢？而外甥却不管这一套，他只顾头也不
回地注视着那间小屋。

"没错。"他冷冷地答道。此刻的心情难以形
容，手中的大刀将沾满血迹，我不禁感觉到浑身
在战栗。外甥整理了一下自己的装束，将大刀的

鞘扣合上，仿佛忘记了我的存在。他轻轻拨开河滩边的苇草，像蜘蛛趋近猎物一样，无声无息地向小屋逼近。篝火余烬的朦胧火光照耀在草席墙壁上，清晰地映现出外甥向内窥望的身影。那身影令人毛骨悚然，真像一只巨大的蜘蛛。

# 二十六

到了这个份儿上，我自然也无法袖手旁观。于是，我也将衣袖绑在身后，跟在外甥后面摸到了草屋的屋外，且由草帘的缝隙中窥测着里面的动静。

首先映入眼帘的是那旗幡上的女菩萨绘像。此时，旗幡倚在对面的草壁上，无法清晰地看到绘像的全景。入口的粗草席帘处，屋内的篝火亮光倾泻而出。美丽的金色光轮闪烁着，宛若朦胧的月食景象。篝火之前，横卧着白天累得疲惫不堪的摩利信乃法师。但见法师的睡姿半掩着一件衣衫，他背对篝火，衣衫恍若传说中的天狗羽翼，或天竺国里的火狐裘皮……

我和外甥见此情景，悄无声息地从两边包抄了法师的小屋，且小心翼翼地退下了大刀的刀鞘。可不知何故，我一开始就有一种奇妙的畏缩感觉。我的双手不由得战栗起来，护手居然发出了尖利的声响。说时迟那时快，草帘对面无声无息的摩利信乃法师，腾地跳起身来。

"何人？"法师问道。事已至此，外甥和我已骑虎难下，除了杀死法师别无他途。于是法师的话音未落，我和外甥便掩着大刀，一头撞进了茅草小屋。紧接着噼里啪啦地一阵乱响，刀剑声、竹柱断裂声和草壁解体的声响响到一处。可外甥却突然往后跳了两三步远，大刀对着前方痛苦地喊道：

"这家伙，逃往何处了？"

我闻声大惊，赶紧闪退出来，透着燃烧的篝火，直直地望着对面。在这毁坏殆尽的小屋前，那令人胆寒的摩利信乃法师竟然身披浅色的柔软法衣，像猴子一样蜷起身子，将他的十字架护符贴在额头，一动不动地观望着我俩的举动。我将此看在眼里，恨不能冲近前去一刀结果了他。却不知何故，法师蜷身的周围漆黑一片，我不知怎样才能靠近他。或者说在那黑暗之中，存在着某种无形的旋涡，使大刀无法确定劈砍的对象。我外甥似乎也有同样的感觉。他不时地呐喊着，嘴里喘着粗气，而手中的利刃却久久高举过头，漫无目标地画着圆圈。

## 二十七

此时，摩利信乃法师缓缓地站起身来，手中的十字护符左右晃动着，用暴风雨般的嗓音厉声训斥道：

"喂！不要枉费心机啦。尔等还未悟及上帝的威德吗？在尔等昏花的眼睛里，我摩利信乃法师不过披着一件黑色的法衣，其实却有诸天童子和百万天军守护着我呢。不信的话，尔等可持刀剑过来呀。来与法师身后的诸多圣徒，真刀真枪地比试比试吧。"

末了的几句话，带有嘲弄的意味。

当然我们并未被法师的话语唬住。外甥和我听了那番话，反倒像出笼的野牛一般，挥刀由两个方向，朝那法师劈杀而去。可是结果如何呢？在我们挥起大刀的一瞬间，摩利信乃法师又拿出他的十字架护符，在自己的头顶挥舞了片刻。但见那护符的金色像闪电一样劈向天空，我们眼前瞬间出现了恐怖的幻影。

呜呼！那恐怖的幻影为何会借我等之口说东道西呢？即便真是如此，也没有太大的差异，顶多不过指鹿为马罢了。如果说这个幻觉并非真实，那么我感觉当初的护符在升上天空时，河滩的暗夜像是在摩利信乃法师的身后突然地断裂开去。在那处暗夜的断裂之中，无数的火焰之马和火焰之车，显现出龙蛇一般的奇形怪状，飞溅的火花像狂风暴雨，眼看着洒落于我等头顶。总之，天上仿佛布满了浮雕一般的影像，且成百上千的物什在天空中翻腾闪耀着，有旗幡，有刀剑，发出的声响犹若狂暴的大风海浪。河滩上面则有如沸腾的水锅，咕嘟嘟飞沙走石。法师背对着那般景象，仍然身披着浅色的法衣，手持那十字护符庄严地伫立。法师奇异的身姿，恰如来自异境的大天狗，率领着地狱的妖魔鬼怪，下凡到这沙滩之中……

我和外甥大惊失色，大刀不由得掉落在地，一头扑在了法师左右，跪拜着谢罪。此时，我们头顶传来摩利信乃法师威严的斥责声："还想活命吗？快快向上帝谢罪来！不然转瞬之间，护法百万圣众便将尔等碎尸万段。"法师的斥责如雷贯耳。事到如今，想起当时那般极度的恐惧，我仍会感觉到浑身战栗。当时的恐惧确已到了极限。我将双掌合在一起，闭上眼睛，战战兢兢地口中念叨着"南无天上皇帝"。

# 二十八

说起前述经历，实在感觉羞耻，所以我想尽量说得简短一些。莫非，在我等祈祷了天上皇帝之后，可怖的幻影才倏然间消隐无踪？而被刀剑声惊醒的妖魔们，却将我和外甥团团围在了中央。这些家伙大多是摩利信乃法师的信徒。幸亏我俩已将大刀扔在地上，否则看那架势，还不得为之吃尽苦头？这帮男女嘴里骂骂咧咧，里三层外三层，面带憎恨地窥探着我们的脸，仿佛在观望落入陷阱的狐狸。但见一张张凶神恶煞的面容，映照在重新燃起的篝火光亮中，前后左右的头颅几乎遮挡了月夜星空，令人毛骨悚然，仿佛下了阴曹地府。

而摩利信乃法师毕竟与众不同。他大声地安抚住大吼乱叫的妖魔们，面带平素的怪异微笑。他走到我和外甥跟前，态度恳切地讲述着天上皇帝的无量威德。而此时我尤其担心的，却是法师肩披的、浅色色调的美丽法衣。这样的浅色法衣虽非世间稀罕物，却极有可能是中御门家小姐的衣物。万一真的如此，便可推断小姐不知何时已见过法师，或许，小姐亦已皈依了摩利教？想到这里，我几乎无法平心静气地听他说话，有点儿六神无主。这副模样，不定还会遇见什么可怕的事儿。摩利信乃法师的表情，看上去似乎也对我等轻侮神佛的行为感觉到愤怒。想必他已预料到我等的夜袭行为。幸好，他似乎并未觉察我等是堀川少爷的属下。我们有意不看法师的浅色法衣，就那样呆坐在河滩的沙地上，假装老实地倾听着他的诉说。

这在对方看来，应当是值得褒奖的。进行了一番说教之后，摩利信乃法师的面色变得和缓起来。他将十字护符举在我等头顶，神态优雅地说道：

"尔等的罪孽全在于蒙昧无知，上帝自会大大地宽恕尔等。我呢，也不想过多地惩戒尔等。没准儿不久之后，今晚的夜袭也将成为一种缘分，尔等或将皈依摩利教。皈依之前，尔等就此退下吧。"当然恶徒们又在眼前显露出闻所未闻的可怕景象。但见法师一声断喝，真的为我们打开了归途之门。

我和外甥顾不上大刀入鞘，跟跄仓皇地逃离了四条河原。当时，我的心情真是无以言表，说不上是欣喜，是悲哀，还是懊悔。河滩渐渐远去，但见红色的篝火闪耀晃动，周围聚集的泼皮像蝼蚁一般，正唱着怪异的歌谣，那歌谣时而隐约地传入耳中。我俩只顾埋头走路，一个劲儿地唉声叹气。

# 二十九

打那之后，但凡我们有机会聚首一处，便要揣摩摩利信乃法师与中御门小姐的牵涉。议来议去，总是觉得需远离那天狗法师。可是想起那令人恐怖的梦幻境界，又实在没有好的办法。外甥毕竟较我年轻气盛，他仍旧固执己见，不肯放弃原先的想法。有时一帮子公仆聚集一处，又产生再度袭击四条河原茅草小屋的邪念。然而在此期间，不曾想摩利信乃法师奇异的神变法力，又令我等大惊失色。

那是在一个秋风初起的季节，长尾的律师[1]在嵯峨建了一座阿弥陀堂以举行佛事。佛堂至今仍未褪色，且一眼便可察知，佛堂的建造汇集了各地良材，并由诸多名匠参与建造，更毫不吝惜地花费了大量的黄金。规模虽说不大，却给人以异常的庄严之感。

特别在佛堂举行佛事的当日，除了上达部的殿上人[2]，还有众多夫人前来参与。东西两厢的回廊边停置着各色车辆。环绕各处回廊楼座边的是边缘织锦的挂帘。挂帘边缘凸现的胡枝子花、桔梗花和女萝花等，在晴日的阳光下艳丽夺目。佛堂境内，景色很美。莲花宝土般的景象映满眼帘。回廊周边的庭院池中，开满了人工种植的红莲白

---

1 律师，次于僧都的僧官名。僧都上面是僧正。

2 殿上人，被许可上殿的贵族。

莲花。花间一艘龙舟荡漾，悬着织锦的帐幔。身着蛮绘布衫的孩童们持画棹戏水，飘扬出美妙的乐音。那悠然的一举一动令人热泪盈眶，不由得虔诚祈拜。

注视正面，更是令人感动不已。佛堂防犬栅上的螺钿闪闪发亮，其后是名香的香烟缭绕。香烟的正中是本尊如来，旁边则有势至观音和诸佛的御姿。佛面的紫磨黄金和玉珮璎珞，若隐若现。诸佛前庭，中央是一大礼盘。耀眼的宝盖下置有讲法师傅的高座。协同作法的几十位僧人，也都身着艳丽的法衣或袈裟，青红相间。念经声，摇铃声，还有那白檀、沉香的香气，不断由庭内飘向晴朗的秋空。法事正在进行之中，看客们聚集于四方御门之外，亦对庭内的事情一目了然。突然之间，仿佛发生了什么变故，不知从何处传来隆隆噪响，仿佛海上的暴风雨一波一波。

# 三十

佛堂的门头儿见此情景，急忙跑近前来，高高地挥舞着一把大弓，希望挡住一拥而入的看客。然而，此时身着异样装束的摩利信乃法师出现了。他分开人潮走近前来。佛堂门头儿见状，立刻扔下手中的大弓，让开眼前的通道跪伏在地，仿佛对天帝的降临顶礼膜拜。一度嘈杂的人们在门内觉察到外面的骚动，突然变得鸦雀无声，随后相互间窃窃私语着："摩利信乃法师，是摩利信乃法师。"私语声宛若苇叶渡来的和风，此起彼伏。

摩利信乃法师的装束一如往常，长发散披于身着黑色法衣的双肩，胸前的黄金色十字护符闪闪发光。他的脚上没有穿鞋，看着都令人感觉寒冷。凡常的女菩萨旗幡置于身后，在秋日的阳光下显现出庄严。不过举旗者乃随行之人。

"信徒们，我是摩利信乃法师，奉神谕在日本传扬摩利教。"

法师从容地回应着门徒的膜拜。他不慌不忙

地迈入敷沙的庭院中，语调庄严地说。门内众人闻言，又是一阵嘈杂声。还是那些检非违使见过世面，虽说惊讶于眼前的奇事，却并未忘记自身的职责。只见两三个挑头儿的顺手提溜着家伙，面对嘈杂的人们大声呵斥，且冲着法师奔将过来。转眼之间，四面八方皆有人奔将而来，企图将法师捉拿归案。摩利信乃法师憎恨地望着那些挑头儿的，嘲笑般地说道：

"要打便打，要抓便抓，而上帝将即刻施与惩罚。"

此时，法师胸前悬挂的十字护符，在阳光的照耀下闪闪发光。袭击者们竟纷纷扔下了手中的武器，跌倒在法师脚下，仿佛遭遇了晴天霹雳。

"诸位看见了吗？上帝的威德正如方才之景象。"

摩利信乃法师摘下胸前的护符，在东边、西边的回廊下，来来去去举着护符夸耀说：

"看见了吗？这般灵验不足为怪。说来，上帝正是创造天地、独一无二的天神。唯有知晓这位天神，人们才会竭尽诚心，将阿弥陀如来那般妖魔统统地束之高阁。"

或许这般粗暴的言辞令人无法容忍，方才已停止诵经且茫然注视事态发展的僧徒们，突然间躁动起来，不住地咒骂、叫喊着："杀了他！""绑了他！"却无一人站起身来，去惩治摩利信乃法师。

# 三十一

于是，摩利信乃法师傲然地怒视着僧徒们，声嘶力竭地呼喊道：

"中国的圣人说过，知过而改为智者。一旦知晓佛菩萨皆为妖魔，就应及早地皈依摩利教，而颂扬上帝的威德。倘尔等仍对摩利信乃法师所言持有怀疑，或分不清菩萨、上帝何为妖魔或邪神，那就比较一下二者的法力吧，或可就此辨别正法之所在。"

然而，大家方才都已看在眼里，那些捕快居然昏倒在法师面前。因而帘内帘外的僧俗们，并无一人胆敢去尝试法师的法力。不消说长尾的僧都啦，就连当日在场的山中住持，或仁和寺的僧正，也都对摩利信乃法师表现出极大的敬畏。拜佛的庭院中，龙舟的音乐和选手的吆喝声已停息了半晌儿，院里寂然无声，仿佛听得见人造莲花拂动日光的声响。

法师或许由此获得了更大的法力。他手举那枚十字架护符，像天狗一样嘲笑道：

"实在可笑。南部北岭的确也有颇多圣僧呀，怎就没有一人出来跟我摩利信乃法师比试法力呢？算啦，那么就信奉上帝吧。在诸天童子的神光下惶恐吧。皈依我摩利信乃法门，可是无分贵贱老少的呀。来吧，就在这儿，让山中住持给你们一个个举行灌顶仪式。"

法师逞强般地大声喊叫。但话音未落，西边回廊上有一陌生的僧人从容跳落于院中。他身穿金线织花的锦缎袈裟，手捻水晶佛珠，脸上有白色的双眉。毫无疑问，这是名冠天下、功德无量的横川僧都。僧都年事已高，缓慢地挪动着肥胖的躯体，且以庄重的步伐走到摩利信乃法师跟前。

"你这个下流的东西，在这儿胡说些什么呢？你何曾知道在佛堂供养的庭院中，列有无数的法界龙象？人们惯于投鼠忌器。难道就没有一人出来，与这下流的家伙比试法力的高低？说来，你理应自觉羞耻。快快由此神前佛前逃离吧。如今说什么比试神通，实乃奇怪至极。想必你这邪门和尚，是在何处修得了一点儿金刚邪禅法，那么老衲便与你比试比试吧。一试三宝之灵验，二试避尔魔缘，拯救众生于无间地狱。即便尔之幻术可驱鬼神，也未必可以触动护法加佑的老衲一指。看到如此奇特佛力，还不快快受戒？"说罢大狮子吼一声，捺下了一个手印。

# 三十二

由捺下手印的手中骤然升起了一道白气，影影绰绰地缭绕半空。说时迟那时快，僧都头顶升腾起一团宝盖似的雾霭。不，更确切地说或为一团奇异模样的云气。倘若是雾，那么对面佛堂的屋顶便会朦胧不清。而云气只是虚空中无见形迹的存在，天空的蓝色还像原来一样晴朗清澈。

佛院周围的人们都为这云气而惊异。此时，不知何处传来沙沙的风声，拂动着佛堂的挂帘。风声未止，但见重新结印的横川僧都脸上的赘肉缓缓地抖动着，口里吟诵着秘经咒文。转瞬之间，云气中朦胧出现了两尊金甲神，威猛地挥舞着手中的金刚杵。其实，那完全是一种感觉上的幻象，若有若无。不过飞舞空中的身影堪称神威，仿佛要在摩利信乃法师的头顶，重重地击下一杵。

然而摩利信乃法师却像平时一样昂着高傲的头。他瞪着两尊金刚神，连眉毛都不动一动。他那紧抿的嘴唇边，浮现出以往骇人的微笑，仿佛在竭力抑制住嘲笑的表情。他那勇敢的神态令人不安。横川僧都急忙收了法，晃动着水晶的佛珠。

"嗨！"他用嘶哑的嗓音一声断喝。

伴随着这声大喝，飞舞的金甲神和云气一并退隐空中。而与此同时，下方的摩利信乃法师也将十字护符贴在额头，发出一种尖利的叫声。转瞬之间，天空升起了彩虹一般的光带，金甲神早已消失得无影无踪。僧都的水晶佛珠反由中间断为两截，佛珠哗啦啦地雪珠一般洒满一地。

"师傅的手段已经领教，原来师傅修的正是金刚邪禅呀。"

获胜的法师引得大家哄然大笑。横川僧都听了诅咒何等沮丧，在此按下不表。如若不是弟子们争先恐后拥前护持，恐已无法平安地退返廊下。而此时的摩利信乃法师，则更加高傲地挺起了胸膛。他环顾八方说道：

"我知道横川僧都是当今天下法誉无上的大和尚。但在本法师眼中，欺蒙上帝照鉴，才是真正乱使鬼神的现世俗僧。将佛菩萨称作妖魔，将释教称为堕狱业因，并非摩利信乃法师一人之误。来吧，废话少说，众生愿意皈依摩利教，则不计前嫌，都到这里来，感受一下上帝的威德吧。"

此时，东边回廊下有人冷冷地应答道：

"哦。"此人站起身来理理装束，悠然地走下佛院。不是别人，正是堀川少爷。

(未完)

大正七年（1918）十一月

（魏大海　译）

基督徒之死

纵令人生三百岁，逸乐至极，较之恒久无尽之乐，犹如梦幻耳。

——庆长译《向善书》（*Guia do Pecador*）

唯向善求道者，方可知圣教中不可思议之神妙。

——庆长译《教徒景行录》（*Imitatione Christi*）


一


话说古时日本长崎有座教堂，名圣露琪亚，堂内有位本邦少年，叫罗连卓。这罗连卓原于某年圣诞之夜，饥寒交加，倒在教堂门口，得到前来礼拜的会众救助。神父心怀悲悯，将他收留堂中。却不知何故，问他身世，答称家在天国，父名天主，总若无其事，笑笑支吾过去，众人终未知其详。见他腕上系着青玉念珠，谅其父辈当非异教徒。神父与合堂法众遂不以为歹人，悉心照料。说起这少年道心之坚，竟不像一个年少之人，实令众长老惊叹不已，故而人人称他为神童转世，虽不知其身家姓氏，却是倍加呵护。

却说罗连卓面若冠玉，声音纤丽若女子，深得众人怜爱。有个叫奚美昂的修士，待罗连卓情同手足，进出教堂二人必携手相伴。这奚美昂本出身于武士之家，世代侍奉诸侯。身材伟岸出众，性情勇猛刚烈。教堂每遇异教徒投石滋事，神父常令他挺身抵御，也非止一次两次。如此一个奚美昂，却与罗连卓和睦相亲，真可谓老鹰之伴乳鸽，或曰黎巴嫩山上之巨柏[1]，有红葡蔓攀缠，缠

---

1 《圣经》诗篇上屡屡提及的"黎巴嫩的香柏树"，又称"上帝之树"，是完美、向上、尊贵、生命的象征。"佳美的树木就是黎巴嫩的香柏树，是耶和华栽种的，都满了汁浆。"

开了花。

岁月如流，不觉三年有余，罗连卓也将及弱冠。此时，忽起流言，说是离圣露琪亚教堂不远，城里有家伞铺，其女同罗连卓相好。伞铺老爹是个笃信天主之人，常携女来教堂礼拜。祈祷时，那女子目不转睛，只管觑定手执香炉的罗连卓，每入教堂必打扮得花枝招展，频频向罗连卓眉目传情。这些尽数落在教众眼中。有人说，曾见到女子经过时，故意去踏罗连卓的脚；有人甚至扬言，尝见二人传递情书。

想是神父觉得此事不宜置若罔闻，一日，便将那罗连卓唤来，手捻白须，温言问道："听到些闲言碎语，事关你与伞铺女子的事，想来未必是真的吧？"罗连卓面带愁容，连连摇头，噙着泪珠，坚称："绝无此事。"神父也不禁心软，念其年幼，平素信仰坚定，见如此回答，谅无谎言，便未再深究。

神父所疑固然已解，来圣露琪亚礼拜的教众间的风言风语，却难平息。而那如同兄长般的奚美昂，比之别人尤为担心。起初对这件丑事，也曾严加追问，可是，自家都深以为耻，不消说开口去问，甚至见他的面都难为情。

一日，在圣露琪亚教堂后园，拾到那女子给罗连卓的情书。趁屋内无人，将信掷到罗连卓面前，连吓带哄，百般套问。却说罗连卓，把张俊脸羞得通红，只说道："那小姐是一厢情愿。我仅收其信，从未与她交谈。"想那世间之流言，无风不起浪，奚美昂硬是刨根问底。罗连卓眼含幽怨，痴痴望着奚美昂，不禁诘问道："难道我会骗你不成？我是那种人吗？"说毕，如同飞燕般掠出屋内。见他如此说话，奚美昂自知疑心太重，不免愧悔，怏怏地正要离去，忽见罗连卓跑进屋来，一头扑在奚美昂身上，搂住他的颈项，嗫嚅道："我不好，饶恕我。"奚美昂还未及开口，罗连卓猛地推开奚美昂，像是掩饰脸上的泪痕，旋即又奔了出去。

罗连卓所说"我不好"，莫非指他同女娘私通之事？抑或自觉对奚美昂过于冷淡而心存歉疚？实在让人捉摸不透。

随后不久，又闹出一桩乱子，说是伞铺女孩有了身孕。那女子对老爹一口咬定，腹中子之父，乃是圣露琪亚教堂的罗连卓。伞铺老爹大怒，当即一五一十告到神父面前。事已至此，罗连卓百口莫辩。当日，神父会同合堂修众裁决，应予逐出教门。他一旦被逐出教堂，离开了神父，眼见得就会无以为生。然而，若将这等罪人留在堂内，事关主的荣光，故而日夕与他相亲的众兄弟，不得不含泪把罗连卓逐出门去。

其中最伤心的，莫过于亲如手足的奚美昂。把罗连卓逐出教堂固然痛心，被罗连卓所骗，却让他格外气愤不过。那么一个让人心疼的少年，在料峭的寒风里，黯然走到大门口。这时，奚美昂从一旁奔上前去，挥动拳头，重重打在那张俊脸上。罗连卓禁不住这痛打，顿时倒伏在地，好半天才爬将起来，一双泪眼望着天空，颤声祷告道："请主饶恕。奚美昂丝毫不知我的隐情。"奚美昂见状也自是泄气，只是立于门首，朝天挥拳。众修士百般劝解，奚美昂也见好便收，铁青着一张脸，就像暴雨之前的老天一样难看。罗连卓悄然走出圣露琪亚教堂的大门，奚美昂贪恋地望着他的背影。当时在场的教众说，寒风里，罗连卓垂首而行，迎面夕阳瑟瑟，行将沉落在长崎西侧的天际，而那少年优雅的身影宛如笼罩在满天的火焰之中，看得极是分明。

自此，罗连卓便栖身在城外的非人小屋内，成了世上一个可怜的乞儿，已非昔日圣露琪亚教堂内的提灯童子。更何况身为基督徒，原本便遭异教徒的嫉恨，视他如屠夫一般下贱。现在街头行走，非但要受无知小儿的欺侮，还屡尝刀棍瓦石之苦。何止如此，罗连卓曾一度染上热病，倒卧在长崎街头七个日夜，痛苦难当，呻吟不绝。幸有天主垂怜，以其无边无量之爱，每每救他一命；即便得不到钱米施舍之日，也往往让他弄到山间的野果、海里的鱼蚧果腹。虽然如此，罗连卓仍晨昏祈祷，不忘旧日在圣露琪亚教堂时的日课，腕上的念珠不改其青玉本色。尤当夜阑人静之时，这少年便悄悄离开非人小屋，踏着月光，

前往那熟悉的圣露琪亚教堂礼拜，求主耶稣基督
的加护。

　　且说同门教众，人人疏远罗连卓，连神父都
不怜悯他，更不消说别人。却也难怪，革出教门
当日，深以为是个无耻的少年，谁能料到，竟会
夜夜独自前来教堂祈祷，是个道心坚定之人。这
也是缘于主之无量智慧使然。在罗连卓来说，虽
说不得已，却也是件可叹之事。

　　话分两头，却说这边伞铺女孩，自罗连卓给
逐出教堂不上一月，便产下一女婴。伞铺老爹虽
顽固，想必是初得外孙之故，早把气恼丢在一旁，
同女儿两人悉心抚育。或抱或哄，间或当作玩偶，
以为乐事。老爹如此原也不足为奇，可怪的倒是
那位修士奚美昂。这位连恶魔都能击退的大力士，
自打那女子生下女婴之后，暇时每每造访老爹，
笨拙地抱着娃儿，哭啼呜咽，噙着一包眼泪，想
是心念弱弟，忆起罗连卓俊雅的面庞。罗连卓离
开圣露琪亚教堂之后，那女子便再也没见他人影，
故而心怀怨望，连奚美昂登门都没个好脸色。

正如俗话说，光阴似箭，转瞬又是一年多。不料想，其间发生了一桩祸事。一场大火，一夜之间便烧掉半个长崎城。当时景象之惨烈，好似最后审判的号角声，冲破漫天的火光，响彻人间，真是令人毛骨悚然。

说来不幸，伞铺老爹家恰在下风口处，眼见得给烈火吞没，一家老小慌慌张张逃了出来，一看，不见了婴儿。定是只顾逃命，忘了婴儿还睡在屋内。老爹顿足大骂；若无人拦阻，女子会冲到火里去救。然而，风势愈刮愈猛，烈焰亦呼呼狂啸，似要将天上的星辰烧焦。前来救火的街坊也乱作一团，除了安抚发疯一般的女子，也别无良策。

正当此时，有人推开一干人众，奔向火海。原来是修士奚美昂。说时迟那时快，这位在枪林弹雨中如入无人之境的勇士，一头扑向烈焰。想必是火势太猛，令他逡巡不前。但见他两次三番冲进浓烟，却次次猫着腰落荒逃了出来。于是来到老爹和女子面前道："万事但听主的安排。此终非人力所能及，唯有认命而已。"这时，老爹身旁不知何人，高声喊道："主啊，保佑我！"奚美昂觉得这声音甚熟，便扭过头循声去找。

一见那人，看官道是哪个？不是别人，正是罗连卓。清癯的面庞，映着火光，熠熠生辉；黑发及肩，在风中纷纷飘拂。虽然其状堪怜，却依旧眉清目秀，一眼便能认出是他。已成乞儿的罗连卓，立于众人之前，目不转睛，望着烈焰熊熊的房屋。一阵狂风吹过，煽得火焰愈加猛烈。眨眼之间，罗连卓早一纵身跃入火柱、火壁、火梁之中。奚美昂不禁遍体冒汗，当空高画十字，祷告说："主啊，保佑他！"却不知是甚缘故，心中忽现罗连卓离开圣露琪亚教堂门首时，那清丽而悲戚的身影。

却说周围的教众，对罗连卓奋不顾身的壮举，虽感惊讶，终究难忘他昔日破戒之事。本已群情骚然，顿时议论纷纷，怪话连连："毕竟敌不过父子之情！想那罗连卓，做出那等丑事，自家都羞于见人，在这一带连个面儿都不露。嗬，为救亲生骨肉，这会儿倒肯往火里跳。"七嘴八舌，骂个不休。就连老爹也有同感，自打方才见了罗连卓，说来奇怪，心里已然乱成一片。许是拼命掩饰的结果，站也罢坐也罢，烦躁不堪，便高声大叫，把些蠢话一吐为快。唯有那女子，发疯似的跪在地上，两手捂住面孔，一心不乱地祈祷，身子动也不动一下。头上的火星如雨一般降落，地上的滚滚浓烟扑面而来，女子依旧垂首不语，浑然忘记身家世事，进入祈祷之三昧境界。

不多时，大火前忽又人声鼎沸，只见罗连卓头发散乱，双手抱着幼儿，自乱蹿的火舌中现出身来，仿佛从天而降。正在其时，一根燃尽的屋梁突然断裂，伴着一声震天巨响，烟尘暴起，烈焰腾空，顿时失却了罗连卓的身影，眼前唯见珊瑚树一般的冲天火柱。

当此千钧一发之际，奚美昂、老爹和在场的教众早忘却前嫌，个个惊得目瞪口呆。那女子只管号啕大哭，一度跳将起来，连小腿都裸露出来；忽而又好似遭了雷击，跪倒在地。且说女子手里，不知何时竟紧抱着生死不明的幼儿。啊，主的无量智慧与无边法力，不知人间尚有何赞美之辞。那是罗连卓压在烧塌的房梁下时，拼着性命将幼儿扔了过来，正巧滚落在女子的脚下，却毫发无伤。

女子俯伏在地，喜极而泣。与此同时，老爹高举双手，口中赞美仁慈的主，声音里不由得透着庄严。真个是庄严神圣至极！再说奚美昂，一心要救罗连卓于火海之中，便一个箭步跳将进去。老爹的祷告，再度变得忧虑沉痛，高高地响彻夜空。岂止老爹一人，在场的教众无不哀泣，齐声祷告："求主保佑！"如此这般，圣母玛利亚之圣子，人主耶稣基督，将人间之悲苦，视为己之悲苦，终于听到众人的祷告。且看罗连卓，已给烧得惨不忍睹，由奚美昂抱在怀里，从浓烟烈火之中救了出来。

当夜之变故，不仅此也。众教友七手八脚抬起命若游丝的罗连卓，让他先卧于上风口的教堂门首，事情正发生在此时。一直将幼儿紧抱胸前的伞铺女子，已自哭成个泪人儿，见神父从门内走出，咕咚一下，跪在神父脚下。孰料，竟当着众人面忏悔道："怀中女娃并非罗连卓之骨肉。实是与邻家异教徒之子所私生。"那女子声音发颤，不胜懊恼，一双泪眼闪闪发光，似不像有半点儿虚假。好个忏悔！只见众教徒挨肩擦背，吃惊得把个漫天大火都忘诸脑后，张口结舌，大气儿都不敢出一声。

女子忍住泪水，接着说道："小女子先前倾慕罗连卓，因他道心坚笃，凛然峻拒，于是心生怨恨，佯称腹中子乃罗连卓之骨肉，好让他知晓小女子心中的苦楚和不平。谁知罗连卓心仁德高，小女子犯此大罪，竟毫无怨恨。今夜，承他忘记自家的安危，甘冒地狱般的烈火，救了我儿一命。他的仁慈和德行，堪称天主耶稣基督再世。想到小女子的种种大恶，哪怕有魔爪将小女子立马撕成寸断，也无怨无悔。"女子不等忏悔完毕，便已哭倒在地。

恰在此时，围得水泄不通的教众中间，忽然

接二连三有人喊道："这是殉教！""是殉教！"喊声此起彼伏。罗连卓以慈怜悲悯之心，奉行天主耶稣基督之圣迹，不惜沦落为乞儿。即便视同慈父般的神父，情同手足般的奚美昂，也未解其心意。如若此非殉教，又能是什么呢？

听到女子忏悔，罗连卓仅能微微颔首，人已烧得发焦皮烂，手脚动弹不得，哪里还有张口说话的气力！老爹和奚美昂听后，心如刀绞，蹲在罗连卓身旁，虽想救治，无奈罗连卓气息愈来愈急促，想是大限将近。唯有那双星眸一如平日，遥望天宇。

神父凝神细听女子忏悔，夜风中白髯飘拂，背对圣露琪亚教堂的大门，少顷，庄严宣布道："能改悔者，终得福乐。想那福乐，岂能得自人的惩罚！不若将主之戒命深深铭刻于心，静待末日之审判方是。罗连卓笃志励行我主耶稣基督之意旨，其德行在本邦教众中，诚为罕见。况且，他以少年之身……"咦，是何缘故？神父说到此处，突然噤口。仿佛瞥见天国的灵光，瞧着脚下罗连卓的身姿，不由得怔住了。神父神情恭谨，两手发颤，可见事情非同寻常。哦，干瘦的面颊上，老泪纵横。

奚美昂已看在眼里，伞铺老爹也瞧得分明！那名不虚传的美少年，无声地横陈在圣露琪亚教堂门首，一身映着火光，其色红于我主耶稣基督之血。胸上衣服焦破处，赫然露出如玉般的双乳。容貌虽已烧得面目全非，却仍不减其温婉。哦，罗连卓竟是个女子！罗连卓竟是个女子！众教徒背对猛火，环立如堵，也已一目了然。因破色戒而被逐出圣露琪亚教堂的罗连卓，竟与伞铺女子毫无分别，赫然是一明眸皓齿的本邦女郎！

霎时间，众人肃然起敬，如闻主之圣音，自杳然不见星光的天外传来。圣露琪亚教堂前的教众，好似风吹麦穗，一个个归心低首，齐刷刷跪在罗连卓的身旁。此时，但闻万丈火焰在空中呼啸。不，还有不知何人在哀哀啜泣。莫不是伞铺女子？抑或自认是兄长的修士奚美昂？良久，神父高举双手于罗连卓之上，诵起经文，声音一派庄严悲悼，打破周遭的静默。待等经声停下，人称罗连卓的这位如花少女，仰望暗夜彼岸天国的光明，安然含笑而逝。

却说这女子的生平，除此之外一无所知。究竟是何道理？概而言之，人生刹那间的感铭，实千金难求，至尊至贵。好有一比，人之烦恼心如茫茫夜海，当一波兴起，明月初升，能览清辉于波上，岂非生命之意义？如此说来，知罗连卓之最后，亦足可知其一生耳。

二

在下藏有《黄金传说》一书，系长崎耶稣会印行，乃 *Legenda Aurea*[1] 之翻译。其内容未必即是西方所谓的"黄金传说"。除记载该地圣徒言行，

---

1 *Legenda Aurea*，《黄金传说》，西方圣徒传说的集大成。原文为拉丁文，由意大利人大主教佛拉金（Jacobus de Voragine）所著。

还收录了本邦西教信众勇猛精进之事迹，以作福音布道之助。

书分上下两卷，以美浓纸印刷，草书中杂以平假名，甚不鲜明，亦不知是否为活字印刷。上卷扉页横排拉丁文书名，书名下，竖排两行汉字："千五百九十六年，庆长二年三月上旬刻。"年代两侧有画像：天使吹喇叭图。技巧稚拙，颇有憨趣。下卷扉页，除"五月中旬刻"之字句外，余均与上卷无二。

两卷各约六十页，所载"黄金传说"上卷八章，下卷十章。各卷卷首尚有无名氏所著序文及拉丁文目录。序文不甚通畅，间或有欧文直译之语法，一见之下即疑为出自西人神父之手笔。

以上所录《基督徒之死》，系据该书下卷第二篇，约为当时长崎某西教堂遗事之实录。所记大火曾否发生，经查《长崎港草》等书，均未得证实；事件之准确年代，亦无从确定。

且说《基督徒之死》，出于发表之需要，在下

于文字上稍加修饰。倘无损原文平易雅驯之笔致，
则幸甚。

大正七年（1918）八月十二日

（艾莲 译）

鲁西埃尔

天主初成世界，随造三十六神。第一钜
神云辂齐布尔（中略），自谓其智与天主等，
天主怒而贬入地狱（中略）。辂虽入地狱受苦，
而一半魂神做魔鬼游行世间，退人善念。

——左辟第三辟裂性中艾儒略答许大
受语

一

众所周知，有一部诘难天主教的古书题为
"破提宇子"，作者乃元和六年（1620）加贺的禅

僧巴鼻庵[1]。当初，巴鼻庵是居于南蛮寺[2]的天主教徒，之后因着某一缘由舍弃了DS[3]如来，而皈依佛门。由其著述可以推知，他也是一老儒之学造诣甚高的才子。

《破提宇子》较为流行的版本，是华顶山文库藏本。该藏本于明治戊辰年间，连同杞忧道人鹈饲彻定的序文一并出版。不过应当说，还有一些不同的版本。现予所收藏之古旧版本，有些内容便不同于流行的版本。

其中，同书第三段论及恶魔起源的一章，予之藏本的内容就比流行本丰富许多。巴鼻庵本人目击的恶魔记事，在那辛辣的诘难、攻击之间，亦有专门的引证。此等记事为何不曾载入流行本呢？理由或许在于，后者标榜为破邪显正之作，对于那些过分荒唐无稽的记事一类，或有意漏脱

---

1　不干斋·巴鼻庵（Fuoan Fabian），日本江户时代初期天主教耶稣会修士。

2　南蛮寺，在织田信长的认可下，1586年建于京都、安土的基督教堂。

3　DS．Deus之略，泛指神。

为善。

予在此介绍异本第三段。诸君不妨了解一下巴鼻庵出现之前的日本 Diabolus[1]。而期望了解更多巴鼻庵者，则可阅读新村博士有关巴鼻庵的论文。

# 二

提宇子的缩略字母为 DS，乃一类无色无形的实体，间无须发，充满于天地之间，而为显现威光，施乐善人，祓除不祥，则于诸天之上造就极乐世界。在造就人类之前，先行造就了无数称为安助[2]的天人，却迄今未现尊体。天戒曰：不可企望僭越之位。守护此一天戒，即可修成功德，拜见 DS 尊体，穷尽不退[3]之乐。若破天戒，则将堕

---

1 Diabolus 即恶魔，下文也音译作"嘉宝"。

2 安助即天使（angel）之音译。

3 佛教用语，不再退转的意思，出自《起信论疏》：常住平等，不迁不变，信行满足而无退转也。

入众苦充满的地狱，受尽毒寒毒热之煎熬。基于此义，被造的天人尚无一刻超越。即在那无量安助中，一位自称鲁西埃尔的安助自夸为善，且为DS化身，劝诸众膜拜于己。而无量安助中赞同鲁西埃尔者仅三分之一，多数示以反对。这里的DS鲁西埃尔包括赞同他的三分之一安助，都被赶下了地狱。就是说，由于安助犯了傲慢的罪过，变成了叫作嘉宝的天狗。

说破了，汝提宇子这段，无疑是作茧自缚。先应述明一个理念即"DS满在"，真如法性本分天地充塞，亦为六合（天地四方）遍满。应当说，似是而非。或有人称，知晓DS即拥有三世了达[1]之知。那么亦当了解，其造就了安助之时，亦随之造就了罪过。殊不知，论及三世了达之知，纯属虚谈。再者，知之而造，乃为贪婪之首。无所不能的DS啊，欲阻止安助之罪过之堕落吗？唯有停止其制造。任由其堕入罪过，无异于大量地

---

1　佛学术语，诸佛之智慧，达观过去，现在，未来之三世，了了分明，故云三世了达。

制造天魔。如此制造无用的天狗，制造无尽的烦恼，简直是荒唐至极。这个世上，并非原本没有嘉宝一般的天狗，只是在此辩明，DS 制造安助且变成安助恶魔的道理。

嘉宝的形成如前所述。令人感觉疑惑不解者，乃其如何变换为穷凶极恶的鬼物。往昔，吾在南蛮寺留住时，曾亲眼见过恶魔鲁西埃尔，他亲口述说了未受规诫的理由，且感叹人类多半不知"嘉宝"。说到巴鼻庵和天魔的愚弄，其说法混乱而可疑。慑于天主威名，不解正法[1]之明的提宇子牢骚满腹。在予看来，异口同声念唱"圣母玛利亚"的教士居多，而像恶魔鲁西埃尔这样发表议论者竟无一人。且将一己之嘉宝会面，粗略地记述如下。以南蛮的话来讲，此乃"经外之传"。

岁月有着至关重要的作用。某年秋末，予独自走在南蛮寺境内繁茂的花木丛中。行路中想起了同宗的一位天主教门徒。她是一位高贵的夫人，

---

1 正法，谓正确、真实的道理。指佛所说的教法而言。

曾流着眼泪做过忏悔。

　　那位夫人对我说："有这样一件怪异之事。不知何故，耳边有人日夜私语，而守候身旁的却唯有丑恶的丈夫。世上多情的男人数不胜数，但闻其声，就将神魂恍惚，恋慕之情油然而生。自己并不企望与之山盟海誓，只是哀叹自身之年轻美貌，徒然地身心憔悴。"

　　当时，予便对之述说了宗门的戒法，并严肃地加以规劝："尔说的那般声音，必定是恶魔之所为。总之嘉宝中有七种诱惑人类的可怕罪孽。一是傲慢，二是愤怒，三是嫉妒，四是贪婪，五是色欲，六是饕餮，七是懒惰。七种罪孽染其一，都将经历堕入地狱之恶趣[1]。而 DS 与大慈大悲的源泉互为表里。倘嘉宝系万恶之根本，那么唯有天主之教诲，警示信众万万不可接近其爪牙。唯有专念祈祷，仰赖 DS 之德行，才能避免万一堕入地狱之业火。"

---

1　佛教语，作恶之人死后必须体验的苦恼世界，分地狱、饿鬼、畜生三途。趣为境界之意。

予继而向夫人详细描述了南蛮绘画中可怕的恶魔形象，夫人也更加深入地认识到嘉宝之可惧，她浑身战栗着说道："总是看到蝙蝠的翅膀、山羊的蹄子和毒蛇的鳞片，仿佛时时刻刻守候耳边，述说着淫乱的恋情。"夫人的这般话语，始终萦回予之心头。予分开异国移植过来的、不知其名的草木香花，走在光线暗淡的小径上。

突然抬眼望去，距离不足十步远的前方，有位教士模样的人影。教士转眼之间，像微风一样地飘然而至，旋即问道："知道予是何者吗？"予定睛打量来者，其面容像昆仑奴一般黝黑，眉宇之间并无卑琐之气，身着长曳下摆的法衣，颈项上悬挂着黄金的饰物。予毕竟不曾见过，回答曰，不知。来者遂以嘲弄的口吻说道："我是恶魔鲁西埃尔呀。"予十分惊讶地说："胡说，你怎么会是鲁西埃尔呢？你的体格与人类无异，也没有蝙蝠的翅膀、山羊的蹄子和毒蛇的鳞片。"对方答道："其实恶魔与人类并无差异，是那些画匠将予等描画得丑恶无比。予等同类像予一样，并无翅膀、鳞片和蹄子。说到底，没有那般古怪的模样。"

予不服，继而说道："可是，恶魔仅仅是在表面上与人类相同。在他的心里，却存在着毒蝎一般的七种罪孽。"鲁西埃尔再度以嘲弄般的语调争辩道："尔知道吗？毒蝎一般的七种罪孽，也存在于人类的心灵之中。"予闻言大声地喊叫道："恶魔！滚开！予之心灵，乃是映现 DS 诸善万德的镜面，没有尔等之存身之地。"

恶魔呵呵大笑起来，继而道："愚蒙哪，巴鼻庵。尔这般唾骂予，正是傲慢之表现呀。傲慢乃七罪之首呀。恶魔与人类没有差异，尔本身即为实证呀。倘若恶魔真像尔等沙门所想象之那般，是穷凶极恶的鬼怪，那么普天之下将一分为二。尔与 DS 乃是安定的因素。然而光亮之处，必有黑暗。DS 的白昼与恶魔的黑夜共同统辖着这个世界，谁能否定它的合理性呢？予等恶魔一族虽属性恶，却并未忘记了善。予等右眼看见的是地狱中无尽的黑暗，左眼则时时仰望上天，闪烁着吉祥之光。恶魔未必十恶不赦。DS 时常为着天人而

受苦。尔可知晓？正是予鲁西埃尔，在日前向尔
忏悔的夫人耳旁，口吐淫亵之言。不过予之心软，
未下狠心诱惑夫人，仅仅伴着黄昏，在其身边来
去徘徊。予看着夫人手持珊瑚念珠，手臂竟似象
牙一般。那幅图景像幻觉一般美妙绝伦。倘若予
乃尔等沙门感觉恐惧的、凶险无道的恶魔，夫人
哪里还会在尔之面前流淌忏悔的眼泪？早就沉迷
于私通的快乐，即成就了堕狱的业因。"

　　予惊讶于鲁西埃尔的爽快辩舌，结结巴巴无
言以对，只顾望着他黑檀木一般、闪闪发光的面
容。他一把抱住予之肩头，以悲切的语调小声说
道："予常常期望堕入地狱；同样，予也常常力图
摆脱地狱。尔说，予等恶魔是否知晓可悲命运？
且看，予将夫人诱至淫亵的陷阱，最终却并未将
其捕获。予喜欢夫人的洁净气质，渐渐产生了玷
污之念。予之感觉恰恰相反，予更加喜欢的是夫
人遭到玷污之后的那般纯洁。予与尔等又是相同
的。尔等总是规诫自己不要犯下七种可怕的罪孽；
予等却在时时规诫自己，不要种下七种可怕的德

行。唉！引诱予等恶魔不断从善者，或许正是尔等 DS？或者，是统于 DS 之上的神灵？"恶魔鲁西埃尔在予耳边叨叨着。但见他仰望着薄暮的天空，身影迅疾得像雾霭一般，淡化、消失在浅色的秋花丛林中。

予神色慌张地尾随教士追去，鲁西埃尔却留下一语："无知的教士，归去吧，勿信我言。"时过数日，予悖逆了宗门的内心悟道，滥加苛责。然而对亲眼所见、亲耳所闻的恶魔鲁西埃尔，予却充满了怀疑。恶魔性善？断然非世间万恶之根本？

唉！提宇子，尔对恶魔有何了解？何况天地作者的方寸之心？蔓头葛藤截断！咄！

大正七年（1918）八月

（魏大海　译）

枯野抄

召丈草、去来，终夜未合目。忽生一念，
遂命吞舟书录，各吟句一首。

病卧羁旅中，梦萦枯野上。

——《花屋日记》

元禄七年（1694）十月十二日下午。大阪的
商人一清早起来，犹自睡眼惺忪的，不由得朝着
瓦屋顶的对面，远远望过去：本来满天红艳艳的
朝霞，怎么又像昨日一样，难道要下阵雨不成？
幸好柳叶款摆，却也并非烟雨迷蒙的景象，虽说
天阴，过一会儿，就又将是个微明而寂静的冬日。
在一排排市房之间，缓缓流过的河水，也失却往
日的光彩，变得白茫茫一片。水面上漂着葱叶子，

那青绿色，看着倒也没一丝寒意。何况岸上来往的行人，无论是包着圆头巾的，还是穿着皮袜子的，全忘了这寒风肆虐的天地，茫然不觉地赶路。暖帘的颜色也罢，络绎不绝的车辆也罢，还有打远处传来木偶戏的三味线——都在暗自维系着这冬日的微明和寂静。桥上的栏杆尖，藻饰成宝珠形，宝珠上的尘埃一动不动⋯⋯

这时，坐落在御堂前南久太郎街上，花屋仁左卫门家的候客厅里，当年受人景仰的一代俳谐大师芭蕉庵松尾桃青，虽有各地赶来的门人精心护理，到底在五十一岁便终其一生，"残火虽尚温，渐渐冷如灰"，正安详地要咽最后一口气。

时辰大约将近申时中刻吧。隔扇已经卸了下来，空荡荡的客厅里，只有枕头上方点着一炷香，青烟袅袅。虽说天地间的寒气给挡在院子里，新拉门的纸色，也只有在这屋才显得暗黝黝的，可屋里照旧冷得刺骨。枕头朝着拉门，芭蕉寂然不动地安卧在那里。围着他的，首先是大夫木节。他把手伸进被子里，一直把着脉，脉跳得极慢，木节忧心忡忡地锁着眉头。蜷缩在他身后的，准是这次从伊贺一路跟随芭蕉的老仆治郎兵卫，从方才起就喃喃念着佛号。挨着木节的，不论谁一看便知，应当是彪形大汉晋子其角，和仪表堂堂的去来。去来穿着古铜色的捻绸衣裳，上面印着方块形的小花纹，已经大腹便便，歪着肩膀。两人不眨眼地瞅着师傅的病情。其角的身后是丈草，像个出家人，手腕上挂着一串念珠，一动不动地端坐着。坐在丈草身旁的是乙州，不停地抽鼻涕，必是忍不住涌上来的悲哀吧。和尚打扮的矮个子惟然僧，正不转眼地盯着乙州。僧袍的袖子补了又补，表情冷漠地噘着下巴，同皮肤浅黑、有点儿刚愎自用的支考，并排坐在木节的对面。其余几个弟子，有的在左，有的在右，静悄悄地守着病床，大气儿都不敢出一声。一个个为这死别，心生无限的留恋难舍。

可是，其中只有一个人，趴在屋角落里，紧贴在席子上，放声痛哭。那该是正秀吧？尽管如此，候客厅里笼罩着冷冰冰的沉默，鸦雀无声，就连缭绕在枕边的线香，都一丝不乱。

方才，芭蕉一阵痰喘，用嘶哑的声音留下的遗言，让人无从捉摸。然后，就那么半睁着眼睛，像是昏睡了过去。脸上有几粒麻子，瘦得只剩下颧骨，四周布满皱纹的嘴唇，早就没有一点血色。尤其叫人揪心的，是他那双眼睛，已经茫然无光，呆呆地望着远处，仿佛望着屋顶对面一望无际、意态清寒的天空似的。"病卧羁旅中，梦萦枯野上。"这是他三四天前写下的辞世的俳句。此时，或许他就像自己所吟诵的那样，散乱的视线里，是荒郊枯野上的苍茫暮色，没有一星儿月光，如梦一般飘忽。

"水！"

半晌，木节回过头来，冲着一动不动坐在身后的治郎兵卫吩咐道。这位老仆，早就把一盅水和一支羽毛做的牙签儿预备好了。他小心翼翼地把两样东西摆在主人的枕边，然后，又一心一意地急口念起佛号来。治郎兵卫是山里长大的，他以为芭蕉也好，凭谁也好，要想往生净土，一律得靠佛陀的慈悲。这种坚执的信念，在他朴实的心里，恐怕已经根深蒂固。

而另一方面，木节要水的一瞬间，忽然寻思道：身为大夫，自己果真想尽一切办法了吗？这疑问一向就有，此时又冒出头来。他随即在心里勉励自己，而后转过脸，默默地朝身旁的其角示意。也恰好在这当口，围着芭蕉病床的众弟子心里猛然一紧，越发感到不安。可是，在紧张的前后，又有一种松口气的感觉——换句话说，要来的终于来了，如释重负一般，谁心里都闪过这个念头，这是不争的事实。只不过这种如释重负的心情十分微妙，以致谁都不愿意承认自己有过这念头。在场的人里，数其角最讲实际，同木节面面相觑的刹那间，从对方眼神里，看出彼此心思一样。这时，就连其角也没法儿不悚然一惊。他慌忙将视线移开，若无其事地拿起羽毛牙签。

"僭先了。"向身旁的去来打了声招呼，然后，一面拿牙签在茶盅里蘸水，一面将肥厚的大腿往前蹭了蹭，偷偷地凝视着师傅的容颜。说实在的，今生同师傅永诀，必定会很难过，他事先不是没想过。可是，真到要给师傅点送终水，自己的实际心情简直是冷漠之极，较之原先设想的，像做戏似的，截然不同。非但如此，更想不到的是，师傅临终时，真正瘦成了皮包骨，那瘆人的样子，让他生出一种强烈的嫌恶之情，甚至忍不住要背过脸去。不，强烈两字，还不足以表达。那种嫌恶，就同看不见的毒药一样，引起生理上的反感，最叫人受不了。

此刻，他难道想借这偶然的机会，把自己一切丑恶的反感，统统倾泻到师傅的病体上去吗？抑或是，在他这个乐生的人看来，眼前所象征着的死是自然的威胁，比什么都该诅咒不成？总而言之，其角看着芭蕉垂死的面容，有说不出的腻味，几乎没有一点儿悲哀。他用羽毛牙签往那发紫的薄嘴唇上，点上一点水，便皱着眉头，马上退了下来。不过，在退下来的一刹那，心里也曾掠过一丝自责，先前感到的那种嫌恶之情，在道德上理应有所忌惮，只是实在太强烈了。

　　其角之后，拿起羽毛牙签的是去来。方才木节示意的时候，去来心里就开始发慌。他素以谦恭有礼著称，向众人微微颔首，便凑近芭蕉的枕旁，望着老俳谐师恹恹无力的病容，心里出奇得乱：既满意又悔恨，两种感情交织在一起。虽不情愿，却不得不咂摸着。所谓满意和悔恨，就好比一阴一阳，互为因果，不可分离。其实，从四五天前，谨小慎微的去来，心情不断为这两种情绪所困扰。他一接到师傅病重的消息，就从伏见乘船赶来，也不顾三更半夜，便敲开花屋家的大门，打那时起一直护理师傅，可以说没有一天怠慢过。此外，还一再恳求之道，让他找人帮忙啦，打发人上住吉的大明神社求神保佑病体早日康复啦，又和花屋商量，添置要用的东西啦，所有这些千头万绪的事，全靠他一个人张罗。

　　当然，这是他自己揽过来的，压根儿就没想到要谁领他的情，这倒是不假。然而，等他意识到，是自己在尽心尽力照料师傅时，一下子便在心底大大滋生出一种自得之情。只不过没意识到这种自得之前，做什么事心里都是美滋滋的。在行住坐卧上，没觉得有什么拘束。要不然，夜灯下看护病人，跟支考闲聊当中，就不会大谈什么孝道义理，抒发侍奉师傅如侍亲的抱负。可是当时，踌躇满志的他，一看出为人很差的支考面露苦笑，马上觉出一直平和的内心，陡然间乱了起来。他发现，心乱的原因，在于他刚刚意识到的自得，以及对这自得的自责。师傅大病不起，朝不保夕，自己一面护理，一面用得意的眼光，打量自家辛劳的情景，俨然一副担心病情的样子。正直如他，免不了会感到内疚。

打那以后，自得和悔恨这两种情绪便相互抵触，去来也发觉，不论做什么事情，必受其掣肘。虽说是偶然，却偏巧看出支考眼里的笑意，倒更清楚地意识到了这种自得，结果常常是自怨自艾，觉得自己卑劣不堪。这样一连过了几天，直到今儿在师傅枕边点临终水的时候，有道德洁癖的他，想不到神经格外脆弱，心里七上八下，完全失去了镇静，说来可怜，却也难怪。所以，去来一拿起羽毛牙签，浑身就僵得出奇，亢奋得了不得，以至用白毛尖上蘸的水去抹芭蕉嘴唇时，手直发抖。幸好睫毛上噙满了眼泪，其他弟子见了，就连尖刻的支考，恐怕也以为他那么亢奋，是悲痛的缘故。

不大会儿工夫，去来直起穿着黑茶色衣裳的身子，畏首畏尾地退到座位上，把羽毛牙签递给身后的丈草。一向老实巴交的丈草，毕恭毕敬地低眉垂首，嘴里喃喃念叨着什么，轻轻把水沾到师傅嘴唇上。那样子，恐怕谁看在眼里，都是庄严虔敬的。可是，就在这庄严的时刻，蓦地听见客厅的角落里，发出一阵瘆人的笑声。或者说，至少当时觉得听见了笑声。那声音，简直像是从丹田发出来的大笑，经过嗓子眼和嘴巴时，想忍而没忍住，结果转从鼻孔断断续续迸发出来。当然，在这种场合，谁都不会放声大笑。

声音其实是正秀发出来的，方才他就悲痛欲绝，忍了又忍，此时终于撕心裂肺，恸哭起来。他之恸哭，不用说，准是悲怆到了极点。在场的弟子，大概有不少人想起了师傅的名句——"荒冢亦惆怅，悲怀一恸声断肠，萧瑟秋风凉。"乙州也同样在哽咽抽泣，对正秀凄厉的恸哭，觉得有些过分——即便不说他不够稳重，至少也太不自制，所以，禁不住有些不痛快。说到底，他的不痛快，是出于理智。不管他脑子是否情愿，心上却忽然为正秀的哀恸所动，不知不觉，眼里也汪起一包泪水来。方才他觉得正秀的恸哭让人不快，现在也不认为自己的眼泪就多纯净，彼此并没什么两样。可是，眼里的泪水越冒越多——乙州终于两手拄着腿，禁不住呜呜哭出声来。这当口，唏嘘作声的，不独乙州一个人。守在芭蕉床脚的几个弟子，也接二连三响起抽鼻涕的声音，打破了客厅里冷寂的气氛。

在这凄凄惨惨的悲泣声中，手腕上挂着佛珠的丈草依旧静静地坐回原处。接着，坐在其角和去来对面的支考靠近枕边。支考号称东花僧，出名地爱挖苦人，大概神经没那么脆弱，不会受周围感情的带动，轻易掉泪。他浅黑的脸膛一如往常，照旧摆出藐视一切的神气，而且同平时一样，照旧俨然不可一世，漫不经心地往师傅嘴上沾水。不过，当此场合，即便他支考，也难免生出些许感慨，这自不在话下。"曝尸荒野上，心中戚戚未曾忘，秋风浸身凉。"四五天前，师傅曾一再向弟子们道谢："我原以为，日后会敷草为席，以土为枕，命丧荒野。没想到能睡在这样华美的被上，得偿往生的夙愿，实在是欣慰至极。"可是，无论是在荒野上，还是在花屋这间候客厅里，两者并没有多大分别。

现在自己这么往师傅嘴上点水，其实，打三四天前，心里就惦记着，师傅还没留下辞世的俳句。而后，昨天终于盘算好，等辞世后，把师傅的俳句辑录成集。今天，直到此刻，师傅临终之际，自己始终用一副审视的目光，饶有兴味地在观察这个过程。要是刻薄一点往坏处想，自己这么观察，难说心里就没转过这样的念头：日后该提笔写篇临终记，这就是其中的一节。既然如此，自己一面给师傅送终，一面满脑子盘算着：

对外人是沽名钓誉，对同门弟子则是利害相争，或是只顾一己的兴趣——这些事，与垂死的师傅毫不相干。不妨说，师傅毫无忌讳，在俳句里的屡次预言，竟成了谶语，到头来等于暴露在无限人生的枯野上。我们这些弟子，谁都没有哀悼师傅的去世，而是在自怜失去师傅后的自己；没有叹惋穷死于枯野上的先师，而是自叹薄暮时分失去先师的我们。可是，倘从道德上来责备这一切，那么，我们这些人，生来就人情冷漠，又能把我们怎么样呢？支考一面陷入这种厌世的感慨之中，同时，又对自己能这样深思，颇为得意。给师傅点完水，把羽毛签放回茶盅，随即向抽抽搭搭的同门弟子，嘲笑地扫了一眼，从容地回到自己座位上。像去来这样的老好人，一开头就给支考那冷冷的神气镇住了，此刻又像方才那样惶惶不安起来。唯独其角，对东花僧的脾气压根儿看不顺眼，脸上一副哭笑不得的样子，八成感到很不受用。

接着支考的，是惟然僧。黑僧衣的下摆拖在

席子上翻了起来，小身子爬过来的时候，芭蕉眼看着就要咽气了。脸上更加没有血色，湿漉漉的嘴唇中间，不时透出一点气来。隔一会儿喉咙才使劲咕噜一下，无力地吸进一丝气。喉咙里堵着痰，轻轻响了两三下。呼吸好像渐渐平缓下来。惟然僧正要把羽毛牙签的白尖儿触到师傅嘴唇上，这时，突然一阵恐惧袭来，竟同死别的悲哀毫不相干。师傅之后，下一个该不会轮到自己死吧？他居然无缘无故害怕起来。正因为是无缘无故，一旦恐惧上身，就没法抵御。他本来就是那种人，一提到死就会胆战心惊。从前每逢想到死，哪怕云游时正风流快活，也会吓得汗流浃背。这种事他经历过不止一次。听说别人死了，心里也要想："哦，幸好死的不是我，谢天谢地。"这样才能踏实。反过来，又要担心："倘若自己死了，那可怎么办？"他这么怕死，就算在师傅芭蕉这种场合也不例外——晴朗的冬日照在窗纸上，园女[1]送的一盆水仙，散发出一阵阵清香，众弟子聚

---

1 园女，芭蕉弟子之一。

在师傅枕边，吟诗对句，聊以慰问病体。这时，一明一暗两种忧虑，开始在他心里盘旋。等到师傅弥留时——记得那天秋雨初降，连一向爱吃的梨，师傅都无法进食了。看到这情形，木节忧心忡忡地摇摇头。从那一刻起，惶恐就一点点扰乱了他平静的心；及至最后，"下一个死的，没准就是自己了"，这种惶恐不安，像道凶险而恐怖的阴影，冰冷无情地在他心头弥漫开来。所以，等他坐到枕边，往师傅嘴唇上小心翼翼地点水时，因为恐惧作祟，对师傅临终时的面容，几乎不敢正眼去看。不，以为是看过一眼，偏巧芭蕉嗓子里堵着痰，有轻微的响动，刚鼓起勇气来，就给吓了回去，没敢再看。"师傅之后，没准死的就是自己了。"——这种预言，不断在惟然僧的耳畔絮聒。他回到自己的座位上，小小的身子缩成一团，脸子绷得越发紧了，光翻白眼，尽可能谁也不瞧。

　　接下来，是乙州、正秀、之道、木节，以及围在病床旁边的弟子，轮番往师傅嘴上点水。其间，芭蕉的呼吸一次比一次细，间隔也一次比一次长。喉咙已经不动了。瘦削的脸盘，有几粒浅浅的麻子，仿佛蜡做的；失神的瞳仁，凝望着遥远的天宇；下巴上的胡子，白得像银——这一切都让冷漠的人情给凝住了，一动不动，看上去像在梦想着不久将要往生的净土。

于是，低着头闷声不响，坐在去来身后的丈草，那个老实巴交的禅客丈草觉得随着芭蕉的气息越来越微弱，一种既无限悲痛，又无限安然的情感，渐渐充满自己的胸次。悲痛是用不着说的了。安然的心情，则像黎明前的寒光，在黑暗中越来越亮，有说不出的明朗。这种情感，一点一点荡尽各种杂念，眼泪也毫无刺心之痛，终于化作清纯的悲哀。他为师傅的灵魂能够超越虚无的生死，回归极乐净土而欣喜。不过，这一点他自有无法承认的理由。要不然——唉，谁还会一味地彷徨犹豫，敢愚蠢地欺骗自己呢！丈草这种安然的心情，那是一种解放了的喜悦，他的精神，长久以来一直为芭蕉的人格力量所桎梏，白白地给压抑着，而现在，他靠自己的力量，身心正在自由地舒展开来。他沉醉在悲哀的喜悦之中，手捻着佛珠，周围啜泣的同门兄弟，宛如不在眼内，丈草嘴上浮出微笑，向临终的芭蕉恭谨礼拜。

这样，古往今来无与伦比的一代俳谐宗师芭蕉庵松尾桃青，在"无限悲痛"的众弟子簇拥之下，溘然长逝。

大正七年（1918）九月

（艾莲　译）

毛利先生

岁末的一个黄昏，我和一位评论家朋友一起，沿着小职员经常过往的街道，在一片光秃秃的夹道柳荫下，朝神田桥方向走去。夕照下，下级官吏模样的人们踉踉跄跄地在我们身边走着。从前，岛崎藤村曾愤慨地说过，应当"把头抬得再高些走路"。他们或许都不约而同地怀着郁闷的心情无法排遣吧。我俩身着大衣，肩并肩，稍微加快了脚步，直到走过大手町电车站，几乎未作一声。这时，我这位评论家朋友朝着红柱子下等电车的人瞥了一眼，见他们冻得哆里哆嗦的样子，不禁打了个寒噤，自言自语似的嘟囔道："我想起了毛利先生。"

"毛利先生是谁？"

"是我中学的老师。我没跟你说过吗？"

我默默地低了一下帽檐，表示否认。下面便是当时那位朋友边走边对我谈起的有关毛利先生的回忆。

大约十来年前，我还在一所府立中学读三年级。教我们班英语的年轻教师安达先生，因患流感并发急性肺炎于寒假期间病故。由于事发突然，来不及物色合适的后任教师，无奈我们中学便请时任某私立中学英语教师的一位叫毛利先生的老人，临时代替安达先生迄今担任的课程。

我初次见到毛利先生，是在他就任当日下午。我们三年级学生为迎接新老师的好奇心所驱使，走廊里刚刚传来先生的脚步声，便前所未有的肃静，等着上课。那脚步声在阳光已逝的寒冷的教室外面停住了，门旋即开了——啊，我现在说起这事来，当时情景仍历历在目。开门进来的毛利先生，给人第一眼印象便是矮个子，令人联想起常在节日里演杂耍的小丑。然而，从这种感觉中抹去了阴暗色彩的，是先生那甚至可用"漂亮"来形容的光溜溜的秃头。虽然他后脑勺上仍残存着少许华发，但大部分与博物教科书上所画的鸵鸟蛋毫无二致。最后先生风采的超常之处，是他那身古怪的晨礼服，名副其实古色苍然，几乎令人忘却原先曾经是黑色的。可是在先生那有点儿脏的翻领下面，竟郑重其事地系着一条极其鲜艳的紫色领带，犹如一只展翅的蛾。这点也出乎意料地残存在我的记忆里。所以，在先生走进教室的同时，意料之中地从各个角落发出强忍住笑的声音，当然也没什么可奇怪的了。

然而，毛利先生两手捧着教科书和点名簿，仿佛没看见学生似的，显出一副从容不迫的态度，登上高出一阶的讲台，回答了学生们的敬礼。他那张非常和善而苍白的圆脸上，露出亲切的笑容。

他尖声招呼道："诸位！"

在过去三年中，从这所中学的先生那里，我们从未享受过"诸位"的待遇。因此，毛利先生这声"诸位",自然令我们刮目相视。同时我们想,既然有了"诸位"这句开场白,后面一定是当前教学方针之类的长篇大论,于是便屏息等待。

然而毛利先生说过"诸位"之后,环顾了一下教室,暂且什么也没说。尽管他那肌肉松弛的脸上,挂着一丝悠闲自得的微笑,但嘴角上的肌肉却在神经质地颤动。他那有点儿像家畜的兴奋的目光里,不时流露出烦躁不安的神情。他虽然没有开口,但似乎对我们大家有所恳求,遗憾的是先生自己也搞不清那到底是什么。

"诸位!"毛利先生几乎用同一声调重复着,然后恰似要抓住这声音的反响似的,慌慌张张地接着说,"今后由我来教诸位选读课。"

我们的好奇心益发强烈,全场鸦雀无声,都热切地盯着先生的脸。然而毛利先生这么说的同时,又用恳求的目光环视教室,突然像松弛了的弹簧似的坐到椅子上,然后把点名簿放到已打开的文选课本旁边,翻开定睛瞧着。他这番开场白结束得如此突然,令我们非常失望,或者莫如说是超过了失望，而令人感到可笑，恐怕没有再说的必要了。

所幸的是我们还未笑出声来，先生那对家畜般的眼睛便从点名簿上抬起，立刻点了班上一个同学的名字，并称他为"君"。不消说，是让他马上起立进行译读的意思。于是那学生站起来，以东京中学生所特有的机灵劲儿译读了《鲁滨孙漂流记》中的一节。毛利先生不时地摸摸紫色的领带，对误译不消说，就连发音上的一些细微毛病都仔细纠正。他的发音格外做作，可大致正确清晰，先生自己似乎对这点心里也特别扬扬得意。

然而，当那个学生回到座位上，先生开始译读那一段时，同学们当中失笑声又此起彼伏。因为发音惟妙惟肖的先生，一旦翻译起来，他所知道的日语词汇竟然少得令人难以相信他是日本人。或者即使知道，临场也无法立即反应过来。例如，只翻译一行，也要大费口舌："鲁滨孙·克鲁索终于决定饲养……决定饲养什么呢？就是那种奇异的动物……动物园里多得很……叫什么名字呢？……嗯，常玩把戏的……喂，诸位也知道吧。就是，红脸儿的……什么，猴子？对对，是猴子。决定饲养猴子。"

连猴子都是这样，不消说碰到稍复杂些的句子，不兜几个圈子，简直就找不到恰当的译词。而且毛利先生每次都搞得十分狼狈，频频把手放到领口，令人担心他是否会把那紫色的领带撕碎，同时迷惘地抬起头来，慌慌张张地瞥我们一眼，立刻又两手摁住秃脑袋，羞愧难当地把脸深深地埋在桌子上。此时，先生那本就矮小的身子，犹如一只泄了气的气球似的，窝窝囊囊地缩成一团，令人觉得连那从椅子上耷拉下来的两只脚仿佛都悬在半空。学生们都觉着挺有意思，哧哧地窃笑。先生反复译读了两三遍，这中间，笑声越发肆无忌惮，最后连最前排的学生也公然哄笑起来。我们这种笑声让善良的毛利先生该多难堪啊！如今回想起那刻薄的噪声，连我自己都不禁一再想捂起耳朵。

尽管如此，毛利先生仍勇敢地继续译读下去，直到响起课间休息的号声为止。他终于读完了最后一节，重又以原先那种悠然自得的态度，一面回答着我们的敬礼，一面像压根儿忘记了刚才那场苦战恶斗似的，镇静自若地走出教室。紧接着，我们便哄堂大笑，故意乒乒作响把桌子盖掀开又关上，继而又跳上讲台，模仿毛利先生的姿态和声调，表演起来……啊，有件事，我怎么能不记得呢？当时，甚至连佩戴班长袖标的我也由五六名同学簇拥着，扬扬得意地指点先生的误译之处。但哪些误译呢？其实当时就连自己也搞不清是否真的误译，不过是任性逞强罢了。

三四天后的一天午休时辰，我们五六人聚在器械操场的沙坑那里。身上穿着毛哔叽制服，冬日温暖的阳光晒着背后，我们喋喋不休地谈论着即将来临的学年考试的事。体重六十八公斤的丹波先生跟学生一起正吊在单杠上，他一面大声喊道"一、二！"一面往沙坑里一跳。他戴着运动帽，只穿着一件西装背心，来到我们中间问道："新来的毛利先生怎么样啊?"

丹波先生虽然也教我们年级的英语,但以爱好运动闻名,并长于吟诗,因而在讨厌英语的柔道和剑道选手之类的豪杰当中,似乎很有名望。

先生这样一说,一位豪杰摆弄着拳击手套说:"嗯,不大——行。大家好像都说不怎么样。"他回答时的忸怩样子,与平日简直判若两人。

于是,丹波先生一面用手绢掸着裤子上的沙子,一面扬扬自得地笑道:"连你都不如吗?"

"当然比我强。"

"那还挑剔什么?"

那位豪杰用戴着拳击手套的手挠挠头,怯懦得哑口无言了。然而,这回我们班的英语秀才正了正深度近视眼镜,用与年龄不符的语气辩驳道:"可是,先生,我们几乎都想报考专科学校,所以还是想请最好的老师教我们。"

然而丹波先生仍旧朗声大笑道:"哪儿的话,只不过一个学期,跟谁学还不是一个样?"

"那么,毛利先生只教一个学期吗?"

这个问题似乎击中了丹波先生的要害。老于世故的先生故意不答，却脱下运动帽，用力掸落了平头上的灰尘，突然环视了一下我们大家，巧妙地转换了话题说："那是因为毛利先生是个非常守旧的人，跟我们有所不同啊。今早我坐电车，看见先生坐在正中间。可是临近换车的地方，他却高声叫唤'售票员，售票员！'我觉着又好笑又难为情。总之，他是个古怪的人，这倒错不了。"

不用丹波先生说，毛利先生这方面的事情，令我们惊讶的地方太多了。

"而且，听说毛利先生一到雨天就身着西装，脚穿木屐来上班。"

"老是挂在腰下的白手绢包儿，八成是毛利先生的便当吧？"

"听说有人在电车上看见毛利先生抓住把手时，他的毛线手套上全是窟窿。"

我们围着丹波先生，七嘴八舌喋喋不休地讲着这些蠢话。我们越讲声越大，引得丹波先生也来了劲儿，把运动帽挑在指尖上转着，兴致勃勃地讲了起来："还有比这更逗的呢。那帽子简直是件老古董……"

就在此刻，不知是哪阵风吹来的，小个儿的毛利先生悠然地出现在器械操场对过，离我们只有十步远的二层楼校舍门口，戴着那顶古董圆顶礼帽，一只手做作地摁着那条平日系着的紫色领带。有六七个大约是一年级的孩子似的学生正在门前面玩着人和马什么的，他们一见到先生的身影，都争先恐后恭恭敬敬地行礼。毛利先生也站在照到门口石阶上的阳光当中，像是举起圆顶礼帽笑着答礼。大家见此情景，毕竟感到羞愧，热闹的笑声停了下来，顿时鸦雀无声。然而，其中唯有丹波先生怕是羞愧狼狈到极点，不光是缄口不语，把刚说过"那顶帽子可真是个老古董"的舌头一伸，赶紧戴上运动帽，旋即转过身去，一面高声喊道："一！"一面将他那只穿了一件西服背心的肥胖身躯突然蹿到单杠上，又将鱼跃式的双脚一直朝上伸展，再喊到"二"时，便巧妙地划破冬日的碧空，快活地上到单杠上了。当然，丹波先生这个可笑的遮羞动作，令大家忍俊不禁。器械操场上的学生们，瞬间屏住气息仰望着单杠上的丹波先生，像是声援棒球比赛似的哇哇地鼓掌喝彩。

我当然也和大家一起喝彩。然而，在喝彩过程中，我竟一半是出于本能地恨起单杠上的丹波先生来了。话虽如此，却也并非对毛利先生报以同情。可以证明这点的是，当时我为丹波先生鼓掌，同时也间接含着对毛利先生示恶。现在剖析当时的心理，或许可以说，自己既在道德上蔑视丹波先生，又在学力上瞧不起毛利先生。或者可以认为丹波先生"那顶帽子可真是个老古董"的话，使我对毛利先生的蔑视有了根据，越发地放肆。所以自己一面喝彩，还一面端起肩膀，昂然回首，向校舍入口处张望。只见我们的毛利先生犹如一只贪图阳光的越冬苍蝇一般，依然一动不动地站在石阶上，聚精会神地照看着一年级学生天真无邪的游戏。那圆顶礼帽和那条紫色领带，当时是作为笑料而映入眼帘的，不知何故，那番情景至今也无法忘怀……

毛利先生就任的当天，因其服装和教学水平使我们产生的轻蔑感，自从丹波先生那次失策之后，在全班更加强烈了。其后，没过一周，有天早晨又发生了一件事。前一天夜里开始，雪不停地下，窗外，室内体育馆延伸的屋檐上，已是一片积雪，连瓦的颜色都看不见了，但教室里却是炉火正红，窗玻璃上的积雪甚至来不及反射出淡蓝色的光，便融化了。毛利先生把椅子放在炉前，像往常一样扯起尖嗓子，热情地讲授《英语选读》中的《人生颂》。不消说，学生中没有人认真听讲。非但不听，像我邻座的一个柔道选手，竟在课本下面摊开武侠小说，这不，正在读着押川春浪的冒险小说。

大概过了二三十分钟，忽然毛利先生从座位上站起来，就着正讲着的朗费罗的诗歌，大谈起人生问题来了。讲了些什么，我已经记不得了，与其说是议论，恐怕是以先生的生活为中心发的一通感慨罢了。因为我依稀记得，先生犹如拔掉毛的鸟似的，不停地把两手举起又放下，用匆忙的语调，喋喋不休的那些话语中，有这样一段："诸位还不了解人生，对吧？就是想了解，也还是无法了解。唯其如此，诸位是幸福的。到了我们这把年纪，对人生洞若观火，虽然洞彻人生，但苦恼的事也多。是不是？苦恼的事真是不少，就拿我来说，有两个孩子，就得送他们上学。一上学……嗯……一上学……学费怎么办？就是嘛，就得交学费。是不是？所以苦恼的事多着呢……"

连对不谙世事的中学生都要诉说生活的艰辛，即或是不想诉苦却不由得诉起苦来，先生的心绪我们当然是无法理解的。莫如说我们只是看到诉苦这一事实的可笑的一面，因而先生正述说时，大家不由得又窃笑起来。但是，并未变成往日那种哄然大笑，那是由于先生褴褛的衣衫和尖声细气谈吐的那副表情，犹如人生苦难的化身，多少引起了同情之故吧。然而，我们的笑声虽未变得更大，但没过多久，与我邻座的柔道选手突然撂下武侠小说，气势汹汹地起身质问："先生，我们来向您学英语的，所以，如果您不讲英语，我们就没必要进这个教室。如果您还继续这样讲下去，我立刻到操场上去。"

说完话，那个学生竭力绷着脸，怒不可遏地又坐回座位上。我从未见过像当时的毛利先生那般难堪的表情。先生像遭了雷击，半张着嘴，呆立在炉旁，朝着那个剽悍的学生的脸直盯了一两分钟。过了一会儿，他那家畜般的眼睛里，闪过一丝低三下四乞求的神情，突然用手正了正平日系的紫色领带，秃脑袋朝下低了两三次，说道：

"哦，是我不对，是我错了，郑重道歉。的确，诸位是为学英语来上课的。不教诸位英语，是我不对。我错了，我郑重道歉。好吗？我郑重道歉。"他面带着似哭的笑容，再三重复着同样的话。映着从炉口斜射过来的红红火光，他上衣的肩部和腰部的磨损处，更加显眼了。于是，先生每低一下头，他的秃脑袋上便染上了好看的赤铜色，越发像鸵鸟蛋了。

但是，这可悲的情景，当时的我也仅仅认为是徒然暴露了先生的教师劣根性罢了。毛利先生甚至不惜讨好学生，也是为了避免失业的危险，所以先生当教师是为了谋生，迫于无奈，并非由于对教育本身有甚兴趣……在我脑海中恍恍惚惚恣意地这样批评，那已不仅是对先生的服饰和教学水平的轻蔑，甚至是对其人格的侮辱。我手肘支在《英语选读》上，托着腮，向着那站在烈火熊熊的炉前，精神肉体俱受酷刑的先生，几次发出得意忘形的大笑。不消说，这样做的，不只是我一人。正在先生大惊失色地向我们赔不是的当儿，让先生当众出丑的那个柔道选手，却回头瞥了我一眼，露出狡黠的微笑，即刻又读起那藏在《英语选读》下面的押川春浪的冒险小说来了。

直到响起下课的号声为止，我们的毛利先生比平日更加语无伦次地专心致志地翻译那值得怜爱的朗费罗的诗句。"Life is real, life is earnest."（人生是真实的，人生是诚挚的。）先生那气色很坏的圆脸上冒着虚汗，像是不停地哀求着什么，他那尖利的朗读声仿佛哽咽在喉头里，至今仍萦回在我的耳畔。可是，那尖嗓音中潜藏着几百万人的悲号，当时刺激着我们的耳鼓，其意义实在是太深刻了。然而，我们当时只觉得不胜厌倦，甚至像我这样无所顾忌打哈欠的人也不在少数。然而，矮小的毛利先生挺立在火炉旁，全然不理会玻璃窗前的飞雪，那势头仿佛他头脑中的发条一下子松开了似的，不停地挥舞着教科书，声嘶力竭地喊道："Life is real, life is earnest. Life is real, life is earnest."（人生是真实的，人生是诚挚的。人生是真实的，人生是诚挚的。）

　　情况既然如此，一个学期的雇用期过去，未再见到毛利先生的身影，我们只是高兴，绝无惋惜之情。不，或许可以说，我们对先生的去留那么淡漠，甚至连高兴的意思都没觉出来。特别是我对先生全无感情，打那以后的七八年间，从初中到高中，又从高中到大学，随着渐渐长大成人，连先生存在的本身，几乎都忘得一干二净。

大学毕业的那年秋天——将近十二月初，时值黄昏之后，常常雾霭弥漫的季节。林荫道上的柳树和法国梧桐，早已发黄的树叶瑟瑟发抖。那是一个雨后的夜晚。我在神田的旧书店里耐心地寻觅着，买到一两本第一次世界大战爆发后锐减的德语书。晚秋夜间的冷空气阵阵袭来，我竖起大衣领子挡寒，恰巧路过中西商店时，忽然留恋起那里喧嚣的人声和热乎乎的饮料来了。于是，不经意地一个人走进那里的一家咖啡馆。

可是，进去一看，窄小的咖啡馆里空空如也，连个顾客的影子都没有。排列着的大理石桌面上，只有糖罐上的镀金冷冰冰地反射着灯光。我的心绪，仿佛受了什么欺骗，十分孤寂，走到墙上镶着一面镜子的桌前，坐了下来。接着向过来询问的服务员要了咖啡，仿佛想起什么似的掏出雪茄，划了几根火柴才点着。一会儿，我桌上出现了一杯热气腾腾的咖啡，然而我那郁闷的心绪犹如外面飘着的雾霭，轻易不会散去。刚才在旧书店买来的哲学书，字体很小，在这种地方，即使是著名的论文读上一页也是很吃力的。无奈之下，我把头靠在椅子背上，交替品尝着巴西咖啡和哈瓦那雪茄，漫不经心地茫然打量眼前那面镜子。

镜中首先映现出通往二楼的楼梯侧面，以及对面墙壁、白油漆门、挂在墙上的音乐会的海报，像是舞台上的一部分，清晰而又冷冰冰的。不，此外还能看见大理石桌子和一大盆针叶树，从天花板上吊挂的电灯，大型陶瓷制煤气暖炉，以及围在炉前聊个不停的三四名服务员。我依次审视镜中物像，又把视线移向聚在炉前的三四名服务员。这时，围在他们中间、桌子对面的一位顾客让我吃了一惊。刚才他之所以没引起我的注意，恐怕是因为他混在服务员中间，我无形中认定他是咖啡馆的厨师什么的缘故吧。不过，我惊奇的不仅是由于这儿又出现了一位原先没见过的顾客，而且是由于镜中虽然只映出顾客的侧脸，但不论是那鸵鸟蛋似的秃头外表，还是那件古色古香的晨礼服，还有那条永是紫色的领带的色调，一看便知，他正是我们的毛利先生。

当我看见先生的时候，与先生暌违七八年的岁月顿时浮现在脑际。中学学《英语选读》时的班长，以及现在坐在这儿静静地从鼻孔喷着雪茄烟雾的我——对自己而言，这岁月绝非短暂。然而，时光的流逝能带走一切，唯独对这位超越时代的毛利先生，难道竟一点也奈何不得他吗？如今，在这夜晚的咖啡馆里，与服务员共桌的先生，依旧是往昔那位在夕阳都照不到的教室里讲选读的先生。无论是秃头抑或是紫色领带，还有那尖嗓门儿都依然如故：说起来，先生此刻不是也在扯着尖嗓门儿忙不迭地给服务员们讲解着什么吗？我不禁莞尔一笑，忘却了不佳的心绪，凝神谛所着先生的声音。

"喂，这个形容词管着这个名词。嗯，因为拿破仑是人名，所以叫名词。知道了吧？然后看看这个名词……紧接着它后面——紧接着它后面的是什么，你们知道吧？啊？你怎么样？"

"关系……关系名词。"一个服务员结结巴巴地答道。

"什么？关系名词？没有所谓的关系名词。是关系……嗯……关系代词吗？对，对，是关系代词。因为是代词，喂，便可以代替拿破仑这个名词。喂，代词不就是这样写的吗——代替名词的词。"

看样子，毛利先生仿佛正在教这个咖啡馆的服务员们英语呢。于是，我把椅子往后挪了挪，从另一角度朝镜子里窥视，果然看见桌上摊放着一本像是入门的书。毛利先生不停地用手指戳着那一页，不厌其烦地讲解着。这点先生也是一如往昔。然而，周围站着的服务员们与当时我们那些学生截然不同，他们挤在一起，个个聚精会神，目光炯炯，老老实实地听着先生那匆忙的讲解。

望了片刻这镜中光景，我不由得对毛利先生渐渐产生了一种温情。我索性也过去，与久违的先生叙叙旧吧？可是先生恐怕不会记得只在教室里与他见过短短一学期的我吧。即使记得……我突然想起当时我们对先生发出的不怀好意的笑声，便改变主意，心想，归根结底，还是不报姓名，向先生遥致敬意更好吧。刚好咖啡喝完了，我扔掉雪茄烟头，悄然起身，虽然自以为动作很轻，但还是扰乱了先生的注意力。我刚离开座位，先生便把那气色很坏的圆脸，连同那稍微弄脏了的翻领西服和紫色领带一起向这边转过来。刹那间，先生那家畜般的眼神同我的目光在镜中相遇。然而，正如我方才所预料的那样，先生的目光里，果然未浮现出与故旧相遇那种表情，有的只是像过去那种恳求什么似的可怜的神情。

我俯首看着服务员递过来的账单，默默走到咖啡馆入口处账房去付款。同我面熟、头发梳得很整洁的服务员领班，百无聊赖地在账房侍立。

"那边有人在教英语，是咖啡馆请来的吧？"我边交款边问道。

服务员领班望着门外的街路，索然寡味地答道："哪里是请来的，不过是每天晚上过来教教得了。听说是个老朽的英语先生，哪儿也不聘他，大概是来消磨时间的吧。要杯咖啡，就在这儿耗一个晚上，我们并不欢迎他呢。"

听了这些，我脑海中即刻浮现出我们的毛利先生那哀求的目光。啊，毛利先生！我好像现在才理解先生——理解他那可敬佩的人格。如果说有天生的教育家的话，那的确就是先生吧。对先生而言，教英语，如同呼吸空气，须臾不可间断。如果硬是不许他教，他那旺盛的精力便即刻枯竭，犹如失去水分的植物。正因有这种教英语的兴趣，才促使他每晚特意独自到这个咖啡馆来品咖啡。不消说，这绝非服务员领班所认为的，是什么消遣，毫无悠闲的意味。况且我们从前怀疑先生的诚意，讥笑他是为了谋生，实在是大错特错了，至今内心里感到愧疚。我以为，不管说他是为了消遣抑或是为了谋生，世人那庸俗的理解，不知让我们的毛利先生何等苦恼。不消说，在这种苦恼之中，先生仍总是一副悠然的态度，系着紫色领带，头戴一顶礼帽，操守严谨，比堂吉诃德还要勇敢、坚定、百折不挠地译读下去。然而，先生的眼里，不是也时常痛苦地向听他讲课的学生们——恐怕也是向他所直面的整个社会——闪烁着恳求同情的目光吗？

刹那间，我思前想后，感动得不知是该哭，还是该笑。我竖起大衣领子，匆匆离开咖啡馆。可是，毛利先生在亮得使人心寒的灯光下，趁着没有顾客，依旧扯着尖嗓门儿高声教那些热心学习的服务员英语。

"因为这个词代替名词，所以叫代词。喂，代词。懂了吗……"

大正七年（1918）十二月

（刘光宇　译）

# 魔笛与神犬

——戈蒂耶风格的故事

# 一

古时候，大和国葛城山脚下住着一位名叫发长彦的年轻樵夫。因为他容貌如同女性般秀美，甚至头发都如同女性的头发般绵长，所以人们给他取了这个名字。

发长彦笛子吹得出神入化。上山伐木时，劳动间歇时，他都要取出插在腰间的笛子自娱自乐一番。不可思议的是，似乎所有鸟兽和草木都能享受笛声的乐趣。发长彦笛声一响，萋萋芳草也翩翩起舞，葱葱碧树也款款摇摆。更有鸟兽聚拢四周，直听到曲终才散。

可是有一天，当发长彦照例坐在大树下忘情

吹笛时，眼前突然出现一位佩戴碧玉的独腿大汉对他说："你的笛子吹得很不错嘛！我从很久以前一直住在深山洞中，净做些上古时代的旧梦。自从你来伐木，我就为笛声所迷醉，每天浮想联翩。所以，今天我要表示谢意。你想要什么都行。"

樵夫想了一会儿回答道："我喜欢狗，请给我一只狗吧！"

于是，大汉笑着说道："你就要一只狗？看来你也是个知足常乐的后生。不过我非常赞赏你，就送你一只举世无双的神犬吧！我是葛城山的独脚大仙。"接着，他吹出声震天外的口哨。一只白狗应声从树林深处奔来，踢得落叶四下翻飞。

独脚大仙指着白狗说道："它叫嗅嗅，无论多么遥远的地方发生任何事情，它都能够嗅得出来。好了，你要替我善待它一辈子。"话音未落，独脚大仙仿佛化作仙雾一般，消失得无影无踪。

发长彦喜不自胜，带着白狗回了村。可是当他翌日上山吹笛时，又不知何处而来一位佩戴墨玉的独臂大汉。

"昨天我哥哥独脚大仙送你一只白狗。今天，我也想聊表谢意。你想要什么都行。我是葛城山的独臂大仙。"

于是，发长彦回答："我想要比嗅嗅更出色的狗。"独臂大仙马上吹响口哨，叫出一只黑狗说："它叫飞飞，不管谁骑着它，都能在空中腾飞百里、千里。明天还有我弟弟向你送礼物呢！"话音未落，也仿佛化作仙雾去无影踪。

第三日，他取出笛子还没吹，一位佩戴赤玉的独眼大汉如旋风一般从天而降。

"我是葛城山的独眼大仙。大哥二哥都向你道谢，我也送你一只不亚于嗅嗅和飞飞的好狗。"话音未落，口哨声已经响彻森林。一只哈巴狗龇着牙飞奔过来。

"它叫咬咬。无论怎样可怕的鬼神，都会被他一口咬死。不过有一点：我们送给你的狗不论身处何处，必须听到你的笛声才会回来。没有笛声是不会回来的。你可要牢牢记住！"

说罢，独眼大仙又旋风般腾空而起，搅得树

叶瑟瑟颤抖。

# 二

四五天后，发长彦吹着笛子，带了三只狗来到葛城山下的三岔路口。从左右两侧悠悠然来了两位骑着高头大马、身佩弓箭的年轻武士。

发长彦见此，先将笛子插在腰间，再恭恭敬敬深施一礼："二位将军，你们这是要去往何方？"

两位武士先后回答："近日，飞鸟国大臣的两位公主在一夜之间不知去向，疑是鬼怪胁持。"

"大臣心急如焚，宣令无论谁找到公主，必定重赏，所以我俩也来四处查询。"

说完，两位武士对俊俏樵夫和三只狗不屑一顾，急急赶路而去。

发长彦闻听此讯好不高兴，立刻摸着白狗的头顶命令道："嗅嗅、嗅嗅，赶快嗅出公主们的去向！"

　　于是白狗迎着风不停抽动着鼻子，随即浑身一激灵并回答道："汪汪！公主被住在生驹山洞里的食餍人掳去了。"食餍人就是古时喂养八头八尾巨蟒的恶煞。

　　樵夫立刻用双臂将嗅嗅和咬咬左右搂起，然后骑在飞飞的背上并大声命令道："飞飞，快飞，去生驹山食餍人的山洞！"

　　话音未落，一股强烈的旋风从发长彦脚下刮起。眼见得飞飞犹如一片树叶翩然飘向空中，笔直地向远方青云遮盖的生驹山峰飞去。

# 三

　　没过多久，发长彦就来到了生驹山，果然看到山腰里有一座大山洞。洞中一位头戴金簪的美丽公主正掩面而泣。

　　"公主，公主，我接你来了。不必害怕。来，赶快准备一下，我接你回家。"

听他这么一说，三只狗也叼着公主的衣袖和裙摆叫道："赶快准备！汪！"

可公主却仍然眼泪汪汪，还悄悄地指指山洞深处："可是，把我抢来的食魇人刚才喝醉了酒，还在里面睡觉呢！他一醒来，立刻就会追上来的。那样的话，你我就都没命了。"

发长彦笑眯眯地说道："不就是个食魇人吗？我为什么要怕他？不信？我把他除掉让你看看！然后，拍拍咬咬的背，厉声命令道："咬咬、咬咬，把洞里那个食魇人一口咬死！"

于是咬咬立刻龇着尖牙，雷鸣般低吼着，勇往直前地冲进深处，很快便叼着食魇人血淋淋的头颅摇着尾巴出来了。

此时，云雾遮盖的峡谷中奇妙地卷起一团仙气，只听有人柔声细气地说："多谢发长彦君！救命之恩永生不忘。我是生驹山里深受食魇人欺侮的阿驹公主。"

不过，公主正在为九死一生而庆幸，似乎没有听到仙音。随后她转向发长彦满怀忧虑地说：

"幸亏你来救我。可我妹妹如今生死未卜。"

闻听此言，发长彦又抚摸着嗅嗅的头顶命令道："嗅嗅，嗅嗅，赶快嗅出公主妹妹的去向！"

嗅嗅马上抽动鼻子，然后抬头看着主人叫道："汪汪！公主妹妹被笠置山洞里的土蜘蛛掳去了。"土蜘蛛就是古代神武天皇曾经讨伐过的凶神恶煞的一寸法师。

于是发长彦又挟起两只狗，并和公主姐姐骑在飞飞背上。"飞飞，飞飞，赶快去笠置山土蜘蛛的山洞！"

一声令下，飞飞立刻腾空而起，如同离弦之箭，向青云缭绕的笠置山奔去。


# 四


当他们到达笠置山时，老谋深算的土蜘蛛立刻满脸堆笑地迎出洞来。

"欢迎，欢迎，发长彦君。大老远的你真辛苦了。来，快请进洞吧！我这儿没有什么好招待的，请用一点儿生鹿肝，要不就来点儿熊胎儿？"

可是发长彦一摇头，义正词严地呵斥道："不！我是来解救公主的。赶快把你抢来的公主交出，否则就像杀食蜃人一样杀了你。"

土蜘蛛畏畏缩缩用颤抖的声音说道："好，好，我一定交出来。我怎么会拒绝您呢？公主独自待在洞深处。请别客气，进去把她领出来吧！"

于是，发长彦带着公主姐姐和三只狗进了洞厅。果然，一位头戴银簪的公主正伤心地低声抽泣。

觉察到有人进来，公主急忙抬头张望，一眼便望见了姐姐。

"姐姐！"

"妹妹！"

两位公主转悲为喜，扑向对方相拥而泣。发长彦见此状也跟着流泪。突然，三只狗鬣毛倒立狂吠不止。

"汪汪！土蜘蛛这个畜生！"

"可恨的家伙！汪汪！"

"汪汪汪！走着瞧！汪汪汪！"

发长彦猛醒般回头一看，那个狡猾的土蜘蛛早就从外面用巨大的岩石将洞口堵得严丝合缝。他还在外面拍着手狂笑。

"活该！臭小子发长彦。这下子不过一个月，你们就都瘦成皮包骨头饿死了。你该佩服我的老谋深算了吧？"

发长彦的确为上当受骗而懊悔不迭。幸而他想起腰间插着的笛子。只要吹起笛子，鸟兽们自不待说，连草木都听得出神入迷。所以，那狡猾的土蜘蛛也未必不动心。于是，发长彦重鼓勇气，一边安抚狂吠不止的神犬，一边全神贯注地吹响魔笛。

果然，在婉转悦耳的笛声中，十恶不赦的土蜘蛛也渐渐陷入忘我的境地。它先是将耳朵贴在堵门巨石上静静聆听，终于陶醉了，并一寸一寸地挪开了巨石。

就在巨石被挪开人体宽的缝隙时，发长彦的

笛声戛然而止。他拍着咬咬的脊背命令道:"咬咬,咬咬,赶快咬死洞口站着的土蜘蛛!"

土蜘蛛闻声丧胆拔腿就逃,可惜为时已晚。咬咬闪电般蹿出洞外,易如反掌地将土蜘蛛消灭。

此时又从峡谷中奇妙地卷起一团仙气,里面有人柔声细气地说道:"发长彦君,多谢!救命之恩永远不忘。我是笠置山里深受土蜘蛛欺侮的阿笠公主。"

# 五

随后,发长彦带着两位公主和三只狗,骑在飞飞的脊背上,从笠置山顶径直向飞鸟国都城的大臣家奔去。在飞行途中,两位公主不知出于什么打算,将自己的金梳银梳摘下,悄悄地插在发长彦的长发里。发长彦浑然不觉,只是俯瞰着美丽的大和国原野,一个劲儿地催促飞飞再快些。

不久，发长彦一行来到当初走过的三岔路口。只见曾经相遇的两位武士像是远途归来，正朝都城方向赶路。发长彦见状，忽然想将自己的功劳讲给两位武士听。

"降落、降落！到三岔路口去！"他向飞飞命令道。

这边的两位武士找遍各地却徒劳无功，正垂头丧气地驱马回城，猛然看到公主们和俊俏的樵夫一同骑在黑狗脊背上翩然而降，惊讶之情可想而知。

发长彦落地后，又恭恭敬敬深施一礼："将军，我与二位分别之后，即刻赶往生驹山和笠置山，就这样将两位公主接回来了。"

然而，被卑贱樵夫轻而易举地捷足先登，两位武士又嫉又恨，真是气儿不打一处来。他俩表面上装作高兴，百般夸奖发长彦，最后终于打探清楚三只神犬的来历和魔笛的妙用。于是趁发长彦得意忘形，先偷偷抽出胜败攸关的魔笛，再猛然跳上黑狗的脊背，紧紧挟着两位公主和两只狗齐声大叫："飞飞，飞飞，赶快去飞鸟国大臣居住的都城！"

发长彦大惊失色，立刻向他们扑去。但此时旋风乍起，飞飞早已紧紧卷起尾巴腾在半空了。

面前只剩武士抛弃的两匹马。发长彦扑倒在三岔路口哀号良久。

此时，从生驹山峰吹来一股仙风，风中响起柔声细气的话语："发长彦君，发长彦君！我是生驹山的阿驹公主。"

几乎同时，笠置山也吹来一股仙风，风中响起柔声细气的话语："发长彦君，发长彦君！我是笠置山的阿笠公主。"

然后，她俩异口同声地说道："我们马上去追回笛子，你不必担心。"话音未落，狂飙呼啸着朝飞飞追去。

没过多久，那两股仙风又回到三岔路口上空，并柔声细气地说着落了下来。"那两个武士已经和公主们回到飞鸟大臣面前，还得到了很多奖赏。来，赶快吹响魔笛，把三只神犬叫回来吧！我们趁此机会，帮你挽回失去的面子。"

话音刚落，那胜败攸关的笛子、金铠甲、银头盔、孔雀羽毛箭、香檀木硬弓、威武堂皇的大将戎装，如同雨点冰雹一般落在眼前。


# 六


片刻之后，身背香檀木硬弓和孔雀羽毛箭，俨如战神一般的发长彦骑在黑狗脊背上，挟着嗅嗅和咬咬落在了飞鸟大臣的宅邸前。那两个武士顿时慌作一团。

不，连大臣本人也惊诧不已。他恍若身处梦境一般，呆呆地望着发长彦的威武身姿。

发长彦却先摘下头盔，恭恭敬敬地向大臣鞠躬："在下乃本国葛城山下的发长彦，救回两位公主是我所为。他二人在我消灭食屦人和土蜘蛛时根本不在场。"

武士们听到发长彦在揭露自己谎报功绩，立刻变脸截断对方的话头："他才是信口雌黄的家伙。砍掉食鬣人首级的是我们，看穿土蜘蛛诡计的无疑也是我们。"他们说得煞有介事。

此时，站在中间的大臣似乎真假难辨，来回巡视武士和发长彦，随后对公主们说道："那就只好问问你们了。到底是谁把你们救回来的？"

两位公主一齐依偎在父亲胸前赧颜相告："是发长彦把我们救回来的。我们插在他浓密长发上的梳子就是证据，请父亲大人过目。"大臣一看，发长彦头上果然有金梳和银梳在闪闪发光。

事已至此，武士们无话可讲，只是浑身颤抖着跪倒在大臣的面前："说实话，是我们滥施诡计，将发长彦救公主的功劳据为己有。我们都坦白，千万留我们一条性命。"

以后的事无须细说。发长彦得到很多奖赏，还成了飞鸟国大臣的乘龙快婿。两个武士被三只狗追赶着，连滚带爬地逃出宅邸。不过，到底是哪位公主做了发长彦的妻子呢？只因此乃古时往事，如今已无从知晓。

大正七年（1918）十二月

（侯为　译）

那时自己的事

　　本文或许不可称之为小说。但此类体裁究竟应该如何划分，我自己却不得要领。我只是尽量原原本本地将四五年前自己和周围的事情描述下来。因此，对于我或我与文友们的生活及心态毫无兴趣的读者，可能会感到索然无味。尽管顾虑重重，但归根结底所有的小说体裁都大同小异，所以我也就心安理得地决定发表。附带说明一下，虽说是原原本本地描述，但事件排序却未必依照原样。当然，事件本身确属事实。

# 一

十一月某个晴朗的早晨，我时隔多日又穿上拘谨憋屈的校服去学校。在正门前遇到成濑，他也穿了校服。我招呼一声"嗨"，他也回应一声"嗨"。戴着学生帽的我，同他并肩走进旧式砖木结构的人文法学系。门厅告示栏前还见到穿着和服的松冈，我们再次打招呼"嗨"。

三人站着谈论起最近将要创刊的同人杂志《新思潮》。松冈说，前不久曾稀罕地来过一次学校。进了西洋哲学史之类的课堂，坐等了好半天，别说老师，连学生也没见着一个。他纳闷地出来问勤杂工，却说是放假了。他带一角钱出门要乘电车，可半道上却改变主意进了香烟铺，还漫不经心地说："来一张往返票。"

他就是这么个人，此等怪事倒也司空见惯、习以为常了。这时罗锅儿勤杂工摇着上课铃，急急忙忙地跑过门厅。

上午的课，是当时仍健在的劳伦斯先生的

《麦克白》讲习。我与松冈告别，跟成濑到了二楼教室。已有很多同学，正在核对课堂笔记或聊天。我们也坐在角落的座位上，谈起向《新思潮》投稿小说的事。墙面上方挂着"禁止吸烟"的牌子，然而我们说话之间便从衣袋里掏出敷岛烟来抽。当然，别的同学也在满不在乎地吞云吐雾。此时，劳伦斯先生突然夹着书包进来。我已抽完一支敷岛烟，烟头也扔出了窗外，且泰然自若地翻开了讲义笔记。成濑还叼着烟卷，此时便赶快扔在地上用脚踩灭。幸好劳伦斯先生并未发觉，我们桌下升腾着一缕青烟。签到之后，我们便一如既往地听讲。

课程枯燥乏味是当时的公论，而那次格外乏味。一开头便连篇累牍地给我们灌梗概，而且用"第一场——第二幕"的腔调照本宣科。其呆板单调，简直堪称非人待遇。以前每逢此时往往悔不当初，怎么阴差阳错地上了大学？然而现在我已彻底认命，迫不得已也得听此等非凡的授课。所以在课上我也机械地操纵笔杆，坚韧不拔地记录戏剧梗概的英语译文。记着记着，我就因教室暖气太足而困倦起来，自然顺势睡了过去。

懵懵懂懂记了一页左右，劳伦斯先生不知何故发出怪腔怪调，我就醒了。最初以为他发现我打盹儿在呵斥我。定睛细看，却见先生挥舞着《麦克白》，得意扬扬地模仿看门人的腔调。想到自己亦属看门人之类，便突然感到可笑，睡意顿消。身旁的成濑边做笔记边不时地看看我，还咪咪窃笑。又涂完两三页笔记，下课铃声终于响起。于是，我们跟在劳伦斯先生身后，鱼贯而出拥向走廊。

站在走廊上，俯瞰着校园里缀满黄叶的秋树，却见丰田实君走来说："让我看一下你的笔记。"我便打开笔记本让他看。哪知丰田君偏偏要看我打盹儿时的那段，着实令我尴尬不已。丰田君说句"算了"，随即悠然而去。"悠然"一词绝非随意形容，本来丰田君就总是悠然信步的。丰田君现在何处、在做什么我不得而知，但在对劳伦斯先生心怀好感，或劳伦斯先生心怀好感的同学当中，我们——若此言不妥则至少也是我自己——

属于始终互有一定好感的那群。即使在撰写此文的现在，一想起你悠然的步态，就希望与你再度站在大学的走廊，互致平淡无奇的季节问候。

此时铃声再次响起，我俩要到楼下教室去。接下来是藤冈胜二博士的语言学课程。其他同学都去占了前排座位，懒惰的我们却总是最后去占领角落座位。那天仍一如既往，在视野开阔的二楼走廊垂头徘徊，直到上课铃响。藤冈博士的语言学讲习，只听那琅琅嗓音和诙谐妙语，就有充分理由认其存在的权利。当然，对我这等天生少语言学天分者，只凭以上两点妄加评论，想必无妨。所以，我那天也是记记停停，多半是依靠上述评论的支撑，津津有味地聆听马克斯·缪勒的故事。

当时，我看到前排坐着个长发同学，他的头发不时沙沙地扫过我的笔记本。我未知其名，至今无缘向他询问，出于何等心态留此长发？反正我在这堂语言学课上，发现了一个问题：留长发或许符合其本人的审美要求，却可能与他人的实际要求相冲突。好在我听课的实际要求并不强烈，所以将那长发扫过的部分留下空白。随后就连长发不曾扫过的部分，我也不做笔记而改为画画了。可我才将那不知其名却极端时髦的同学侧影画过一半，该死的铃声已经响起。铃声告知下课时间，也昭示着午饭时刻来到。

我们都去学校前的一白舍二楼，要了苏打水和两角钱的便当，吃着饭还辩论起各种话题。我和成濑亲密无间，且当时思想上一致观点颇多。尤其是我俩不约而同地开始读《约翰·克利斯朵夫》，并同时对其深感钦佩。所以每逢此种场合，尽管天天见面，谈话仍然高潮迭起。此时侍者阿谷走来，说起行市的话题。"稍有败笔，没有觉悟可是不行的！"说着，将手背在身后兴奋不已。成濑说了声"可笑"，并不认真理会。当时，我正构思小说《钱包》。从各种意义上讲，行市的话题至关重要。所以一直同阿谷聊到吃晚饭，且一次就学到十个有关行市的奇妙术语。

下午没课。我俩离开一白舍，就到在附近神

社后面寄宿的久米君那里去玩。久米比我俩还懒，几乎不太上课，关在屋里写小说和剧本。到他那儿一看，果然桌旁搁着暖炉在读《卡拉马佐夫兄弟》。他叫我们烤火，我们就在暖炉旁坐下。立时，被褥油腻味儿和炉火烟熏味儿扑鼻而来。久米说他欲将自己幼时父亲自杀写成短篇小说。首次写小说，相当于处女作，所以正为无法下笔而烦恼。然而他精神头儿倒一直不错，丝毫没有烦恼的表现。后来他问我："你怎么样？"我回答说："好歹把《鼻子》写了一半。"成濑也着手写今夏去日本阿尔卑斯山的故事。此后三人喝着久米煮的咖啡，长谈创作感想。

从文坛资历来讲，久米是我们的大前辈。其表现手法亦高过我等一筹，确属事实。尤其是可在短期内写出独幕剧或三幕剧，且易如反掌。其手笔之非凡，令我惊叹不已。因此，我等之中唯久米拥有自信，占领或即将占领文坛。另一方面，他的自信对连连自愧眼高手低的我们，也有唤起自信的感召力。实际上像我这等凡人，倘若不是

久米和文友们，或者说若不是经他煽动得到人工
制造灵感的机会，此生将只满足于充当一介书生，
或许不会去写小说之类。所以，一谈起创作感
想——莫若说一谈起有关文坛的话题，便总是由
久米勇执牛耳。那天也是以他为中心，由他把握
着辩论议程。记得由于某种缘由，我们时时谈到
田山花袋先生。

　　时至今日平心而论，自然主义运动之所以对
文坛产生了如此巨大的影响，田山先生的人格力
量无疑堪称举足轻重。在这方面，不管他的《妻
子》和《乡村教师》怎样味同嚼蜡，也不管他的
"平面描写论"怎样天真幼稚，却仍足以引发我们
后辈的敬意——至少也是引发兴趣。然而遗憾的
是，当时的我们缺乏雅量，不能公正地评价先生
激情四射的人格。故而我们从先生的小说中，除
了月光和性欲之外总是别无收获。

　　同时，每当听到先生的散文和评论中怪异的
于斯曼的宗教生活时，首先会想到徒遭我们冷笑
的迪尔塔尔与先生的滑稽对照。那么，我们是否

完全将先生看作哈姆伯格？倒也未必如此。我们认为，小说家和思想家并非先生的本质，他首先是游记作家。伤感的风景画家——这是我当时给先生起的绰号。其实，先生在撰写小说和评论的间隙，仍然坚持不懈地撰写游记。不，稍微夸张地讲，他的很多小说也就是游记，只不过在其中点缀了些维纳斯·利比蒂娜的善男信女而已。而且，写游记时的先生那么自由、快活、正直，犹似得到青草的驴子，保持着纯真无邪的心态。因而完全可以说，田山先生在此领域独树一帜。然而如今却很难认定，先生堪称兼具自然主义小说家和思想家的文坛泰斗。不客气地讲，先生在自然主义运动中的功绩遭到了轻蔑："那不过是时代所使然。"

如此这般地嚣张一番，我又和成濑离开久米的住处。出门时，天短的冬日已在大路上投下长长阴影。我们步行到熟悉而时常令人怀念和兴奋的本乡三丁目街角，然后各自乘上电车。

# 二

三四日过后，又是一个好天气。听完上午的课，我与成濑去久米的住处一起吃了午饭。久米给我们看了家住京都的菊池早上寄来的剧本原稿，是以德川时代著名侍臣为主人公编写的独幕剧《坂田藤十郎的爱情》。他让我看，我便看了。剧名颇有情趣，且诸如友禅捻丝绸之类的台词挺多。总觉得像是在觅拾永井荷风及谷崎润一郎的牙慧，因而立刻贬为败笔。成濑看了后，也说不敢苟同。久米听过我等评论也表示赞同："我也不敢恭维。总的来说，学生腔太重。"然后，决定由久米代表我们，写信向菊池宽表明批评意见。

此时，恰好松冈也来玩。我们三人专攻英国文学，而唯独他专攻哲学。当然，他与我们同样，也打算从事创作。在我等文友当中，他与久米最为亲密。有段时间他俩一同寄宿，住在炮兵工厂后面的制服作坊。现实生活中久米就是幻想家，此时他穿着蓝色制服，说要在画坊般的书斋里摆上西洋书桌，并将书斋取名为"久米正雄工房"。真是痴人说梦。我去那里走访时，总会想起久米的这个梦想。但松冈打那时起，似乎有了与制服无缘的思想与心态。虽未去掉多愁善感的毛病，心中却常常激扬澎湃着宗教色彩的思潮。他一边构建既非东洋亦非西洋的耶路撒冷，一边手不释卷地读克尔凯郭尔，还涂抹一些怪异的水彩画。在他当时的水彩画中，有一幅倒着看才像绘画。我对此记忆犹新。后来久米搬到神社后面住时，松冈搬到本乡五丁目寄宿，如今仍在那里。他正在创作三幕剧，取材于《释迦传》。

我们四人品味着久米亲手泡的咖啡，一边吞云吐雾一边起劲地高谈阔论。恰逢武者小路实笃即将登上诗坛巅峰，因此他的作品及主张也常常成为我们谈论的话题。总的来说，武者小路实笃打开文坛的天窗，放进了清新的气息。我们感到十分愉快。恐怕只有接踵而来的我们的时代或我们以后时代的青年，才能深切感受这种愉快。因此，在我们前后的文坛内外，鉴赏家对其评价高低有别，这也实属无奈。恰与我们前后的人们对田山花袋的评价存在着差异毫无二致。（问题只是差异的程度。武者小路实笃和田山花袋二者，何者更接近真实？为慎重起见略作说明。）当时的我们并未将武者小路实笃看成文坛救世主，而是将其作为作家或作为思想家来看待——两种眼光之间本身又有区别。作为作家，武者小路实笃有对作品急于求成的缺憾。形式和内容不即不离的关系，在其《杂感》中常有表述。

尽管如此，他在更加依赖激情而否定忍耐的创作中，常常对这种微妙关系等闲视之。所以，他历来对形式冷眼相看。在《那个妹妹》之后，形式逐渐走向叛逆。而且，其剧本渐渐失去了卓越的戏剧要素。（并非全部。就连一些批评家称之为非戏剧的《一个青年的梦》，倘若一节一节地看，尚存较具戏剧性表现的部分。）宣示自我的功能不断进入作品，替代了宣示自己的性格。且作品中叙述的思想或感情，越是借助缺乏必然性的戏剧性表现，就越比《杂感》中的表现稀薄化。

我们从《一个家庭》问世后开始接近他的作品，觉得他当时——《那个妹妹》以后的倾向中，有很多不尽如人意之处。但与此同时，他《杂感》中的多数文章却又蕴含着狂飙般的雄伟力量，足以煽旺我们心中的理想主义烈火，放出绚丽的光焰。这也是事实。常常有部分评论家指出，他的《杂感》有缺乏逻辑支持的缺陷。然而，为了承认只有逻辑论证的才是真理，我们已拥有了过量的人性素质。不，在拥有人性素质之前，至关重要的应该是认真。这才是他阐明的伟大真理之一。当长期被自然主义淤泥涂抹得面目全非的人性，像以马忤斯的救世主一样再次现身于"夕阳西斜近黄昏"的文坛时，我们是怎样地与他感同身受了"热血沸腾"啊！其实，像我这等也被人认为与他倾向完全相反的作家，再读其《杂感》，也常常重温过去那种澎湃的兴奋及怀念之情。我们——至少我自己，是通过他而得到了先例的启示，为迎接"骑着驴驹几点来"的人性而"以衣铺路或砍树铺路"。

畅所欲言之后，我们一起离开久米的住处。然后在本乡三丁目与成濑及松冈告别。久米和我乘电车去银座，在雄狮咖啡屋提前吃了晚饭，然后到歌舞伎剧场走进站席。当时正好演到第二幕"新狂言"。梗概当然不懂，就连剧目都不知所云。戏台背景是制作粗糙的茶室，做道具的白梅树枝，点缀了贝雕花朵。茶室廊沿上，现代的中车武士向歌右卫门的女儿示爱。

我在东京下町长大，却对江户题材毫无兴趣。我对戏剧亦同样冷淡，故而很少能够产生戏剧性幻觉。（或许我生性冷漠无情。我从两岁时起，就常跟着家人看戏。）所以，我觉得演员的演技比戏文更加妙趣横生。而观赏十间屋面积的楼座，更比观赏演员的演技情趣盎然。

当时，身旁还有一位店员模样的观众。他头戴鸭舌帽，口吃甜栗眼观戏台。我对他的兴趣，不亚于对天下名角的兴趣。刚才说到此君既关注舞台也关注甜栗。但见他手刚伸进怀里，立刻抓出一颗栗子，掰去壳即塞进嘴里。刚刚塞罢复又伸进怀里，抓出立刻去壳食之，且二目始终不离戏台分寸。我惊叹于他机敏地将视觉与味觉分而用之，一时间只顾看他的侧脸。终于想问他，食栗与看戏何者更为上心。然而此时，我身旁的久米突然冒失地大声喝彩："橘屋——"我吓了一跳，转眼向戏台望去。原来如此！戏正演到除了勾引女人别无所能的年轻武士羽左卫门从容不迫地从院子走来。可身旁那个店员却似对久米的喝彩充耳不闻，照旧口食甜栗眼观戏台。此刻我又觉得，他的滑稽举动认真得过了头。我还觉得，其中隐含着类似小说的意境。尽管"橘屋"难得登了场，在戏台上却比池田辉方的绘画庸劣有加。我终于等不到一场戏演完，便趁舞台旋转换景的空当儿拽了久米走出剧场。

来到星光灿烂下的大街，我说："你喊的那一嗓子真傻！"久米却不无自豪地说："哪儿呀！我那就算相当精彩的啦！"他就是不肯轻易承认自己的愚笨。如今想来，那恐怕是在雄狮咖啡屋喝的威士忌滴在他身上作的祟。

# 三

"说到底，大学的纯文学科真是荒诞不经的玩意儿。虽说还有国文、汉文、英、法、德等文学科，可你说那些都是干什么的？说实话，连我也莫名其妙。当然，无疑是研究各国文学。文学当然是艺术的一个领域。但研究文学的学术，到底是不是学术啊？（或可说是不是一门独立的学术？）如果是学术——说得复杂些，它必须具备作为科学而成立的条件。可这样一来，它不就跟美学一样了吗？不，不光是美学，文学史打从开始就跟史学没什么两样。确实如此，现在的纯文学讲义中有很多与美学及史学都无缘。但有很多科目，从情理上讲也不能当作学术看待。往好里说，那是阐述老师的感想；往坏里说，那都是些胡言乱语。所以我认为，大学的什么纯文学科真应该取消，将文学概论之类并入美学，将文学史并入史学。其余科目皆属胡言乱语，应该逐出大学校门。

如果胡言乱语的说法不妥，或可说，由于文

学过分高尚，不适合以研究学术为目标的大学。这的确是目前的紧迫任务，否则很容易给天下一个误导：虽然皆属胡言乱语，但在大学讲解则比在报纸杂志上评论等级更高。这其实也是因为报纸杂志面向社会，而大学只是面向学生，如此辩解即不会露出马脚。此等安全的胡言乱语若再镀金，无论怎么想都有失公平。其实我进大学，目的就是在图书馆随意读书。若想认真搞研究却不得要领，那可是天大的麻烦。当然，像市河三喜先生那样从语言学角度研究英国文学，必定是全面而透彻的。但若照此法研究，莎士比亚的作品就不是戏剧，弥尔顿的作品也不是诗，全都成了英文字母的罗列。真若如此，我也没有兴趣搞研究了。因为即使研究了，也弄不出个名堂来。当然，也可以满足于胡言乱语，那就没必要费尽千辛万苦进大学了。

此外，若从美学或史学的角度去研究，则可将它放在其他科目中，这可真够聪明。如此看来，纯文学科存在的价值，顶多也就是图个方便。但无论怎样图方便，若害处太多倒不如没有。既然如此，取消它便是顺理成章的。——什么呀，那是出于培养初中教师的需要！我不是在讽刺，这也是极其认真的辩论。若讲培养初中教师，有正儿八经的高等师范。若说取消高等师范，那才真是本末倒置。依据此理，应该取消的亦应是大学的纯文学科，应该尽快让高等师范将它合并。"

当年某日，我拉着成濑君，在旧书店鳞次栉比的神田街上边走边发议论。

# 四

十一月即将过去。某晚我跟成濑君两人到帝国剧场去听爱乐者音乐会，到那儿就碰上同样穿着制服的久米。那时我是几人中的音乐通，因为大家皆与音乐无缘，我才得以获此美誉。其实我也是随处瞎听，别说鉴赏音乐，只说略知一二，别人都难以置信。

　　首先，我了解最多的也只限于曲目。曾几何时，我在帝国宾馆听贝茨奥尔多老太太演奏李斯特的《月光波影中的脚步》（我想是这个曲目，若有误敬请谅解），钢琴的每个音符都那么明快流畅，且不可思议地在我眼前展现出清晰鲜亮的画面。其中有无尽的波澜涌动，且波澜之上还有人的腿脚走动，每一步都振荡出潋滟清漪。上空是辉煌霞光，犹如风中艳阳在高空徜徉。屏息凝望这幅明亮幻景的我，在演奏结束掌声响起、音波振荡消失而周边寂寞空虚时，深深感到某种冷漠无情。不过此情正如前文所讲，因为李斯特已艺达巅峰，贝多芬之类的玩意儿要说好就好，要说不好也就不好，更加难以定论。所以即使去听爱乐者音乐会，我也从未表现出艺术家风度，只是装模作样地竖起耳朵，漫不经心地聆听发自乐器森林的交响风暴而已。

　　因为当晚闲院宫殿下也光临剧场，所以包厢和我们前排的座位几乎坐满了身着盛装的太太和小姐。连我旁边也正襟危坐着一位涂脂抹粉、皮包骨似的老妇人。她手上金戒指，颈下金怀表。和服腰带上别了金别针还嫌不够，满口都镶了金牙（在她打哈欠时看到的）。但与此前在歌舞伎剧场站席所见不同的是，今晚令我兴趣盎然的并非绅士淑女，而是肖邦和舒伯特。所以，我不再仔细观察被脂粉黄金包裹的老妇人。当然，看上去她们像是自我夸大的非幻景的豪杰，对台上舞动指挥棒的山田耕作不屑一顾，却频频地左顾右盼。

山田夫人独唱后，即到剧场休息时间。我们三人同去二楼吸烟室，看到入口处站着一个人。他身穿黑西装，内衬红坎肩，个子不高，正与一个穿袴羽织的同伴吸金嘴香烟。久米看到那人，就凑到我们耳边说："那是谷崎润一郎呀！"我和成濑走过那人面前，偷偷瞟了一眼这位有名的耽美主义作家的面孔。那是一副由动物性的嘴唇和精神性的眼睛互为张力的、颇有特色的面孔。我们坐在吸烟室长凳上，分享一支敷岛香烟，并议论了一阵谷崎润一郎。

当年，谷崎在他所开拓的、妖气暧昧的耽美主义田野中，培育了诸如《艳杀》《神童》《阿才与巳之助》等名副其实的、阴惨惨的恶之花。但这种花猫般色彩斑斓的美丽恶花，释放着与他为之倾倒的爱伦·坡和波德莱尔相同的庄严而腐败的香气。

而在某一点上，谷崎却与他们的意趣完全不同。他们病态的耽美主义，在背景上有着可怕的冷酷心灵。由于他们具有小鹅卵石般的心灵，所以不得不违心抛弃道德与神灵，且不得不违心抛弃爱情。他们身陷于颓废的古朽泥潭，即便如此，仍不得不直面难以收拾局面的心和"无桅破船漂泊于可怕的无垠海面"的心。故此，他们的耽美主义，就是从遭此心威胁的他们灵魂深处飞出的一群妖蛾。因此在他们的作品中，总有日暮途穷、如同瘴气纠缠不去的叹息声——"啊！上帝，赐予我勇气和力量吧！请勿见弃我的家园和我的身躯"。我们之所以感受到来自彼等耽美主义的严肃的感激，是因为被迫地看到了那种"地狱中唐璜"

般冷酷心灵的苦闷。

然而谷崎的耽美主义毫无那般执着的苦闷，却具有过多享乐的余地。他凭借着搜寻金山般的热情，在罪恶夜光中闪烁的海面上悠然驾船行进。这就是令我们感到他在模仿所轻视的戈蒂耶的原因。戈蒂耶的病态倾向与波德莱尔的一样，即使带上了世纪末的色彩，也还是充满着活力的病态倾向。形容得再俏皮点，就是一种不堪宝石重负的肥胖苏丹的病态倾向。所以，戈蒂耶与谷崎都缺乏爱伦·坡和波德莱尔共通的紧迫感。反而言之，在叙述感觉美的方面，他却具备了搅起千里大江滚滚波涛般的惊人雄辩。（最近，广津和郎评论谷崎，指出他憎恨过分的健康，其实就是这种充满活力的病态倾向。无论怎样充满活力，只要肥胖症患者得以存在，他的耽美主义无疑仍然是病态倾向。）而且，不满于这种耽美主义的我们也不得不承认其非凡能力，即他那口若悬河般的雄辩之辞。他筛选出所有日语词汇和汉字词汇，将所有感觉上的美（或丑）镶嵌螺钿般地点缀在

《刺青》之后的作品中。他那 *Les Emaux et Camées*（《珐琅和雕玉》）自始至终以朗朗节奏的丝线巧妙贯穿其中。如今读他的作品，比起一字一句的含义，我更会从那流畅无阻的文章节奏中得到生理上的快感。当年他也与今天一样，堪称无与伦比的语言编织大师。纵然未在晦暗文坛的上空点燃恐怖之星，却也在培育的斑斓猫色花朵之下，不合时宜地降临了日本魔女的安息日……

不久，响起后半场开始的铃声。我们停止了关于谷崎润一郎的议论，回到楼下的座席。久米边走边问："你到底懂不懂音乐？"我答道："应该比旁边那个金粉皮包骨懂一些。"随即，又坐回老妇人旁边，欣赏肖尔茨的钢琴演奏。那是肖邦的《夜想曲》。有一则广告，说名叫西蒙兹的男子幼时即能听懂肖邦的《葬礼进行曲》。我望着肖尔茨那灵活敏捷的手指心想，即使年龄之差忽略不计，在此处无论如何比不上西蒙兹。还是死了那条心吧！后来演奏了什么，现已记不太清。

音乐会结束来到场外一看，乘车处周围已经

排满了马车、小轿车，无路可走。其中一辆汽车前，那位金粉老妇人将面孔埋在毛皮衣领里正欲上车。我们将外套领子立起来，穿过车流的缝隙好不容易来到寒风凛冽的大街。蓦然抬头，警视厅那座煞风景的大厦黑黢黢地矗立于夜空。我边走边无端地为警视厅矗立其处深感不安，于是脱口说了声："莫名其妙！"成濑追问："什么莫名其妙？"我胡乱用了个否定词，便搪塞了过去。此时，身边已有很多马车和汽车驶过。

# 五

　　爱乐者音乐会的第二天，上午听完大冢博士的课（题目是"李凯尔特的哲学"，这是我听过的、得到启发最多的课程），便跟成濑在朔风中特意去一白舍吃两角钱的盒饭。此时他突然问道："你知道昨晚在我们后排坐着的女人是谁？""不知道，只知道旁边是个金粉皮包骨。""金粉皮包骨——

那是什么？""管她是什么，反正肯定不是后边的女人。不过，你是不是迷上了那个女人？""怎么可能呢？根本不认识。""什么？真没劲。既然如此，她存在与不存在不都一样吗？""可是回到家里，母亲问我看到后边那女人没有。也就是说，那是我的妻子候选人。""那就是要相亲喽！""还没到相亲那一步。""可是问你看到没有，不就是相亲吗？你母亲也真够迂腐的，既然让你相看，叫她坐在前排多好。你要能看见背后的人，还用得着吃这两角钱的盒饭吗？"成濑是孝顺儿子，听我这么一说，表情就不对劲了。不过，他马上又说："如果从那女人的角度来看，我们都在她的前面。""原来如此。若想在那种场合面对面，非得有一方上舞台才行。不过，你怎么回答的？""我说我没看。实际上就是没看，所以无话可说。""那你现在也不能拿我撒气嘛！不过挺可惜的！总之，都怪是在音乐会上。若是看戏，不用求我，我也会把帝国剧场的观众全都物色一遍。"成濑和我都乐得前俯后仰。

　　当天下午有一堂德语课。但当时我们还要听"抑扬格"课程，所以若成濑君听德语课我就不去，若我听，成濑君就不去。我们轮流在同一课本上标发音，考前共同用它复习应试。当天恰好轮到成濑去听德语课，所以吃完饭我便将课本交给他，随即独自离开了一白舍。

　　来到屋外大街上，西北风卷起沙尘满天扬撒。金黄色的银杏树叶也打旋儿飞舞着，拥进学校前的旧书店里。我忽然想去看看松冈君。他与我（也就是普通人）不同，曾说大风天最好安安稳稳待在家里。所以我想，那天他一定特别安稳。于是不顾大风几次差点儿吹掉帽子，辗转来到他的住处。

　　房东老太在门口不无遗憾地说："松冈还在休息呢！""还在睡觉？真够懒的。""不是！他整晚没睡。刚才说要睡觉，便躺下了。""那他也许还醒着呢！总之我上去看看，要是睡着了，我就下来。"

　　我蹑手蹑脚地上了二楼打开第一道拉门，只

见挡着两三块门板的昏暗房间中央摆着松冈的被褥，枕边一张古怪的纸漆桌子，上面胡乱摞着稿纸。再看下面，旧报纸上花生壳堆成了金字塔。我立刻想起，他说过要写一部三幕剧。"干得不错啊！"若在往常，我就会坐在桌旁读那刚写完的书稿。可扫兴的是，本该应声的松冈却将胡须蓬乱的脸压在两头紧枕头上，死人似的沉睡。我当然不想弄醒正在消除熬夜疲惫的松冈，但我又不情愿就这样无功而返，于是，就坐在枕边浏览了一会儿桌上的书稿。其间西北风阵阵刮过，二楼也在巍巍颤动。可松冈却仍鼻息平稳，安详沉睡。又过了一会儿我想，如此久等也不明智，终于心存遗憾地起身要走。此时不经意地再看松冈一眼，却见他睫毛沾满了泪水。不，应该说脸颊上还有泪痕。当我意外地发现他的此种表情时，方才说"干得不错啊"的勃勃兴致瞬间消失，取而代之的是一种焦虑，苦熬通宵奋笔疾书却又无法排遣的重重焦虑。"你这个痴情的家伙！干吗把自己折磨到梦中流泪？累垮了可如何是好？"重重焦虑中，我真想如此教训他一顿。然而心底却在暗暗地赞叹："你真是呕心沥血啊！"想着想着，自己也不禁泪盈双眼。

后来，我还是蹑手蹑脚地下了楼。房东老太问我："还睡着吗？"我生硬地答道："睡得很香！"我不愿被人看到自己的哭相，所以赶忙来到寒风刺骨的大街上。街上仍旧是沙尘满天扬撒。空中还传来阵阵令人恐惧的低沉吼声。我心存忧虑地抬头望去，只见一轮缩小了的白日在天心移动。我站在柏油大道上，思忖着自己该去何方。

大正七年（1918）十二月

（侯为　译）

人只能毫无选择地

任由天上席卷而来的狂风吹打，

凄惨地存活。